Chère lectrice,

Sans doute avez-vous re... (notamment la langue poétique et le roman d'amour) fait du mot « cœur ». Curieusement, cet organe a toujours inspiré des images liées au domaine des sentiments (contrairement à la tête — de linotte ou de bois, par exemple). Ainsi avons-nous le cœur gros, lourd ou léger, un cœur de pierre, un cœur d'or ou un cœur de lion, à moins que nous ne soyons sans cœur. Et lorsque nous voyons s'éloigner ou disparaître ceux que nous aimons, c'est dans notre cœur que nous les logeons — organe magique qui héberge tous les êtres chéris.

Cette tradition qui associe le cœur aux émotions s'enracine très loin dans le temps : la Bible, saint Augustin parlent du cœur comme du siège de l'amour pour Dieu, du rapport d'amour qui se noue entre l'homme et Dieu, et entre l'homme et ses semblables.

Mais c'est aux grandes heures de la poésie du Moyen Age que l'image du cœur connaît sa gloire. « Aimer de fin cuer », dans la littérature courtoise qui codifie les relations amoureuses entre l'amant et sa dame, c'est aimer de manière absolue, exigeante, c'est se dépasser pour l'amour de la dame. Se dépasser en tant qu'homme et en tant qu'artiste, poète. Le cœur est la source du poème excellent et sincère qui célèbre l'amour : « A quoi sert de chanter, écrit le célèbre Bernard de Ventadour, si ce chant ne sourd pas du cœur ? » Organe symbolique de l'échange amoureux, le cœur deviendra même le thème central d'une histoire dont l'immense succès s'étendra à toute l'Europe médiévale, puis trouvera des échos chez Dante et chez certains auteurs français du XIXe siècle : *La Légende du Cœur mangé* — un mari trompé, furieux, fait manger à sa femme le cœur de son amant. La malheureuse en mourra.

Bonne lecture, de tout cœur...

La responsable de collection

Le clan réconcilié

SHERRYL WOODS

Le clan réconcilié

ÉMOTIONS

éditions Harlequin

Cet ouvrage a été publié en langue anglaise
sous le titre :
DANIEL'S DESIRE

Traduction française de
MARIE-PIERRE CORRIN

HARLEQUIN®

est une marque déposée du Groupe Harlequin
et Émotions® est une marque déposée d'Harlequin S.A.

Originally published by SILHOUETTE BOOKS,
division of Harlequin Enterprises Ltd.
Toronto, Canada

Photos de couverture
Paysage : © YVES MARCOUX / GETTY IMAGES
Couple : © A INDEN / ZEFA

1.

Il était à peine minuit et, pour Molly Creighton, la journée la plus longue de l'année venait tout juste de commencer. Tous les ans, c'était la même chose ; chaque anniversaire la déchirait un peu plus. Elle avait le cœur en lambeaux et, dans ces moments-là, se sentait vidée de toute substance.

L'expérience lui avait montré combien la vie pouvait être imprévisible et parfois cruelle. Ainsi, elle avait perdu ses parents toute petite. Elle s'en était sortie grâce à l'amour de son grand-père Jess, un homme sévère, mais qui avait toujours eu un petit faible pour elle. Avec lui, elle avait appris à s'assumer et à faire face aux épreuves de la vie. Par la suite, toutefois, il y avait eu un drame, un seul, qui l'avait dépassée, une perte qu'elle n'avait pas su accepter et qui l'empêchait encore aujourd'hui de vivre pleinement.

Oh ! Elle arrivait bien à faire semblant de vivre. Elle avait repris le café de son grand-père, « chez Jess », sur la baie de Widow's Cove, dans le Maine. Elle connaissait énormément de gens et avait quelques très bons amis, mais il lui manquait l'essentiel : son bébé.

Tout était la faute de Daniel Devaney. Daniel avait été son grand amour, même s'il était difficile d'imaginer deux êtres plus opposés. Molly avait toujours été très libre, du moins jusqu'à quelques années auparavant. Elle avait croqué la vie à pleines dents car elle savait combien celle-ci était fragile. Daniel, lui, était d'un conformisme rigoureux. Il était logique et méthodique. C'était peut-être justement ce qui l'avait séduite chez lui. Elle avait pris plaisir à le taquiner, jusqu'à lui faire tourner la tête, au moins autant qu'elle avait aimé ses caresses lentes et expertes.

Ils se connaissaient depuis toujours ou presque, bien qu'il ait habité dans une petite ville située à une demi-heure de Widow's Cove. Tous deux avaient fréquenté le même lycée. Daniel s'y était distingué en devenant le meilleur joueur de l'équipe de football ; elle, elle avait surtout aimé faire la fête et avait eu une bonne douzaine de petits amis avant de sortir avec lui. Un seul rendez-vous avait mis fin à ses fredaines. Un seul baiser avait scellé leurs destinées.

Ils avaient formé un couple solide et passaient tous leurs moments de loisir ensemble même lorsque Daniel était allé à l'université sans Molly. Elle avait cru connaître son cœur et tous ses secrets. Pourtant, le plus grave de ces secrets, celui qui allait les déchirer, lui avait échappé.

Lorsqu'elle s'était retrouvée enceinte, quatre ans plus tôt, Molly avait été folle de joie. Elle n'avait pas douté un seul instant que Daniel accepterait sa grossesse et, pourquoi pas, en serait aussi émerveillé qu'elle. Ayant tout juste obtenu son diplôme et se lançant dans une carrière qui le passionnait, il avait toujours été quelqu'un de droit et n'avait cessé de lui dire combien il l'aimait. Bien qu'ils n'aient jamais parlé de mariage, elle pensait bien qu'ils finiraient par s'épouser. Un bébé bousculerait peut-être un peu les choses. Alors ? Etait-ce un problème ?

Hélas, loin de réagir comme elle s'y attendait, Daniel avait été horrifié. Ce n'était pas par manque d'amour pour elle, avait-il affirmé, même pas parce qu'ils étaient trop jeunes. Simplement, il était hors de question qu'il soit père.

C'est alors qu'il lui avait révélé le secret des Devaney, celui qui les avait écartelés, lui et son frère jumeau, Patrick ; celui qui avait créé une rupture si dramatique que Patrick ne parlait plus à leurs parents depuis longtemps déjà.

Daniel exposa les faits : il raconta comment Connor et Kathleen Devaney avaient lâchement abandonné leurs trois fils aînés à Boston lorsqu'ils étaient venus vivre dans le Maine, n'emmenant avec eux que Patrick et Daniel. Les deux garçons croyaient être leurs seuls enfants, jusqu'au jour où Daniel avait appris la vérité, quelques années plus tôt, à dix-huit ans. Il ne s'en était pas encore remis.

Avec un tel père, capable d'abandonner trois de ses fils, comment pouvait-il envisager la paternité ? Quel enfant pouvait bien avoir besoin d'un Devaney dans sa vie ?

— Je vois trop de gamins dont la vie est gâchée à cause de parents incapables, avait-il ajouté pour donner plus de poids à son argument. Je ne ferai pas cela à mon propre enfant.

9

Molly avait bien essayé de le rassurer, essayé de le convaincre qu'il ferait un père merveilleux, n'était-il pas avocat pour mineurs justement ? Mais sa réponse avait été formelle : il ne jouerait aucun rôle dans la vie de son enfant, si ce n'est de lui apporter une aide financière. Ils lui en seraient reconnaissants un jour, elle et leur bébé, avait-il même insisté. Plutôt que de prolonger une bataille qu'elle savait perdue d'avance, Molly avait laissé parler son amour-propre. Convaincue qu'elle pourrait se débrouiller toute seule et choquée par la réaction de Daniel, elle avait catégoriquement refusé son offre d'argent. Son bébé serait un Creighton, et fier de l'être. Et les choses se seraient sans doute passées ainsi, si Daniel ne l'avait brisée, cœur et âme. La nuit suivant leur discussion, elle avait fait une fausse couche et perdu son précieux bébé. Comme si son corps avait compris ce que son cœur refusait d'admettre : qu'une vie sans Daniel n'aurait aucun sens.

C'était Patrick, le frère de Daniel, qui l'avait emmenée à l'hôpital cette terrible nuit de printemps quatre ans auparavant. C'était Patrick qui lui avait tenu la main et avait tenté maladroitement de la consoler. C'était Patrick qui avait séché ses larmes chaque année, la nuit anniversaire de cette perte fatale. Il était passé la voir un peu plus tôt le soir même, avant de rentrer chez lui retrouver sa femme. Et il serait resté, si elle le lui avait demandé.

Daniel et Molly ne s'étaient plus jamais parlé depuis. Ils ne se parleraient sans doute jamais plus. Elle lui en voulait presque autant qu'elle s'en voulait à elle-même.

Malheureusement, elle l'aimait toujours. Chaque jour, elle pensait à lui et à ce qu'ils avaient perdu — non seulement un enfant, mais tout leur avenir. Et de voir Patrick, qui était le portrait craché de son frère, le lui rappelait cruellement. Mais Daniel faisait tellement partie d'elle qu'elle n'avait guère besoin de cela pour qu'il soit constamment présent.

Elle poussa un gros soupir et essuya d'un dernier coup de chiffon le comptoir du bar, machinalement.

Soudain, un léger bruit attira son attention vers l'un des box. Widow's Cove n'était pas exactement un repaire de brigands mais, instinctivement, Molly s'empara d'une bouteille pour s'en faire une arme, et se glissa dans l'ombre vers l'endroit d'où venait le bruit.

Elle levait la bouteille, prête à frapper, lorsqu'une fillette brune et toute menue, qui ne devait pas avoir plus de treize ou quatorze ans, sortit du box, l'air affolé et débitant à toute vitesse une avalanche d'excuses parce qu'elle était restée après l'heure de la fermeture.

Le cœur encore battant, Molly abaissa son arme et tenta de comprendre ce que disait la fillette. C'était un charabia incompréhensible.

— Holà, dit-elle doucement.

Elle lui tendit la main, mais la gamine recula, comme si elle avait encore peur d'être frappée.

Molly posa la bouteille sur la table, puis lui montra ses deux mains vides.

— Regarde, tu vois, personne ne va te faire de mal.

La petite la fixait, silencieuse, maintenant que tout danger immédiat était écarté.

— Je m'appelle Molly. Et toi, quel est ton nom ?
Rien.

— Je ne t'ai jamais vue par ici, continua-t-elle comme si de rien n'était, d'où viens-tu ?

La petite ne cessait de la fixer de son regard impénétrable.

— Tu as perdu ta langue ? Pas de problème. Je dois dire que j'apprécie un peu de calme, après une soirée passée en compagnie de tous ces braillards qui font beaucoup de bruit pour finalement ne rien dire.

La petite ne put retenir un léger sourire. Molly sentit qu'elles étaient sur la même longueur d'onde.

— Je vois qu'on se comprend, toi et moi. Tu n'aurais pas un peu faim ? Le grill est éteint, mais je peux te préparer un sandwich ; jambon-fromage, thon-crudités ou bien mon préféré : beurre de cacahuètes-cornichons ?

— Beurk ! s'exclama la fillette, avec un air dégoûté qui la rajeunit encore plus.

Molly se mit à rire.

— Eh bien voilà, ce n'est pas difficile. D'accord, pas de beurre de cacahuètes-cornichons. Mais il va bien falloir que tu me dises ce que tu veux, par contre.

L'adolescente se détendit.

— Jambon-fromage, s'il vous plaît.

— Avec un verre de lait ?

— Je pourrais avoir de la limonade ?

Bon, elle était bien élevée et on voyait qu'elle n'avait manqué de rien. Ses vêtements, bien que froissés, étaient de marque, elle portait un jean taille basse et un haut court qui laissait voir un peu de peau claire ; ses baskets siglées avaient dû coûter une fortune.

— J'ai de quoi payer, assura-t-elle.

Elle suivit Molly dans la cuisine.

— Celui-ci, c'est la maison qui l'offre, répondit celle-ci tout en lui préparant un énorme sandwich et en sortant une cannette du réfrigérateur bien rempli.

— Et vous, vous ne prenez rien ? Vous n'avez rien mangé de la soirée.

Molly la contempla, étonnée.

— Comment le sais-tu ?

— Je vous ai… comme qui dirait observée, avoua-t-elle timidement.

— Ah oui ? Pourquoi ?

— J'ai pensé que, si j'arrivais à savoir ce qui se passait ici, peut-être que vous me donneriez un petit boulot ?

— Tu as quel âge ?

— Dix-huit ans, répondit la gamine avec aplomb.

Molly fronça les sourcils.

— Ça m'étonnerait. Si on disait plutôt quatorze ans ?

— Pas loin, répliqua-t-elle un peu trop vite.

— Ce qui veut dire que tu n'en as que treize, conclut Molly en soupirant.

Quatorze ans n'était guère mieux, mais treize, c'était beaucoup d'ennuis en perspective.

— Mais on me donne bien dix-huit ans, non ? Personne n'a besoin de savoir.

— Moi je le saurai, répliqua Molly, et je n'ai pas l'habitude d'enfreindre la loi en employant des mineurs dans le bar.

— Est-ce que je ne pourrais pas au moins faire le service ou vous aider à ranger après la fermeture ? Par exemple, je pourrais laver par terre et faire la vaisselle, et si on ne me voyait pas, ça ne serait pas illégal !

Techniquement, c'était vrai ; mais Molly avait assez de bon sens pour ne pas prendre en charge une adolescente de toute évidence fugueuse. Sûrement pas sans en savoir davantage. Elle sentait bien que l'enfant voulait absolument se rendre indispensable, était prête à faire n'importe quoi pour arriver à ses fins.

— Ecoute, voilà ce qu'on va faire. Tu vas me dire ton nom et me raconter ton histoire. Après, on verra pour un job.

— J'peux pas parler la bouche pleine, répondit la gamine.

Pour donner encore plus de poids à son argument, elle mordit dans le sandwich ; une façon efficace de gagner du temps qui amusa Molly. Elle dévora le reste du sandwich et regarda avec convoitise les ingrédients restés sur le comptoir. Molly lui fit un autre sandwich, mais le garda hors de sa portée.

— Tu n'as plus la bouche pleine maintenant, alors j'attends.

L'adolescente étudia le visage de Molly, et en conclut visiblement que celle-ci était à bout de patience.

— Bon, d'accord. Je m'appelle Kendra, concéda-t-elle enfin.

— Tu n'as pas de nom de famille ?

Elle secoua la tête, la défiant du regard.

— Non, c'est Kendra tout court.

— Tu t'es échappée d'où, Kendra ?

— De chez moi.

— D'accord, sourit Molly. Maintenant, je veux des détails.

La jeune fille soupira.

— Portland.

— Est-ce qu'à Portland tu as des parents qui risquent de se faire un sang d'encre à te rechercher ?

— Je suppose, répondit la fillette en haussant les épaules.

Malgré un effort évident pour avoir l'air le plus détaché possible, elle ne pouvait dissimuler son désarroi.

— Alors, appelle-les, exigea Molly d'un ton ferme. Si tu veux rester ici, tu n'as pas le choix. Ils ont besoin d'être rassurés sur ton sort.

Les yeux de Kendra se remplirent de grosses larmes.

— Je ne peux pas.

Elle ajouta sur un ton plus agressif :

— Je ne veux pas !

La violence de sa réaction alarma Molly, et suscita en elle toutes sortes de questions.

— Est-ce que quelqu'un t'a fait du mal chez toi ?

Kendra la fixa, les yeux écarquillés, lorsqu'elle réalisa enfin ce que Molly avait voulu dire.

— Pas ça ! Absolument pas !

Elle avait l'air tellement horrifiée que Molly ne put qu'être rassurée.

— Alors, que s'est-il passé ? insista-t-elle.

Elle essayait de comprendre quels autres mobiles pouvaient pousser une enfant de cet âge à s'enfuir de chez elle. Une seule explication lui vint à l'esprit.

— Tu ne serais pas enceinte ?

Kendra lui lança un regard indigné.

— Ça ne va pas, non ? Je suis bien trop jeune.

Ouf ! ça aussi c'était plutôt rassurant.

— Alors, pourquoi es-tu partie de chez toi ? Je sais très bien par expérience que tous les problèmes peuvent se résoudre quand on prend la peine d'en parler.

Au lieu de répondre, Kendra lui lança un regard inquisiteur.

— Et vous, est-ce que vous avez parlé avec celui qui vous a fait du mal ?

Molly accusa le coup.

— Qu'est-ce que tu racontes ?

— J'ai bien vu que vous pleuriez tout à l'heure, c'est pour ça que je ne vous ai pas parlé avant. En général, quand les gens pleurent, c'est parce que quelqu'un leur a fait du mal. Est-ce que vous êtes arrivée à mettre les choses au clair ?

Molly se souvint comment Daniel avait refusé toute discussion, comment il n'avait même pas voulu écouter son point de vue. Ensuite, après la fausse couche, c'était elle qui n'avait plus voulu parler. Il avait bien tenté de s'excuser, une seule fois — sans doute à cause de l'insistance de Patrick —, mais elle l'avait jeté dehors, en jurant qu'il ne remettrait plus jamais les pieds chez elle. Alors, oui : elle était bien obligée de reconnaître qu'elle n'avait pas appliqué ses propres préceptes.

— Non, n'est-ce pas ? reprit Kendra, alors pourquoi voulez-vous que je le fasse ? parce que je suis une gamine ?

— D'accord, tu marques un point.

Molly était impressionnée par la vivacité d'esprit de l'adolescente.

— Mais je vais m'attirer plein d'ennuis si tu restes ici pour travailler. Aux yeux de la loi, tu es mineure, même si tu penses être assez grande pour te débrouiller toute seule.

Kendra lui lança un de ses regards bien trop adultes.

— Alors, quelle est l'alternative ? Vous ne me donnez pas de job et je reprends la fuite ? conclut-elle simplement. Vous êtes sûre de vouloir avoir ça sur la conscience ? Peut-être que, à la prochaine étape, les gens ne seront pas aussi sympas.

Bien sûr, Molly savait pertinemment qu'elle ne pouvait pas risquer cela.

— Une semaine maximum, dit-elle d'un ton ferme. Et tu te confies à moi. Je trouverai la meilleure solution.

La jeune fille prit un air buté.

— Si ça veut dire que vous allez appeler mes parents, il n'en est pas question !

— On verra, répondit Molly d'un ton évasif, tout en sachant que c'était précisément son intention.

Son sort immédiat étant réglé, Kendra lui jeta un regard plein d'espoir.

— Il ne resterait pas un peu de tarte aux pommes, par hasard ? Ça sentait tellement bon quand les types du box à côté de moi en ont pris !

— Oui, il en reste.

La cuisinière en faisait toujours assez pour deux jours, tant les clients en raffolaient.

— Et de la glace ? Je suis sûre qu'il y avait de la glace avec.

— Oui, il y a de la glace, répondit Molly en riant.

Elle servit une grosse portion de tarte qu'elle recouvrit de glace à la vanille, et posa le tout devant Kendra.

— Tu n'as pas mangé depuis quand ?

— Ce matin, un chauffeur de camion m'a acheté deux beignets, répondit Kendra en attaquant le dessert.

— Dis-moi : tu n'étais pas en train de faire du stop, au moins ?

Une fois de plus, Kendra lui jeta un regard indigné.

— Vous me prenez pour une idiote ou quoi ? Je ne suis quand même pas assez bête pour monter avec un étranger, surtout un homme.

— Encore heureux !

— En fait, c'était une femme chauffeur de camion ; elle était là quand je suis descendue de l'autobus. Elle a dû avoir pitié de moi, parce qu'elle m'a proposé de payer pour les beignets. J'aurais pu les acheter moi-même, mais j'ai préféré garder mon argent, parce que je ne savais pas combien de temps je resterais sans travail.

Elle contempla Molly d'un air soucieux :

— Alors, vous allez me payer combien ?

— On verra ça demain matin.

— Les repas seront compris, d'accord ?

Molly retint un sourire.

— Oui.

— Et je peux dormir ici aussi ?

— Oui. Est-ce que par hasard tu n'étais pas négociatrice dans une vie antérieure ?

Kendra haussa les épaules.

— Il faut bien que je m'occupe de moi. Sinon, qui le fera ?

C'est vrai, pensa Molly, elle-même avait appris cette leçon-là au prix fort.

Les yeux les plus tristes qu'il ait jamais vus fixaient Daniel Devaney sur la toute récente affiche d'enfants disparus, placardée en face de son bureau. Kendra Grace Morrow avait un regard sombre et tourmenté. D'après les indications reçues, elle n'avait que treize ans, mais elle paraissait plus âgée et beaucoup trop lucide.

On pensait qu'elle se trouvait quelque part dans le Maine, après s'être enfuie de Portland deux semaines avant. Elle avait réussi à éviter la police et ses parents, qui devaient être dans tous leurs états. Son cœur saigna pour eux, comme toujours quand il contemplait l'un de ces posters. Dans le cas présent, au moins pouvait-on se rassurer : la petite n'avait pas été kidnappée. En effet, elle avait emporté des vêtements et laissé un mot laconique. Et, chaque fois qu'elle avait été repérée, Dieu merci, elle était seule.

Néanmoins, les jeunes fugueurs ne semblaient jamais conscients des dangers qui les attendaient ; peut-être aussi que la situation qu'ils fuyaient était si terrible que tout leur semblait préférable. Daniel ne connaissait pas les détails de ce cas particulier, mais tous les dossiers avaient un point commun : il s'agissait d'un enfant en détresse. Et, chaque fois qu'il devait faire face à une de ces situations, il se demandait si on avait imprimé des avis comme celui-là pour ses trois frères aînés, ceux dont il n'avait connu l'existence que le jour où il était tombé par hasard sur de vieilles photos dans le grenier. Les frères que ses parents avaient abandonnés bien des années auparavant.

Parfois, quand Daniel repensait à ce qui s'était passé, au choix que Connor et Kathleen Devaney avaient fait lorsqu'ils les avaient gardés, lui et son frère jumeau Patrick, son cœur se gonflait de chagrin. Qu'est-ce que Ryan, Sean et Michael avaient bien pu penser lorsqu'ils avaient découvert qu'on les avait laissés ? Combien de temps avaient-ils pleuré ? Combien d'heures s'étaient écoulées avant qu'ils comprennent que ce n'était plus la peine d'attendre que leur papa et leur maman viennent les chercher ? Est-ce qu'ils avaient été bien traités dans leurs familles d'accueil ? Ou bien, au contraire, est-ce que le système les avait délaissés, comme leurs parents ?

Récemment, ils avaient repris contact, mais aucun n'avait voulu aborder les sujets sensibles. Pourtant, un jour viendrait inévitablement où il leur faudrait affronter ensemble le passé. C'est vrai, leurs parents avaient fait de leur vie un gâchis, mais il faudrait bien qu'ils essayent enfin de le réparer. Ce n'était pas comme si Patrick et lui s'en étaient sortis indemnes, une fois la vérité découverte.

Patrick avait été le plus affecté. Il avait fui la maison familiale, et n'avait plus jamais reparlé à leurs parents. En fait, il n'avait repris contact avec Daniel que très récemment, lorsqu'il avait organisé les premières retrouvailles avec Ryan, Sean et Michael. Il avait espéré que, après tout ce temps, Daniel apporterait un peu de lumière sur ce qui s'était produit si longtemps auparavant, mais celui-ci n'en savait toujours pas plus.

Oh ! bien sûr, il avait tenté de comprendre ce qui s'était passé, mais, à part reconnaître l'existence des trois aînés, ses parents n'avaient pratiquement rien dit pour s'efforcer de justifier leur geste. Même si Daniel continuait à les voir, sa colère était loin d'être assagie, et son sentiment de culpabilité d'être l'un des deux choisis n'allait pas en s'amenuisant.

Cela dit, il leur devait quand même quelque chose. Sans la découverte de leur trahison, il n'aurait sans doute pas opté pour le genre de travail qu'il faisait aujourd'hui — aider des jeunes dans l'adversité, se battre pour leurs droits, recoller les morceaux entre eux et leurs parents ou bien leur trouver de bonnes familles d'accueil. Il avait beaucoup de dossiers à traiter, les journées étaient longues, mais c'était un travail important qui avait du sens. Seulement voilà, ça lui brisait le cœur, à coup sûr.

Pour ne pas se laisser dominer par les émotions, il appliquait le règlement à la lettre, et suivait des règles bien établies. Parfois ça marchait, parfois, non. Il n'avait qu'à fixer le regard tourmenté de Kendra Morrow pour savoir instinctivement que, cette fois-ci, c'était raté. Cette fille était un bourreau des cœurs. Si seulement elle pouvait être sous la juridiction de quelqu'un d'autre que lui, et en sécurité !

Que le monde était cruel ! Un monde où des adolescents fuguaient, à peine sortis de la petite enfance, trop jeunes pour comprendre les dangers qu'ils couraient. Il soupira, et, lorsque le téléphone sonna, décrocha, soulagé d'être tiré de ses sombres pensées.

— Devaney.

— Daniel, ici Joe Sutton, quartier général de la police. Est-ce que tu as vu l'affiche concernant Kendra Morrow ?

— Elle est sur mon bureau.

— J'ai déjeuné à Widow's Cove, annonça le détective.

Il suffisait de mentionner Widow's Cove pour que Daniel en ait les mains moites. Et, bien sûr, le

meilleur endroit au monde pour déjeuner, c'était…
chez Molly.

— Ah oui ? répondit-il, comme si son cœur ne battait
pas à se rompre.

— J'ai l'impression que Kendra Morrow crèche chez
Molly, sur le front de mer, déclara Joe. Tu vois où je veux
dire ? La meilleure soupe aux palourdes de la côte ?

— Oui, chez Jess. Tu es sûr que c'est Kendra ?

— Si ce n'est pas elle, c'est son sosie. Je venais de
voir l'affiche avant d'y aller.

— Qu'est-ce qui t'a retenu de la cueillir ? s'enquit
Daniel.

Il était surpris du manque de réaction du détective
toujours, rapide à intercepter les jeunes fugueurs, dans
le but de les protéger. Ce n'était pas la première fois
qu'il avait à régler un cas de ce genre avec Joe, et il
respectait l'instinct de son aîné.

— Parce que j'ai étudié le dossier, et qu'il y a quelque
chose qui ne colle pas. J'ai pensé que tu pourrais discuter
un peu avec la gamine, pendant que moi j'enquêterai
sur les raisons qui auraient pu déclencher sa fugue. Tu
sais comme moi que ce n'est pas toujours aussi évident
qu'il y paraît au premier abord. Si j'avais pensé qu'elle
était en danger, je n'aurais pas hésité à la choper, mais
elle n'ira nulle part ; tu peux être tranquille, Molly ne la
laissera pas partir. Je ne vois pas l'intérêt de la déplacer
avant d'être en possession de tous les éléments.

Daniel soupira encore plus lourdement. Lui et Molly
s'entendaient comme deux matous défendant leur territoire.
Leur relation avait toujours été passionnée et orageuse,
même avant qu'il ne la laisse tomber de façon aussi
moche. Après ce qui s'était passé la nuit où elle lui avait

annoncé sa grossesse, leurs rapports s'étaient refroidis à un point tel qu'il suffisait d'un regard échangé pour que tout autour d'eux se recouvre d'une chape de glace. Il le regrettait, mais avait fini par l'accepter. Quel idiot il s'était montré ! Il ne méritait pas son pardon.

Pour ne pas la blesser davantage, il n'avait pas remis les pieds, depuis plusieurs années déjà, dans le bar qu'elle avait hérité de son grand-père. Plusieurs raisons le retenaient ; d'une part, Patrick avait tendance à y traîner, mais surtout, il ne supportait pas le regard empreint de mépris, bien justifié, dont Molly le toisait.

— Tu peux y faire un saut ? insista Joe.

Daniel hésita une fraction de seconde, mais, quand il s'agissait du travail, il savait laisser ses sentiments personnels à leur place, aussi délicate que soit la situation.

— J'y vais, dit-il en pliant l'affiche en quatre et la mettant dans la poche de sa veste. Je te tiens au courant. Tu es sûr que tu ne veux pas que je la ramène, si c'est Kendra ? Si elle se rend compte qu'on l'a repérée, elle risque de s'enfuir de nouveau.

— Contente-toi de prévenir Molly, au cas où elle ne saurait pas que la gamine est recherchée. Elle ne court aucun danger là-bas.

— Je te signale qu'elle emploie une mineure dans un bar, lui rappela Daniel d'un ton sarcastique.

Ça correspondait bien à Molly, avec son grand cœur, de prendre en charge une jeune fugueuse, sans se soucier le moins du monde des conséquences. Est-ce qu'elle s'était préoccupée un seul instant de l'angoisse des parents ? Est-ce qu'elle s'était même demandé si elle n'était pas en train d'enfreindre la loi ?

Joe émit un petit rire amusé à la remarque de Daniel sur le manque de discernement de Molly.

— Laisse tomber. La gosse sert de la soupe aux palourdes, et elle en verse plus par terre que dans les assiettes ! Je ne vois vraiment pas où est le mal. En ce qui me concerne, je trouve qu'elle est mieux là que n'importe où, et ça nous donne le temps de comprendre pourquoi elle s'est enfuie. Ce n'est pas la lettre qu'elle a laissée qui nous l'apprendra. Ce que je veux éviter, c'est qu'on la rende à ses parents, pour s'apercevoir après coup qu'il y a maltraitance.

Daniel avait sa propre opinion sur ce manquement aux règles, mais il garda ses pensées pour lui. C'était l'affaire de Joe, après tout, en tout cas jusqu'au moment où le tribunal s'en mêlerait. Ça serait alors à son tour de dire ce qu'il pensait d'une femme qui se permettait d'employer une adolescente sans poser de questions, et sans révéler sa présence aux autorités.

— L'homme à qui vous parliez tout à l'heure, c'était un flic, déclara Kendra, blême, et regardant Molly d'un air paniqué. Les flics, moi je les repère à dix kilomètres à la ronde !

— C'était Joe Sutton et, tu as raison, c'est un détective. Mais c'est un type bien, la rassura Molly. Il vient ici régulièrement pour la soupe aux palourdes. S'il t'avait recherchée, il aurait dit quelque chose. Et puis maintenant il est parti, alors tu vois bien qu'il ne t'a pas reconnue.

— Ça doit être parce qu'il avait oublié ses menottes, et qu'il est retourné les chercher.

— Ecoute, mon ange, il ne te mettra pas de menottes. Tu t'es enfuie, tu n'as pas commis un crime. Tu n'as rien à craindre de Joe.

Elle avait à peine fini sa phrase que la porte s'ouvrait, et que Daniel entrait, comme en territoire conquis. A son avis, Kendra avait beaucoup plus à craindre de Daniel que de Joe Sutton. Dans des situations comme celle-ci, Daniel était impitoyable et n'autoriserait aucune dérogation à la loi. Le fait que lui et Patrick soient jumeaux, était pour elle un mystère total.

— Va vite derrière, ordonna Molly, tout en se plaçant de façon à ce que Daniel ne puisse voir Kendra. Et reste sur tes gardes, au cas où il faudrait que tu partes à toute vitesse.

Au ton brusque de Molly, Kendra se sentit pâlir.

— Qu'est-ce qui se passe ? Le flic est revenu ?

— Non. Mais surtout ne te montre pas. Dis à Retta ce que je t'ai dit. Dis-lui que Daniel est ici. Elle comprendra et elle t'aidera. Je t'expliquerai plus tard, promit Molly en lui pressant la main pour la rassurer. Fais-moi confiance. Tout va bien se passer.

Kendra suivit son regard et aperçut Daniel.

— C'est un flic, lui aussi ? s'écria-t-elle aussitôt.

— Non, lui, c'est pire. Il travaille pour une agence des services sociaux.

— Alors, c'est pour moi qu'il est là ? s'exclama Kendra, atterrée, comprenant soudain.

— Il y a de fortes chances.

Quelle autre raison aurait bien pu amener Daniel dans son bar, surtout après qu'elle lui avait fait comprendre qu'il n'y était pas le bienvenu ?

— Surtout, reste bien cachée. Daniel Devaney, c'est mon affaire.

Quand elle se fut assurée que Kendra était en sécurité hors du bar, elle marcha vers la table de Daniel d'un pas nonchalant, son carnet de commandes à la main. L'air faussement détaché, elle s'efforça d'ignorer l'état d'agitation dans lequel elle se trouvait et qu'elle connaissait si bien. Il le fallait, pour Kendra. Si l'enjeu n'avait pas été aussi considérable, Daniel aurait bien pu mourir de faim sous ses yeux, sans qu'elle lui accorde un seul regard.

— Quelle surprise ! lui lança-t-elle. Je croyais que tu préférais fréquenter des endroits plus chic, ces temps-ci.

Daniel fronça les sourcils.

— Je n'ai jamais dit ça.

— Ce n'est pas la peine. Ton mépris est aveuglant.

Elle l'avait tellement ressenti, ce mépris, le soir où il avait refusé d'être le père de leur enfant. Bien qu'il ait tenté de lui expliquer les faiblesses de son propre père, elle avait toujours pensé qu'une des raisons au moins de son manque d'enthousiasme était qu'il avait trouvé détestable le choix qu'elle avait fait de reprendre le bar de son grand-père, plutôt que de poursuivre ses études dans une université bien snob et de s'engager dans une carrière branchée. Complètement différent de son frère jumeau, Daniel était sophistiqué, avec ses chemises élégantes aux boutons de manchettes marqués de ses initiales, et ses chaussures italiennes, plus à leur place dans le centre de Portland que sur le bord de mer à Widow's Cove. Il n'avait décidément plus rien d'un provincial.

Il encaissa la remarque acerbe de Molly sans broncher.

— Tu es libre de tes opinions. Je ne suis pas venu pour me disputer avec toi. Apporte-moi une assiette de soupe aux palourdes, s'il te plaît.

Molly nota la commande, mais ne bougea pas. Elle se doutait bien qu'il n'était pas là juste à cause de la soupe aux palourdes. D'ailleurs, il avait l'air bien trop innocent et désinvolte à son goût. Et comme Joe Sutton venait à peine de repartir, c'était sûrement à cause de Kendra qu'il s'était dérangé.

— Alors, tu es descendu voir tes parents ?

— Non.

— Si tu cherches Patrick, il ne sera pas là avant ce soir, continua-t-elle, mine de rien, fermement décidée à percer son jeu.

— Je ne cherche pas Patrick.

— Ah bon ?

Elle vint s'asseoir en face de lui, se glissant sur le banc opposé, jusqu'à ce que leurs genoux se frôlent. Son corps tout entier fut parcouru d'un long frisson qui la surprit de manière désagréable, mais elle n'en laissa rien paraître. Elle n'était pas en mesure de contrôler ces frissons-là, mais elle saurait refuser à Daniel la satisfaction de s'apercevoir combien il la troublait par sa présence. D'ailleurs, n'avait-elle pas remarqué une flamme de désir dans ses yeux ? Elle allait pouvoir tourner cela à son avantage, à condition qu'elle parvienne à parler sans s'étrangler. Il fallait qu'elle tente le tout pour le tout.

— Alors, c'est pour me voir que tu es venu ? Tu ne peux pas savoir à quel point j'avais envie de te l'en-

27

tendre dire une fois encore. Que puis-je faire pour toi, Daniel ? s'efforça-t-elle d'ajouter d'une voix délibérément provocante. Est-ce que tu as décidé que je te manquais, après tout ce temps ? As-tu envie qu'on reprenne les choses là où on s'était arrêtés ?

Il secoua la tête, ne la prenant manifestement pas au sérieux.

— Bien que ton offre soit très alléchante, je suis venu ici pour mon travail, répliqua-t-il sèchement.

Molly se raidit, blessée de son rejet, même si elle s'y était préparée.

— Qu'est-ce que tu peux bien avoir comme boulot en rapport avec moi ?

Il la contempla, imperturbable, son regard s'attardant juste assez pour qu'elle perde tous ses moyens !

— Et si on commençait par la gamine qui se cache dans la cuisine ?

2.

Daniel ne s'attendait pas que sa conversation avec Molly se déroule sans encombre. Vu leurs antécédents, et après leur douloureuse rupture dont il se sentait responsable, il avait de la chance qu'elle ne l'ait pas accueilli en lui flanquant une gifle magistrale.

— Tu ne réponds pas ? insista-t-il, surpris qu'elle ne manifeste aucune émotion.

— Quelle gamine ? s'enquit-elle d'une voix candide.

Là, par contre, il ne s'attendait certainement pas qu'elle mente aussi effrontément, ce qu'elle était en train de faire manifestement, vu son expression. Il dut reconnaître qu'elle s'y prenait bien. Elle ne broncha pas, ne jeta pas le moindre coup d'œil vers la porte de la cuisine, mais continua de le fixer avec stupéfaction. Il ressentit un pincement de déception devant sa dissimulation ; autrefois, Molly n'aurait pas hésité à lui cracher la vérité à la figure, avec défi.

— Il y a une jeune fugueuse qui travaille ici, déclarat-il sèchement. Joe Sutton l'a repérée, et moi je viens de la voir disparaître dans la cuisine. Elle a treize ans, Molly ! Veux-tu que je t'énumère le nombre de lois que tu enfreins, en l'employant ici ?

— *En supposant* que quelqu'un d'aussi jeune travaille ici, elle ne servirait certainement pas d'alcool, riposta-t-elle les joues en feu, visiblement hors d'elle. Et tu sais aussi bien que moi que je n'exploite pas d'enfants dans mon établissement, alors tu n'as pas besoin de monter sur tes grands chevaux !

Il fouilla dans sa poche et en sortit l'annonce de disparition qu'il posa sur la table, puis il la défroissa avec soin.

— Alors, tu confirmes que tu ne connais pas cette fille ? insista-t-il, son regard rivé au sien.

Il s'efforça d'y saisir les émotions qu'il avait toujours pu y lire. Il n'y décela que de la fureur. Elle jeta un coup d'œil sur la photo, mais rien dans son expression ne put laisser penser qu'elle l'ait reconnue. Daniel réprima un soupir. Où avait-elle appris à mentir si bien ? Lorsqu'ils étaient ensemble, elle avait toujours été incapable de fausseté. Etait-ce à cause de la souffrance qu'il lui avait infligée, qu'elle s'était durcie de la sorte ? Cette pensée lui donna la nausée.

— Je ne l'ai jamais vue. Qu'a-t-elle fait ? dit-elle, le plus naturellement du monde.

— Elle a fugué, répondit-il patiemment. Cet avis parle pour lui-même, mais peut-être as-tu peur que, en y regardant de plus près, tu ne dévoiles tes pensées ?

— Fiche le camp, Daniel. Tu n'as pas de leçon à me donner, trancha-t-elle en se glissant hors du box.

Il la saisit par le poignet et la sentit se crisper.

— Dans ce cas, laisse-moi la voir, exigea-t-il, s'efforçant d'ignorer les regrets qui le harcelaient.

— Ne te gêne surtout pas pour aller fouiner dans ma cuisine, et même en haut, dans mon appartement, pendant que tu y es, clama-t-elle assez fort pour être entendue à vingt lieues à la ronde, je ne t'en empêcherai pas, mais je ne te le pardonnerai jamais.

Elle le balaya d'un regard dédaigneux.

— Oh ! mais attends, il y a déjà pas mal de choses que je ne t'ai pas pardonnées, n'est-ce pas ? Je n'aurais qu'à rajouter celle-ci à la liste.

A ce moment précis, Daniel n'eut qu'un désir : la prendre dans ses bras et l'embrasser jusqu'à ce qu'elle fonde et se pelotonne contre lui, comme autrefois. Il voulut retrouver l'exaltation, l'ardeur et la passion, sans les complications.

— Molly, ceci n'a rien de personnel, déclara-t-il doucement.

— C'est curieux, tu vois, moi, je trouve ça franchement personnel ; tu remets en question mon intégrité.

— C'est juste parce que je connais ton grand cœur, surtout quand il s'agit d'enfants. Tu n'hésiterais pas une seconde à cacher cette gamine si tu pensais que c'était la meilleure solution, et surtout si ça devait me casser les pieds. Mais crois-moi : ce n'est pas le bon choix. Elle a des parents, pense un peu à eux. Mets-toi à leur place : leur fille a disparu, et ils sont paniqués. Ils sont morts d'angoisse en pensant à tout ce qui pourrait arriver à une gamine innocente, seule, à la rue.

L'émotion dans les yeux de Molly confirma qu'il avait touché au but. Très vite, cependant, elle recouvra son regard froid et indifférent, et il comprit qu'il avait raté sa seule chance de l'atteindre. C'était normal qu'elle ait envie de le provoquer. Il aurait mieux fait de laisser Joe lui parler. Avec lui, elle n'aurait pas été sur ses gardes.

— Je te l'ai déjà dit, si tu veux fouiller partout, ne t'en prive pas.

Ils s'affrontèrent du regard.

— Tu crois que je n'en suis pas capable ?

— Si. Je pense que tu n'en feras qu'à ta tête, comme toujours.

Il aurait pu lui faire confiance et en rester là. Il aurait pu remonter juste un tout petit peu dans son estime en partant. Mais il fit demi-tour et avança vers les cuisines, parce que son boulot le lui dictait. Evidemment, à cause de l'effervescence provoquée par Molly, il n'y trouva que Retta, fidèle à son poste de chef depuis quarante ans. Bien qu'autrefois ils aient été amis, elle pouvait se montrer prodigieusement fermée et distante avec les gens qu'elle n'aimait pas. Le regard qu'elle lui lança en dit long sur ce qu'elle pensait de lui, mais il n'apprit rien de plus sur une hypothétique jeune fille cachée dans l'arrière-cuisine.

— As-tu vu une adolescente ici ? interrogea-t-il, tout en sachant qu'il perdait son temps.

Elle procéda avec exagération à une inspection minutieuse de la pièce.

— Je ne vois personne.

— Est-ce qu'elle était là, il y a dix minutes ?

— J'ai trop de travail avec mes fourneaux, pour m'occuper du va et vient. Au cas où tu n'aurais pas remarqué, la salle est pleine à craquer. Molly fait des affaires, en ce moment, ajouta-t-elle avec fierté.

Daniel commençait presque à s'amuser. Retta était plutôt franche, et il voyait bien que ses questions mettaient à rude épreuve son besoin inné de dire la vérité.

— Et si on se concentrait sur cette pièce, Retta. Reconnais-tu qu'il y a eu des allées et venues aujourd'hui ?

— J'ai dit ça ?

— C'est bien ce qui m'a semblé. Où est-elle partie, Retta ?

Elle haussa les épaules, et continua à surveiller la cuisson.

— Je te l'ai déjà dit. Je ne fais pas attention à ce qui se passe.

Elle le regarda en fronçant les sourcils.

— Maintenant que j'y pense, j'ai remarqué une personne qui était partie.

— Ah ?

— Oui, toi ! Et tu as brisé le cœur de ma petite chérie. Tu ne vas pas recommencer, ajouta-t-elle en lui lançant un regard furieux.

— Je n'ai jamais voulu la blesser, soupira Daniel.

— Tu as pourtant bien réussi, n'est-ce pas ? Maintenant, sors d'ici. J'ai du travail, et je n'ai pas besoin de gens comme toi dans les pattes.

Daniel sortit, soulagé de s'éloigner de Retta et de ses accusations. Il méritait tout ce qu'elle avait dit, et davantage ; mais ce n'était pas pour autant plus facile à digérer.

Il trouva Molly derrière le bar, occupée à en briquer inutilement la surface déjà rutilante.

— Alors, tu as trouvé quelqu'un ?

— Juste Retta. Toujours aussi aimable.

— Elle ne t'aime pas.

— Elle m'aimait bien, autrefois.

— Moi aussi, je t'aimais, rétorqua Molly. Les temps changent.

Daniel resta de marbre.

— Tu veux que nous lavions notre linge sale en famille, là, devant tout le monde ?

Molly jeta un coup d'œil circulaire, et prit note des regards fascinés tournés vers eux.

— Non, pas vraiment, répondit-elle en haussant les épaules.

— Alors, donne-moi ta clé.

Elle sursauta.

— Pourquoi diable as-tu besoin de ma clé ?

— Je vais aller chercher la fille là-haut. Tu viens juste de me dire que tu n'y voyais pas d'inconvénient.

— Eh bien, j'ai changé d'avis. Je t'interdis d'y aller ! s'écria-t-elle en lui barrant le chemin d'un air de défi.

Il demeura impassible.

— C'est ton choix.

Molly le connaissait assez pour savoir qu'il ne partirait pas avant d'avoir terminé sa fouille. Après ce qui leur parut à tous deux une éternité, elle sortit la clé de sa poche et la lui remit d'un geste rageur.

— Amuse-toi bien ! s'écria-t-elle d'un ton sarcastique. Quand tu seras dans la chambre, profites-en pour te remémorer le bon temps. Mais attends-toi à trouver des changements. Je me suis débarrassée de tout souvenir de toi.

Il fit demi-tour et sortit, l'air furieux, avant qu'elle puisse réaliser que sa raillerie avait atteint son but.

Il monta l'escalier, et ouvrit la porte de l'appartement de Molly. Une foule de souvenirs l'assaillit tout à coup, et il lui fallut quelques secondes pour recouvrer ses esprits. C'était ici qu'il avait vécu les plus belles nuits de son existence.

La pièce était encore légèrement imprégnée de l'arôme du tabac de la pipe de Jess, mais, ce qui dominait, c'était le parfum de Molly. Le tapis était usé par endroits, les meubles avaient vu des jours meilleurs. Toutefois, Molly avait su créer une atmosphère douillette et confortable.

Un bouquet de fleurs ornait la table de la minuscule cuisine, un autre, la table de nuit. Parmi les photos encadrées exposées sur le buffet, la sienne avait disparu, constata Daniel. Elle avait jeté un plaid rouge vif sur le dossier du divan, et ajouté plusieurs coussins. Près du fauteuil favori de Jess, une pile de livres de poche, écornés, surtout des westerns de Louis l'Amour, était toujours à sa place.

Son cœur saigna de se retrouver là, à s'imprégner de l'atmosphère. La douleur était d'autant plus vive qu'il n'avait pas été invité, qu'il était un intrus. Leurs vies suffiraient-elles pour qu'il parvienne un jour à réparer le mal qu'il avait fait à Molly ? Il en doutait.

Et, ce qui n'arrangeait pas ses affaires, c'est qu'il n'y avait aucune trace de Kendra Morrow. Il avait rajouté un outrage de plus à la longue liste d'affronts qui l'éloignaient de Molly ; et tout cela, pour rien !

Evidemment, ça ne l'empêchait pas d'être persuadé que Kendra se trouvait dans les parages. Elle s'était faufilée dans la cuisine lorsqu'il était arrivé, il en était sûr. Il aurait pu l'attraper s'il avait bousculé Molly. Peut-être un jour comprendrait-il pourquoi il s'était retenu ? Etait-ce parce que, malgré tout ce qui s'était passé entre eux, il avait espéré qu'elle serait franche avec lui ? ou bien parce qu'il cherchait une excuse pour pouvoir revenir ?

Mais elle lui avait menti, et elle avait clairement l'intention de lui rendre la tâche beaucoup plus compliquée qu'il n'était nécessaire.

— Je finirai bien par la trouver, confia-t-il à Molly après l'avoir rejointe dans le bar. Pourquoi ne veux-tu pas coopérer, ça serait tellement plus simple. Je n'ai pas l'intention de l'arracher d'ici. Je veux seulement m'assurer qu'elle va bien. Elle peut rester avec toi, pendant que je fais le point avec Joe sur sa situation familiale.

Molly ne mordit pas à l'hameçon.

— Je ne vois vraiment pas de quoi tu parles, déclara-t-elle, le toisant.

— Comme tu veux, soupira Daniel. Je reviendrai.

— Je m'en réjouis à l'avance, rétorqua-t-elle, avec un sourire manifestement forcé. Dois-je en conclure que tu ne prendras pas de soupe aux palourdes ?

Daniel savait bien qu'elle n'attendait que son départ. Lui aussi, d'ailleurs, n'avait que cette idée en tête. Déjà, en temps normal, la simple présence de Molly le troublait. Il lui suffisait de s'approcher d'elle pour se sentir embrasé d'un désir incontrôlable. Mais il n'était pas du genre à contourner les difficultés. Il la regarda droit dans les yeux.

— Bien sûr que si, répondit-il d'une voix indifférente, c'est bien la meilleure de tout le Maine, n'est-ce pas ?

Elle le dévisagea.

— A ce qu'il paraît. Je vais t'en chercher. C'est pour emporter ?

— Sers-m'en un bol. Et je vais rester un petit peu, comme ça je verrai qui arrive.

Molly fronça les sourcils et se dirigea vers la cuisine sans un mot ; elle avait sûrement l'intention de prévenir Kendra de ne surtout pas bouger de sa cachette. Lorsqu'elle revint, au bout d'un long moment, Daniel l'accueillit, un sourire sarcastique sur les lèvres.

— Tu en as mis du temps ! Tu as été obligée d'aller à la pêche aux palourdes ?

— Non, répondit-elle gaiement, je ne trouvais plus l'arsenic.

Avant qu'il ait pu réagir, elle se tourna vers l'entrée, visiblement soulagée.

— Tiens, voilà ton frère ! annonça-t-elle, comme si l'arrivée de Patrick allait arranger les choses plutôt que de les compliquer. J'espère que vous n'allez pas vous battre, tous les deux ; c'est mauvais pour le commerce.

Daniel suivit la direction de son regard et aperçut Patrick, debout devant le bar. Il semblait tétanisé, comme se préparant à fuir, mais il prit une profonde respiration, traversa la salle et se glissa dans le box. On pouvait dire que c'était un progrès ; un an auparavant, il aurait suivi son impulsion et serait reparti. Leur unique tentative de réconciliation avait l'air de tenir, songea alors Daniel, du moment qu'elle n'était pas mise à l'épreuve trop souvent.

— Je vais te chercher une bière, dit Molly en lui pressant l'épaule d'un geste affectueux.

Ils n'échangèrent pas une syllabe, jusqu'à ce qu'elle ait apporté la boisson et soit repartie aussi vite, manifestement bien aise d'être délivrée de son supplice.

— Tu as l'air en forme, dit enfin Daniel.

— C'est bon d'être amoureux. Tu devrais essayer.

Il attendit un instant, jeta un regard lourd de sous-entendus vers Molly, et ajouta :

— Réessayer.

L'allusion était trop claire pour échapper à Daniel, mais il ne voulut pas se laisser entraîner sur ce terrain glissant.

— Aucune chance ; j'ai trop de mauvais exemples autour de moi, coupa-t-il.

— Comment vont les parents ? s'enquit Patrick d'un ton railleur.

Daniel ne s'attendait pas à une attaque aussi directe.

— Tu leur manques.

— Comme Ryan, Sean et Michael leur ont manqué ?

— Précisément. Je suis persuadé qu'il ne s'est pas écoulé un jour, depuis plus de vingt ans, sans qu'ils aient souffert de l'absence de nos frères. Je pense que nous en avons payé le prix. Toute cette amertume que nous ne comprenions pas, à ton avis, elle venait d'où ?

— Je ne me pose pas la question, répliqua Patrick en fronçant les sourcils. Tu devrais demander à Ryan, Sean et Michael s'ils ressentent la moindre indulgence pour nos parents. Crois-moi, ce n'est pas le cas.

— Je n'en suis pas si sûr. Ils m'ont paru plutôt sensés.

— Sensés, oui, reconnut Patrick, pas idiots.

— Quand reviennent-ils ? Maman sait qu'ils étaient à ton mariage. Ça lui a brisé le cœur de ne pas pouvoir, au moins, les apercevoir. Je crois que, si papa n'avait pas été là, elle aurait pris le risque de venir, même sachant qu'elle n'était pas invitée. Mais elle savait combien cela l'aurait contrarié... et toi aussi. Elle aurait peut-être mieux fait, après tout. S'il y avait eu une confrontation, on n'en serait peut-être pas là ?

— Ça m'étonne que tu ne l'aies pas encouragée.

— J'en avais envie, seulement on venait juste de faire la paix, toi et moi. Je ne voulais pas risquer de tout gâcher. J'ai pensé que c'était un premier pas. Malheureusement, j'ai l'impression qu'on évite d'aller plus loin.

— Tu as raison, soupira Patrick. Dès que je pense aux parents, je recommence à avoir l'estomac noué.

— Va les voir. Peut-être que ça passerait. La première fois, ça sera forcément difficile de te trouver en leur présence. Après, ça ira mieux. Dis-le aussi à Ryan, Sean et Michael. Demande-leur quand ils vont venir.

— Je ne veux pas les bousculer.

— Mais tu es en contact avec eux ?

— C'est un problème ? s'enquit Patrick avec agressivité, persuadé que Daniel le désapprouvait. Je les aime bien. Tu vois, c'est comme si, je ne sais pas moi, comme s'ils faisaient partie de la famille !

— Tu sais, moi aussi je fais partie de la famille, dit Daniel doucement, sans relever le ton sarcastique de son frère, il serait peut-être temps que tu t'en souviennes.

— Tu as raison, soupira de nouveau Patrick, c'est moi qui ai la tête dure. Tu ne me rends pas la tâche facile, Daniel, à force d'avoir l'air de dire que les parents n'ont rien fait de mal.

— Bon sang, je sais bien qu'ils se sont mal comportés ! Eux aussi le savent. Tout le monde peut faire des erreurs.

— Celle-là, comme erreur, on peut dire qu'elle était de taille ! s'enflamma Patrick. Ce n'est pas comme s'ils avaient oublié d'acheter le journal, ou laissé un parapluie au bureau. Ils ont délaissé trois fils et les ont abandonnés à leur propre sort, à des kilomètres d'ici !

Une ombre passa dans le regard de Daniel.

— Tu crois que je ne le sais pas ?

Patrick leva les bras dans un geste d'apaisement.

— D'accord, on laisse tomber. Pourquoi es-tu ici ? Je suppose que tu n'es pas venu simplement pour m'embêter ?

— C'est pour mon travail.

Devant l'air incrédule de Patrick, Daniel raconta comment il suspectait Molly d'employer une jeune fugueuse.

— Est-ce que tu l'as vue ? s'informa Daniel.

— D'après ce que je sais, c'est Molly qui sert les clients, comme elle l'a toujours fait, dit Patrick d'un ton parfaitement détaché.

— Et si ce n'était pas le cas, tu ne me le dirais pas, évidemment ?

Il savait qu'il ne tirerait rien de Patrick. Molly, Retta et lui se tenaient manifestement les coudes. Cela ne servirait à rien d'insister. Un silence gêné s'infiltra de nouveau entre eux. Le genre de silence qui l'avait contraint à rester à l'écart. C'était bien trop douloureux, après toutes ces années où Patrick et lui avaient tout partagé.

— Quand est-ce que cela va s'arrêter ? soupira-t-il, regardant Patrick d'un air las.

— Quoi ?

— Cette tension entre nous. Je n'ai abandonné personne. Les parents, oui, et tu sais aussi bien que moi qu'ils regrettent profondément leur geste, et qu'ils l'ont regretté chaque jour de leur vie.

— Je te l'ai déjà répété mille fois, et je vais le dire une fois de plus. Je n'ai aucune sympathie pour eux, déplora Patrick avec amertume. C'était leur choix, bon Dieu ! Qu'est-ce que tu dirais si c'était *nous* qu'ils avaient laissés derrière ? Est-ce que tu serais fichu de leur pardonner aussi facilement ?

— Mais ce n'est pas le cas. Ils nous ont donné un toit et leur amour.

— Au détriment de trois autres enfants. Se sont-ils jamais donné la peine d'expliquer pourquoi ? Leur as-tu seulement posé la question ?

Voyant que Daniel ne répondait pas, Patrick secoua la tête, visiblement dégoûté.

— Bien sûr que non !

— S'ils doivent une explication à quelqu'un, c'est à Ryan, Sean et Michael, en supposant qu'ils s'en soucient, à ce stade, lança Daniel.

— Oh ! pour ça, oui !

— Alors, pourquoi n'ont-ils pas organisé des retrouvailles ? Lorsqu'ils sont venus à ton mariage, je pensais qu'ils voudraient voir les parents. Toutefois, quand je l'ai proposé, après la cérémonie, ils se sont défilés.

— Peut-être parce que ce n'est pas facile de faire face aux parents qui vous ont abandonnés. Peut-être parce qu'ils ont peur de leur réaction, face aux piètres excuses venant d'êtres humains qui les ont plaqués.

Daniel comprenait la douleur de son frère, pourtant il ne pouvait pas le laisser insulter les deux êtres qui leur avaient tout donné. C'est vrai que Kathleen et Connor

Devaney n'étaient pas parfaits, mais ils n'étaient pas des monstres non plus.

— Attention à ce que tu dis, Patrick. Ils t'ont offert la vie et, pendant dix-huit ans, leur amour. Je ne supporterai pas que tu les traînes dans la boue. Tu leur dois plus de respect que ça.

— Ouais ! Ils nous ont tout donné, c'est vrai, mais à quel prix ? insista-t-il d'un ton cinglant.

— Ça doit être merveilleux d'être tellement parfait qu'on peut se permettre de porter un jugement sur les erreurs des autres, rétorqua Daniel.

Patrick lui lança un regard féroce.

— A propos d'erreurs, est-ce que tu vas offrir un jour à Molly les excuses qu'elle mérite ?

Daniel s'attendait à tout sauf à cela ! Il connaissait le côté protecteur de Patrick vis-à-vis de Molly, mais ne pensait pas que celui-ci ferait resurgir, après tout ce temps, des événements vieux de quatre ans.

— J'ai essayé. Elle ne veut rien entendre, répondit Daniel. De toute façon, à quoi ça sert de palabrer ?

— C'est vrai, à pas grand-chose, reconnut Patrick. En revanche, elle a droit à des explications. En tout cas, elle ne mérite pas que tu t'acharnes comme ça sur elle pour une petite fugueuse. Il s'est passé trop de choses entre vous. La prochaine fois, envoie quelqu'un d'autre.

— Il n'y a *personne d'autre* ! C'est mon travail. Tout ce que je veux, c'est m'assurer que la gamine est en sécurité et retourne chez ses parents. C'est une coïncidence malheureuse si Molly a décidé de s'impliquer dans cette histoire.

— Peut-être que les parents de la jeune fille ne valent pas mieux que les nôtres, répliqua Patrick. Est-ce que cela t'a effleuré un seul instant qu'elle puisse être mieux ici, avec Molly ?

— Ça, ce n'est pas à moi de le décider, déplora Daniel avec un profond soupir. Pas tant que je n'aurai pas tous les éléments entre les mains. D'ailleurs on tourne en rond, je ferais mieux de m'en aller. Mais avant de partir, et même si je sais que ça ne servira à rien, je vais te demander une dernière fois de m'avertir, si jamais tu voyais cette Kendra Morrow, d'accord ? Essaye de persuader Molly qu'il est important que la gamine me parle. Oh ! Et puis, préviens-moi si nos frères décident de se manifester chez les parents, je ne pense pas que le cœur de papa supporterait le choc. Est-ce qu'ils sont au courant qu'il a eu un pontage depuis leur dernière visite ?

— Je les ai prévenus, répondit Daniel sèchement. Cela m'étonnerait qu'ils arrivent sur le pas de la porte en criant « coucou ! ». Cela dit, je ne pourrais pas leur jeter la pierre ; de toute façon, le choc ne serait pas pire que celui qu'ils ont reçu, eux, de la part de papa et maman, quand ils ont trouvé l'appartement vide en rentrant de l'école.

Ce rappel fit frémir Daniel. Lui-même n'aimait pas les surprises, mais il était certain en tout cas que l'état de santé de son père ne pourrait les supporter.

— Ecoute, donne-moi un numéro où je pourrai les contacter. Quand ils seront prêts, j'organiserai une rencontre, comme ça, tu ne seras pas pris entre deux feux.

— Alors là ! Ça serait plutôt à eux de décider, et à moi aussi, d'ailleurs ! s'indigna Patrick, exaspéré. Après toutes ces années et tout ce qui s'est passé, il me semble qu'ils ont le droit de choisir le jour et l'endroit ! Ce n'est pas toi qui vas tout contrôler, pour une fois dans ta vie !

Il reposa sa bière à moitié bue, se leva, puis se pencha vers Daniel en plantant son regard droit dans le sien.

— Pendant que tu y es, fiche la paix à Molly. C'est une femme bien, et elle a assez souffert à cause de toi. Si ça ne tenait qu'à moi, tu lui verserais d'énormes dommages et intérêts pour ce que tu lui as fait. Seulement, elle est beaucoup plus généreuse que moi.

— Si j'avais su, pour la fausse couche, je serais resté cette nuit-là, se défendit Daniel, sachant fort bien que, de toute façon, cela n'aurait pas suffi. Mais tu ne m'as pas appelé, ajouta-t-il.

— Parce qu'on ne peut pas dire que tu te sois montré à la hauteur quand elle t'a annoncé sa grossesse, lui rappela Patrick, le scrutant toujours de son regard accusateur. C'est ta faute si elle s'est retrouvée à l'hôpital. Elle ne voulait pas que tu sois là, et elle ne veut sûrement pas que tu viennes mettre la pagaille ici. Ce qui est sûr, c'est qu'elle n'a pas besoin que tu la harcèles avec tes soupçons. Tu as intérêt à lui demander pardon sincèrement pour ce que tu lui as fait à l'époque et pour aujourd'hui, sinon ne t'avise plus de remettre les pieds ici !

— Je suis bien obligé, tant qu'elle cache Kendra Morrow. Je suis désolé, vraiment, mais je n'ai pas le choix.

Patrick lui jeta un regard dédaigneux.

— Bien sûr, le règlement. Du moment que c'est écrit noir sur blanc, alors là tu sais quoi faire. Pour tout le reste : nos parents, Molly, un bébé, tu n'en as pas la moindre idée.

44

Daniel, le cœur gonflé de chagrin, regarda Patrick s'éloigner. Bon sang ! Il avait pourtant essayé d'être objectif dans ce gâchis. Hélas, de temps à autre, la rage l'emportait sur la raison. Si seulement Patrick savait combien il lui arrivait de haïr ses parents pour le mal qu'ils leur avaient fait, à tous !

Il aperçut Molly qui le surveillait depuis le bar. Entendu, il tâcherait de l'éviter, elle aussi, comme Patrick le lui avait demandé… dès qu'elle aurait avoué qu'elle dissimulait, quelque part, ici, une fugueuse.

3.

Molly fulminait ! Elle avait besoin de casser quelque chose, de préférence sur la tête dure et obstinée de Daniel. Heureusement, il avait fini par partir ! Et elle restait là, déchirée par des émotions contradictoires. Elle se rendit dans la cuisine et se mit à cogner sur des casseroles en faisant un tintamarre infernal très satisfaisant. Après s'être bien défoulée, elle aperçut Retta qui la contemplait, l'air consterné.

— Ça va mieux, tu te sens plus légère maintenant ?

— Ça ira pour le moment, répondit Molly.

Elle se sentait un peu honteuse devant cette femme qui, pendant des années, avait travaillé pour Jess, et qui avait pratiquement remplacé sa mère.

— C'est Daniel qui te met dans ces états-là ?

— Daniel ? Penses-tu ! Comme si j'allais laisser cet homme me troubler !

Devant l'air incrédule de Retta, elle soupira.

— Bon, d'accord, je reconnais qu'il m'a énervée. Mais c'est juste parce qu'il est tellement têtu et arrogant. Figure-toi qu'il a eu le culot de venir m'accuser de cacher Kendra !

Le visage de Retta s'éclaira d'un léger sourire.

— Tu sais, Daniel ne se trompe pas vraiment. Tu caches bien la gamine, lui rappela-t-elle, visiblement amusée par son indignation.

— Oui, mais il n'est pas sensé le savoir. De toute manière, il ne peut pas en être certain, répondit Molly, refusant de prêter l'oreille au bon sens. Ce n'est pas comme s'il avait une raison de ne pas me faire confiance. S'il y a quelqu'un qui n'est pas digne de confiance, c'est bien lui.

— Ma petite chérie, Joe Sutton a aperçu Kendra, ici, précisément. Et Daniel aussi. Sauf, bien sûr, s'il n'est plus aussi vif qu'avant. Il ne mentait pas, dit-elle doucement. Il était déjà entré quand tu as envoyé la petite, en catastrophe, filer par-derrière.

— Est-ce que tu es en train de me dire que j'aurais dû tout avouer et lui remettre Kendra ? s'enquit Molly en fronçant les sourcils. Je ne sais pas pourquoi elle s'est enfuie, cependant je suis sûre d'une chose : elle est terrifiée, et elle ne veut pas rentrer chez elle.

— Tout ce que je dis, c'est que tu ne peux pas en vouloir à Daniel de penser que tu la caches quelque part.

— Au fait, où est-elle ? lança Molly, sentant bien que cette discussion ne menait à rien.

— Je l'ai envoyée à la maison. Elle est avec Leslie Sue, et je lui ai dit de ne pas revenir avant d'avoir eu mon feu vert. Tu veux que j'y aille maintenant ?

— D'accord, approuva Molly en hochant la tête. Surtout, fais en sorte que Leslie Sue revienne avec elle. Si jamais la visite de Daniel l'a effrayée, Kendra risque de repartir. Je dois lui parler. Il faut absolument que j'arrive à découvrir la raison de sa fugue. J'ai dit que je lui donnais une semaine, mais le temps presse.

Daniel va revenir, c'est clair, et il faut que je la prépare pour ça. Je ne peux pas la protéger si je ne connais pas la vérité.

— Tu penses qu'elle va te la dire ?

— Non, reconnut Molly.

— Pourquoi n'appelles-tu pas ses parents, pour les rassurer ?

— Je ne sais pas comment les joindre.

— Si, tu le sais, rectifia Retta. Ne me dis pas que tu n'as pas vu son nom sur le poster que Daniel brandissait à tout vent… Tiens, regarde, je l'ai noté, dit-elle en prenant un papier sur le comptoir, il y a même le téléphone.

Molly détestait qu'on la surprenne en train de se dérober, ce que Retta faisait régulièrement.

Elle jeta un regard mauvais à cette femme qui mettait toute sa fierté à lui servir de conscience.

— Je ne peux pas trahir Kendra, murmura Molly.

— Tu sais, ma chérie, tu as intérêt à faire quelque chose, si tu ne veux pas avoir Daniel dans les pattes chaque fois que tu te retournes. Cet homme ne va pas laisser tomber, même si c'est très contrariant pour vous deux. Quand il s'agit de ces enfants qu'il recherche, il est comme un pitt-bull, et ne lâche pas le morceau.

— Je le sais.

— Alors ?

— Bon, d'accord. Appelle Kendra, et fais-la revenir.

La perspective de faire parler la fillette était à peine plus attrayante que celle de brouiller les pistes pour Daniel, jusqu'à épuisement.

Entre-temps, elle retourna s'occuper de ses clients, qu'elle avait bien négligés. Quand elle eut terminé son tour de salle, elle trouva Alice Devaney assise au bar. Elle contempla sa meilleure amie en fronçant les sourcils.

— Je suppose que c'est ton mari qui t'envoie pour savoir si son frère m'a rendue complètement cinglée ?

— Patrick m'a dit que Daniel était passé, admit Alice. Je n'ai cependant pas eu besoin de lui pour me douter que la rencontre n'avait pas dû être des plus agréables. Comment te sens-tu ?

— J'ai survécu à la première manche, mais ça ne sera pas la dernière si je ne lui donne pas ce qu'il est venu chercher.

— Et c'est ?

— Il veut que je lui livre la jeune fugueuse qui se cache ici.

— Oh, mon Dieu ! Es-tu bien sûre de rendre service à la gamine, en la cachant ?

— Ah, non ! Ne t'y mets pas, toi aussi ! Elle est mieux ici qu'à la rue, s'écria Molly, sur la défensive.

— Sans aucun doute, reconnut Alice. Pourtant, ne serait-elle pas encore mieux chez elle ?

— Ou pas. Comment puis-je en être sûre ?

— C'est peut-être un point sur lequel tu peux faire confiance à Daniel, avança Alice avec prudence. Je sais que tu n'aimes pas le reconnaître, mais c'est quand même lui l'expert.

— Pour ce qui est des règlements, oui, pas des êtres humains.

— Molly, je suis navrée qu'il t'ait fait tant souffrir, murmura Alice en lui prenant la main. C'est son boulot tu sais, de retrouver et d'aider les fugueurs. Et d'après ce que tout le monde dit, il fait très bien son travail.

— Je ne le laisserai pas m'enlever encore un enfant ! s'exclama Molly sans réfléchir.

— Qu'est-ce que tu as dit ? Quand Daniel t'a-t-il enlevé un enfant ? s'écria Alice, suffoquée.

— Rien, rien ! protesta Molly aussitôt.

Patrick et Retta étaient les seuls à savoir qu'elle avait fait une fausse couche, à part bien sûr Daniel et le médecin de la clinique. Elle ne tenait pas à ce que cette nouvelle se répande dans la petite ville de Widow's Cove. Elle avait supplié Patrick de n'en rien dire à sa femme. Après tout, cela s'était passé longtemps avant qu'il ne rencontre Alice.

— Attends, ce qui est dit est dit, s'exclama Alice avec véhémence. Je suis ta meilleure amie. Du moins, j'aime croire que je suis devenue ta meilleure amie, depuis que je suis revenue à Widow's Cove et que j'ai épousé Patrick. Tu peux tout me dire.

— J'ai été une idiote et je n'aime pas en parler, répondit Molly en secouant la tête.

— Ce n'est pas vrai, tu ne seras jamais une idiote ! rétorqua Alice avec fougue. Allez, Molly, vide ton sac ! Tu te sentiras mieux quand tu m'auras tout raconté. Je ne pense pas que Patrick sache vraiment écouter. Lui, il serait plutôt du genre à menacer de flanquer une raclée à son frère pour t'avoir fait du mal.

— Oui, il me l'a proposé une ou deux fois, sourit Molly. Je n'ai pas voulu, mais là, tu vois, je le regrette sincèrement !

50

— Tu aurais peut-être dû accepter ? Ça vous aurait sans doute fait du bien à tous les deux, si Patrick était passé à l'action.

— Tu voudrais que je les laisse se battre ? s'écria Molly, horrifiée.

— Ça aurait pu les rapprocher de vider la colère qu'ils éprouvent l'un envers l'autre, dit-elle en balayant cette idée d'un geste. Mais on ne parle pas de ça. Dis-moi plutôt ce qui s'est passé entre toi et Daniel, Molly. Je ne t'ai jamais bousculée à ce sujet, seulement je crois que le moment est venu que tu me racontes.

Molly repensa à la première grosse erreur de sa vie.

— Je croyais que Daniel m'aimait, soupira-t-elle.

— Ce n'est pas si terrible que ça, dit Alice. Tu es sûre qu'il ne t'aimait pas ?

Alice avait dû, elle aussi, mener ses propres batailles avec un Devaney et les histoires compliquées de cette famille, avant de conquérir le cœur de Patrick. Après réflexion, Molly se dit que ses conseils pourraient sûrement l'éclairer.

— D'accord, alors voilà, en un mot. Tu sais que Daniel et moi, nous sommes sortis ensemble.

— Oui, j'avais compris. Je sais aussi que votre histoire s'est mal terminée. Ce n'est pas un secret.

Molly prit une respiration profonde, et raconta le plus simplement possible le déroulement des événements.

— Il a piqué une crise quand je lui ai annoncé que j'étais enceinte. La nuit de notre dispute, j'ai fait une fausse couche et j'ai perdu le bébé. Voilà comment ça s'est terminé.

51

— Oh ! Ma pauvre chérie ! s'écria Alice, ne pouvant contenir ses larmes. Je suis désolée. Quel coup, pour toi !

Le regard de Molly s'assombrit.

— Je n'en suis pas morte. Mais il ne m'enlèvera pas Kendra. En tout cas, pas tant que je ne serai pas persuadée que c'est ce qu'il y a de mieux pour elle. La gamine souffre. Pour l'amour du ciel ! Je ne veux pas la garder pour moi. Je veux juste comprendre pourquoi elle est partie de chez elle, avant qu'on la renvoie et qu'elle retrouve la situation qui l'a fait s'enfuir.

— Ne mélange pas le fait de laisser partir Kendra avec la perte de ton bébé, dit Alice doucement. Ce sont deux choses différentes.

— C'est possible. Tout ce que je sais, c'est que Daniel est impliqué dans les deux histoires, répondit Molly, avec obstination.

— D'accord, qu'est-ce que je peux faire ?

Molly s'efforça de sourire.

— Rien du tout. A moins que tu ne veuilles monter la garde à la porte et l'empêcher d'entrer.

— Ça m'étonnerait que je fasse le poids ! C'est tout ?

— Oui. Et ne t'inquiète pas pour Daniel, je m'en occupe.

— Ça ne serait pas nécessaire, si tu faisais ce qu'il demande, et que tu le laissais voir Kendra. Je suis sûre que, tous les trois, vous arriveriez à régler ça.

Molly savait que c'était un conseil sensé. Cependant, si *elle* avait peur de prendre ce risque, comment pourrait-elle convaincre Kendra de faire confiance à Daniel ?

— Je vais essayer de la persuader de parler à Daniel, concéda-t-elle à contrecœur. Mais je ne l'obligerai pas, ajouta-t-elle, butée.

— Attends, Molly. Cela ne suffit pas. Elle n'a que treize ans. C'est beaucoup trop jeune pour prendre une décision qui risque de l'affecter pour le reste de sa vie. C'est toi l'adulte ici. Montre-toi intelligente, dans son intérêt et dans le tien.

Après le départ d'Alice, Kendra émergea de la cuisine. Molly l'emmena aussitôt en haut, où elles seraient plus tranquilles pour parler.

— Ne bouge pas, ordonna Molly, décidée à suivre l'avis d'Alice, qu'elle ne pouvait qu'approuver. Toi et moi, il faut qu'on discute, dès que j'aurai servi une tournée de boissons.

— Qu'est-ce qui se passe ? s'écria Kendra, ouvrant de grands yeux apeurés. Qu'est-ce que ce type vous a dit ? Je n'ai rien fait de mal. Je ne suis pas recherchée pour quoi que ce soit. Je vous jure que je n'ai jamais rien volé, même pas une tablette de chocolat. Je vous le jure !

— Je sais, répondit Molly, profondément touchée par l'empressement de Kendra à se défendre. Mais il faut qu'on bavarde, d'accord ?

Kendra hocha la tête.

— Regarde la télé, occupe-toi jusqu'à ce que je revienne. Surtout, quoi que tu fasses, ne redescends pas ce soir.

— Est-ce que cet homme va revenir ?

— Je ne crois pas. Cependant, il est imprévisible.

C'était une leçon qu'elle avait payée cher.

Bien qu'il se sente de mauvaise humeur et pas du tout en forme, Daniel fit quand même un détour par la maison de ses parents. Il n'avait pas l'intention de monter, surtout dans l'état où il était après sa conversation avec Patrick et ses démêlés avec Molly, mais, en voyant toutes les lumières allumées, il changea d'avis et s'engagea dans l'allée. C'était devenu un rituel pour lui de passer chaque soir, vérifier que tout allait bien, et il ne pouvait pas y échapper si facilement.

Et puis cette débauche d'éclairage l'inquiétait. Il se précipita, et s'engouffra dans la maison en appelant son père et sa mère.

Tout semblait normal. Un fumet délicieux s'échappait de la cuisine... Un rôti à la cocotte, il en aurait juré. La télé hurlait dans la salle de séjour, preuve irréfutable que son père devenait de plus en plus sourd, ce que ce dernier refusait d'admettre.

Comme il ne se sentait pas de taille à rivaliser avec le journal de 20 heures, Daniel tourna ses pas vers la cuisine, où sa mère était tout juste en train de sortir le rôti du four. Elle sursauta quand il l'interpella.

— Daniel Devaney, ne me donne pas des frayeurs pareilles, tu vas me faire mourir, plaida-t-elle, une main pressée contre sa poitrine.

Son teint, plutôt pâle d'habitude, avait rosi.

— Pardon, maman, s'excusa-t-il en souriant, j'ai cru que tu m'avais entendu entrer. Je t'ai pourtant appelée très fort.

— Comment veux-tu entendre quelque chose avec le boucan de cette télé ?

Elle écarta de son visage une mèche de cheveux, encore châtains, et l'observa.

54

— Tu as l'air fatigué et inquiet. Veux-tu boire quelque chose ? Le dîner sera prêt dans cinq minutes, tu veux rester ?

— Merci, j'ai déjà mangé. J'ai pris un bol de soupe aux palourdes, chez Jess.

— Tiens, dit-elle, ses yeux bleus emplis de curiosité. Qu'est-ce que tu faisais là-bas ?

— J'y étais pour le travail.

Il était évident que sa mère ne le croyait pas plus que Patrick ne l'avait fait.

— C'est vrai, je t'assure. Il y a une jeune fugueuse qui se cache chez Molly.

Elle se mit à l'observer attentivement.

— Cela n'a pas été trop pénible pour toi de revoir Molly ?

— Si, mais pas que pour moi.

Si elle avait connu tous les faits, sa mère aurait réalisé à quel point cela avait été pénible. Il ne lui avait jamais avoué la vraie raison de la rupture. Probablement, parce qu'il avait franchement honte du rôle qu'il avait joué dans l'histoire, sans mentionner qu'il avait involontairement laissé Patrick se dépêtrer avec les conséquences.

Kathleen évita son regard.

— Est-ce que, par hasard, tu..., commença-t-elle, l'air abattu.

Il avait compris.

— Oui, maman, j'ai vu Patrick.

— Comment va-t-il ? Bien ? Est-ce qu'il est heureux ? Est-ce que sa femme était là ?

Si Patrick avait pu entendre l'ardeur dans la voix de sa mère, il n'aurait pas pu rester éloigné aussi longtemps. Daniel en fut bouleversé.

— Alice n'était pas là, mais je crois qu'il va bien et qu'il est heureux. Tu sais, il n'est toujours pas très bavard avec moi.

— C'est notre faute, à ton père et à moi, confessa-t-elle, visiblement affligée. Je m'en veux tellement, Daniel. Vous étiez si proches, tous les deux. Si seulement je pouvais faire quelque chose...

— Tu pourrais lui dire, nous dire à tous les deux, pourquoi papa et toi vous nous avez emmenés avec vous, en laissant nos frères à Boston ?

C'était la première fois, depuis le soir de sa découverte, qu'il posait la question de manière aussi directe.

— Qu'est-ce que cela changerait ? dit sa mère, les yeux embués de larmes, c'est si loin, tout cela. Vous étiez encore des bébés.

— On pourrait essayer de comprendre, au moins. Maman, il va bien falloir, tôt ou tard, que tu apportes des réponses. Ryan, Sean et Michael vont revenir un jour, et ils vont en vouloir, eux. Si tu te caches derrière des explications évasives, il ne restera plus aucune chance de réconciliation pour cette famille.

Elle tourna un regard angoissé vers la salle de séjour.

— Ton père, il ne peut pas... il ne pourra pas le supporter, Daniel.

— Il le faudra bien, objecta Daniel, pour une fois implacable. Vous leur devez, et à nous aussi, des éclaircissements. Peut-être que, une fois tous les secrets divulgués, cette famille pourra enfin commencer à guérir. N'est-ce pas ton vœu le plus cher ?

— Bien sûr, mais, tu sais, ton père se sent tellement coupable. Pourtant, nous avons pris la décision ensemble.

Tu ne peux pas imaginer combien cela fut difficile, Daniel. Personne ne peut se l'imaginer.

— Alors, parle. Aide-nous à essayer de comprendre, au moins ! Je vous ai toujours considérés comme des gens bien, papa et toi, des gens honorables. Ce que vous avez fait ne vous ressemble pas. Comment veux-tu que Patrick et moi n'ayons pas été complètement déboussolés quand nous avons découvert votre secret ?

Elle secoua la tête, aussi obstinée que tous les Devaney.

— C'est à ton père de décider. Il a tiré un trait sur cette partie de notre vie, je ne peux pas aller contre sa volonté.

— Tu pourrais au moins essayer de le convaincre que la meilleure solution serait de parler. Ce que vous avez fait, toutes ces années passées, a encore des répercussions aujourd'hui.

Sa mère se rebiffa soudain, et lança d'un ton défiant :

— Tu as dit que Ryan, Sean et Michael avaient l'air heureux et équilibrés, quand tu les as rencontrés. Et Patrick est marié, lui aussi. Les répercussions ne peuvent pas être si terribles que cela. La vie a repris son cours. Certains ont même des enfants maintenant.

— Oui, la vie a repris son cours, envers et contre tout. Mais leur souffrance est toujours aussi intense. Maman, est-ce que tu n'as pas envie de faire tout ce que tu pourrais pour prendre part à la vie de ces enfants, de *tes petits-enfants* ?

— Tes frères ne le permettraient jamais, murmura-t-elle d'une voix blanche.

— Tu n'en sais rien ! Est-ce que ça ne vaut pas la peine d'essayer ? Et moi, dans tout ça ? J'ai perdu quatre frères et la femme que j'aimais à cause de ce qui s'est passé il y a si longtemps.

— Quoi ! mais qu'est-ce que tu racontes ? s'écria-t-elle, estomaquée. Qu'est-ce que ta rupture avec Molly a à voir avec ce que ton père et moi avons fait, il y a plus de vingt-cinq ans ?

— Crois-moi, beaucoup plus que tu ne penses. Votre décision d'alors nous a tous coûté cher. Mais c'est sans doute vous deux qui avez payé le prix le plus élevé.

Elle ne voulut rien entendre.

— Nous avons appris à vivre avec ce choix.

— Alors, comme ça, vous n'avez aucun regret ? demanda-t-il, plein d'amertume.

— Oh, des regrets, évidemment que nous en avons. Nous vivons avec des regrets tous les jours que Dieu fait, depuis notre départ de Boston. Que veux-tu ? On ne peut pas retourner en arrière, et défaire ce qui a été accompli.

— Vous ne pouvez pas le défaire, mais vous pouvez le rendre tolérable pour nous tous.

Elle voulut se rapprocher de lui, le toucher. Elle tendit la main, hésita, puis changea d'avis.

— As-tu considéré que de parler pourrait être encore pire ?

— Pire ? Pire que toutes les réponses que chacun de nous a forcément imaginées ? C'était sans doute parce qu'il était impossible d'aimer Ryan, Sean et Michael ? Oh ! Mais non, vous avez dû tirer à la courte paille, et c'est tombé sur moi et Patrick ? On était sans doute plus mignons qu'eux ? Ou plus sages, pourquoi pas ? Non, je parie que vous vouliez nous laisser derrière, nous aussi, et on s'est cramponnés trop fort ? C'est ça ?

Elle ne pouvait plus retenir ses larmes qui coulaient maintenant à flots, face aux questions que Daniel lui jetait à la figure et qui l'avaient tellement taraudé. Ces questions que ses frères avaient bien dû se poser un millier de fois, eux aussi. Comment pouvait-on imaginer que trois petits garçons de neuf, sept et cinq ans pourraient s'en sortir après avoir été abandonnés ? C'était forcé qu'ils se sentent responsables, qu'ils grandissent persuadés qu'ils ne méritaient pas d'être aimés. C'était véritablement miraculeux qu'ils aient pu s'ouvrir à quelqu'un.

— Oh ! Daniel, je t'en prie, arrête. Tu te fais du mal, tu nous fais du mal, murmura-t-elle.

— Pourquoi veux-tu que j'arrête ? Ce mal, c'est toi et papa qui nous l'avez fait !

Il se leva brusquement de table.

— Il faut que je sorte d'ici.

— Daniel, ne pars pas, pas comme ça !

— Je ne peux pas rester.

— Va au moins dire bonsoir à ton père, avant de partir, le supplia-t-elle.

— Non. Je risque de dire quelque chose que je regretterai.

Il s'échappa par la porte de la cuisine, et s'élança dans la nuit. Il avait besoin de marcher. Son cœur allait éclater. Et les mêmes questions se bousculaient dans sa tête, toujours sans réponse. Qu'est-ce qui avait bien pu pousser ses parents à prendre une telle décision ? Ne se rendaient-ils donc pas compte qu'avec leurs secrets, avec leur silence, ils étaient en train de détruire leur famille ?

Et si lui voulait des réponses, il savait bien que ses frères en voulaient plus encore. Eux d'ailleurs, ils les méritaient. C'était pourtant ce qu'il avait tenté de faire comprendre à sa mère. Un jour ou l'autre une confrontation serait inévitable, et ne pourrait être que violente. C'est vrai, il aimait ses parents, il leur devait beaucoup, mais il ne pourrait pas continuer à jouer les médiateurs, à rester froid et raisonnable face à une situation aussi explosive. A ce moment précis, l'attitude butée de ses parents ne lui offrait pas d'autre alternative : s'il fallait faire un choix, il serait dans le camp de ses frères.

Molly aurait bien voulu fermer plus tôt, mais le bar n'avait pas désempli, et Retta était restée debout suffisamment longtemps pour qu'elle ne lui demande pas en plus de l'aider en salle. Quand elle put enfin monter à son appartement, elle était fourbue.

Elle entra et trouva la télé allumée, et Kendra qui dormait comme un loir étendue sur le divan, ses grands cils noirs ombrant ses joues.

— Oh ! Kendra, murmura-t-elle, en voyant des traces de larmes séchées, qu'est-ce qui a bien pu t'arriver ? Je ne peux pas te cacher éternellement, surtout avec Daniel qui ne me lâche pas d'une semelle.

Elle devait cependant admettre que la perspective de se mesurer à Daniel ne lui déplaisait pas tant que cela. Si elle pouvait, d'une manière ou d'une autre, lui en faire voir de toutes les couleurs, elle ne se gênerait pas. Cela promettait même d'être franchement excitant.

Peut-être aussi, soyons honnête, un peu trop comme les bons vieux jours. Attention ! Cela risquait d'être dangereux. Elle n'était pas encore remise de sa rupture avec Daniel. Au cas où elle n'en aurait pas été consciente, l'empoignade de cet après-midi lui aurait mis la puce à l'oreille. Chacun savait que la haine était la face cachée de l'amour, et qu'une belle histoire romantique, quand une telle passion s'y mêlait, pouvait tourner à l'exécration. Haïr Daniel était une habitude ; l'aimer, aussi. Elle n'avait aucun mal à le haïr intimement et totalement, à distance. Seulement, dès qu'elle le voyait, la situation devenait nettement plus confuse. Les hormones venaient s'y mettre, et tout bon sens fondait comme neige au soleil.

Donc, il fallait qu'il disparaisse de sa vie, une fois pour toutes. La seule façon d'y parvenir, c'était de trouver une solution au problème de Kendra.

Pas si facile que cela.

En deux jours à peine, la fillette avait réussi à s'immiscer dans le cœur de Molly. Celle-ci avait l'impression de se revoir lorsqu'elle avait été recueillie par son grand-père, petite fille vive et pétulante, impatiente de donner un coup de main, et qui avait tellement besoin qu'on la complimente. Solide comme un roc, Jess avait été là pour la soutenir. C'était bien normal, aujourd'hui, qu'elle conforte à son tour une autre enfant effrayée.

Elle était déterminée à ne pas abandonner Kendra, quelles qu'en soient les conséquences. Elle entra dans sa chambre, et essaya de voir la pièce comme Daniel l'avait vue, un peu plus tôt. Avait-il revécu tous les moments qu'ils avaient partagés dans son lit ? Avait-il remarqué que sa photo n'était plus sur le buffet ?

Elle ouvrit le tiroir de la table de nuit, et la trouva. On voyait Daniel sur une falaise rocheuse, au bord de l'Atlantique. Ses cheveux, dont il contrôlait si bien d'habitude les boucles naturelles, étaient tout ébouriffés par le vent. Ses yeux bleus, mis en valeur par un pull marin, étaient de l'indigo le plus profond. Quant à son sourire... il arracha à Molly un soupir. Le sourire le plus ravageur qui soit, avec des fossettes irrésistibles et le regard débordant de malice. C'était bien là le Daniel dont elle était tombée amoureuse, celui qui n'était pas sur ses gardes, qui ne se préoccupait pas des règlements.

Tandis que l'homme qui avait refait surface si brutalement dans sa vie était un professionnel rigide, sans le moindre humour. Quand il se montrait sous ce visage, elle n'avait aucun mal à prétendre qu'elle ne l'avait jamais aimé. Prétendre, pourtant, ça disait bien ce que ça voulait dire : un mensonge, pour se protéger.

Instinctivement, elle posa la main sur son ventre. Ce ventre vide où son enfant, *leur* enfant, aurait dû se trouver en sécurité, bien au chaud jusqu'à ce qu'il soit prêt à faire face au monde. Elle essaya de contenir les sanglots qui la submergeaient.

— Cet homme ne mérite pas que je verse une seule larme de plus, dit-elle résolument.

Pour ce qui était de son enfant perdu, elle avait déjà pleuré tout ce qu'elle pouvait.

Mais elle ne put contenir son émotion. Elle se laissa tomber sur le lit, les doigts crispés sur la photo. Mon Dieu, pourquoi ne pas l'avoir jetée ?

Soudain, elle entendit un léger bruit. Avant qu'elle ait pu s'essuyer les yeux, Kendra la contemplait, perplexe, depuis l'embrasure de la porte.

— Qu'est-ce qui se passe ? demanda l'adolescente d'une voix troublée.

— Ça va, ça va, la rassura Molly. Viens ici une minute, ajouta-t-elle en tapotant le bord du lit.

Kendra vint s'asseoir, tout en laissant une petite distance entre elles.

— Je voulais vous attendre, mais j'ai dû m'endormir.

— Ce n'est pas un problème.

— Si vous voulez, on peut parler, maintenant.

— Ma chérie, si tu veux que je puisse t'aider, il faut me dire pourquoi tu t'es enfuie.

— Je ne peux pas, répondit Kendra d'un air contrit. Je suis désolée. Vous êtes trop sympa avec moi, mais je ne peux pas. Ça gâchera tout.

Quelle curieuse réponse. Molly dévisagea la jeune fille, étonnée.

— Ça gâchera quoi ?

— S'il vous plaît, est-ce que je peux rester encore un peu ici ? Retta est contente de moi. Je l'aide. Elle m'a même appris à faire la soupe aux palourdes, aujourd'hui, et les clients l'ont trouvée bonne. Ils l'ont dit, je les ai entendus.

— C'est vrai que tu te débrouilles bien. Mais il ne s'agit pas juste d'un job. Si c'était ça, il n'y aurait pas de problème. Tu as des parents, qui se font un sang noir pour toi. Je dois penser à eux aussi.

— Est-ce que c'est simplement parce que vous en avez assez de vous battre avec ce type qui est venu ?

— Non. C'est parce que je me sens coupable. Je ne peux pas continuer à me dresser entre tes parents et toi, sans savoir pourquoi.

Elle prit le menton de Kendra entre ses doigts et la força à la regarder.

— Qu'est-ce qu'ils ont bien pu te faire de si terrible ?

— C'est pas ce qu'ils ont fait, répondit Kendra après une pause, c'est ce qu'ils vont faire.

— Je ne comprends pas.

— Ils vont m'envoyer loin, dit-elle en retenant avec peine un sanglot. Comme ça, ça sera plus simple !

Et soudain, Kendra se précipita hors de la pièce, dévala l'escalier et disparut dans la nuit.

Molly se lança à sa poursuite. Arrivée à la porte, elle s'arrêta. A quoi bon ? Kendra était dehors, mais elle n'était pas partie loin. Elle tira une chaise près de l'entrée et décida de l'attendre, en laissant toutes les lumières allumées. Elle voulait que Kendra sache qu'elle pouvait rentrer quand elle serait prête. Qu'elle était ici chez elle.

4.

Daniel essaya de se noyer dans le travail. Malgré tout, les jours qui suivirent, il mit un point d'honneur à faire une apparition, au moins une fois par jour et à des heures irrégulières, chez Jess. Il aurait bien voulu surprendre Kendra. Mais avant tout, il tenait à faire perdre son sang-froid à Molly. Il fallait qu'elle comprenne qu'il n'allait pas lâcher le morceau aussi facilement. Aujourd'hui, il passerait sans doute dans la soirée, peut-être juste avant l'heure de la fermeture, quand elle serait en train de souffler, pensant à tort qu'il ne viendrait plus.

En attendant, il décida de faire des visites de suivi dans cinq familles à risque. Avec le temps lourd et orageux, inhabituel pour la saison, les gens s'énervaient facilement et des situations apparemment en progrès pouvaient retomber brusquement à leur point de départ. Dans la mesure du possible, il essayait d'arriver à l'improviste, pour s'assurer que cela ne se produise pas.

Mais plus il avançait dans ses visites, de foyer en foyer, plus Molly l'obsédait. Bon sang ! pourquoi fallait-il qu'elle soit si obstinée ? Ne se rendait-elle pas compte qu'elle ne faisait que repousser l'échéance ? Il finirait bien par parler à Kendra. Il aurait préféré que leur première entrevue ne se déroule pas en présence de ses parents. Il faisait toujours tout pour que cela se passe le mieux possible. Et maintenant, il se trouvait acculé, à cause de Molly.

Il passa par le sous-sol de l'immeuble officiel de Portland pour prendre un sandwich et un soda au distributeur automatique, avant de gravir l'escalier jusqu'à son bureau. Il y trouva Joe Sutton qui, les yeux clos, se balançait en équilibre instable sur sa chaise, jambes étendues, les pieds sur son bureau. Il n'était pourtant que midi à peine, mais on aurait dit qu'il s'était couché tout habillé tant ses vêtements étaient froissés.

Il se réveilla en sursaut lorsque Daniel fit tomber ses pieds de la table.

— C'est à cette heure-ci que tu rentres ?

— Il y en a parmi nous qui passent leur temps sur le terrain à vérifier que tout se passe bien avec les usagers, répondit Daniel, sortant le sandwich de son emballage.

— C'est du thon avec du pain de seigle ? demanda Joe, louchant dessus avec espoir.

Daniel soupira. Joe avait la réputation de piquer tout ce qui traînait du moment que ça se mangeait. Les occasions ne devaient pas manquer, à en juger par les quinze kilos de trop qu'il arborait. Et qui ne l'empêchaient d'ailleurs pas de bouger, quand il le fallait. Il lui tendit la moitié de son sandwich.

— Tiens, va.

— Pas de frites avec ? déplora Joe, grimaçant de déception.

— Ecoute, il y a un distributeur au bout du couloir. Va t'en acheter.

— Y'en a plus. Je suis déjà allé voir.

— Pas de chance, mon vieux.

— Alors, comment ça se passe avec la petite Morrow ? s'enquit Joe, tout en mastiquant.

— Je ne l'ai pas vue, reconnut Daniel.

— Mais, pourquoi ? s'exclama Joe, éberlué. C'est pas ton genre de laisser tomber un cas comme ça.

— Je ne laisse pas tomber, je t'assure. C'est simplement que je me trouve dans une impasse. Une impasse *provisoire*, corrigea-t-il.

— Comment ça ?

— Molly fait obstruction et refuse d'admettre qu'elle est là.

— Elle y est. Je l'ai vue.

— Je sais bien. Moi aussi, je l'ai repérée. Mais c'est comme si elles avaient un sixième sens, toutes les deux. Je n'ai qu'à pointer mon nez à la porte, et hop ! la gamine disparaît par-derrière.

— Est-ce que tu sais pourquoi Molly te ment ?

— Elle est persuadée qu'elle rend service à Kendra. Elle ne fera rien tant qu'elle ne saura pas ce qui se passe du côté des parents. A propos ? Tu as du nouveau ?

— Je suis allé fouiller du côté des voisins, et à l'école de Kendra. Tout converge dans le même sens : une famille modèle. La mère pharmacienne, le père, un brillant physicien. Personne n'a rien à se reprocher, autant que j'en puisse juger. Il semblerait que la gamine soit une sorte de génie. Elle aurait sauté plusieurs classes.

— Ce qui expliquerait pourquoi elle a réussi à mener en bateau tous ceux qui la recherchaient, conclut Daniel.

Puis, après une pause, il ajouta :

— Avec un petit coup de main de Molly, qui n'a pas les deux pieds dans le même sabot quand il s'agit de faire sa loi !

Joe le contempla d'un air interrogateur.

— Ça veut dire quoi ?

— Quoi ?

— Dès que tu parles de Molly, tu as la voix tendue. J'avais remarqué ça, l'autre jour aussi.

— C'est de l'histoire ancienne, dit Daniel en essayant de le prendre à la légère.

Joe ne fut pas dupe. Il regarda Daniel d'un air consterné.

— Pourquoi ne m'as-tu pas dit qu'il s'était passé quelque chose entre Molly et toi, quand je t'ai demandé d'y aller, l'autre jour ? Je croyais que c'était parce que la gamine servait dans un bar que tu réagissais comme ça.

Daniel haussa les épaules.

— A quoi ça aurait servi ? Il fallait que quelqu'un aille voir ce qui se passait à Widow's Cove. C'est mon boulot. De toute manière, ce qu'il y a eu entre Molly et moi, c'est fini depuis longtemps.

Ou du moins, c'était fini, si on ne tenait pas compte de sa réaction quand il l'avait revue.

Joe secoua la tête.

— Il y a d'autres gens dans le département.

— Si tu m'as demandé de m'en occuper, c'est bien parce que Widow's Cove est dans mon secteur. Allez, on ne va pas se prendre la tête à cause de mon histoire avec Molly Creighton. On a des problèmes beaucoup plus importants à régler. Est-ce que tu es prêt à embarquer Kendra ?

— J'y ai beaucoup réfléchi. C'est ce que je devrais faire. Je devrais appeler ses parents, leur dire que j'ai localisé leur fille, et voilà, tout irait pour le mieux dans le meilleur des mondes.

Daniel n'eut aucun mal à percevoir le doute dans la réponse de Joe.

— Mais tu n'en as pas du tout l'intention ? demanda-t-il en fronçant les sourcils.

— Non.

— Pourquoi ?

— Je ne le sens pas. Je ne peux pas croire qu'une gosse bien, une gosse *intelligente*, qui a des parents parfaits, s'enfuie comme ça, juste pour le frisson. Je veux comprendre ce qui se passe. Ce n'est pas une histoire classique, parce que les parents lui auraient interdit de mettre du rouge à lèvres, ou parce qu'elle n'aurait pas pu sortir avec un petit copain.

— Tu sais que tu risques d'être mis à pied pour ne pas avoir agi assez vite ?

— Je ne suis pas responsable de ce cas. Et je n'ai pas vraiment vu Kendra Morrow d'assez près pour pouvoir l'identifier de manière incontestable. Et toi, tu as réussi ?

— Non, reconnut Daniel, mais on sait bien tous les deux que c'est elle.

— Est-ce qu'on en est si sûrs que ça ? insista Joe.

— Ecoute, Joe, on est en train d'enfreindre tous les règlements si on ne rend pas la fille à ses parents.

Est-ce que tu as au moins informé le responsable de l'enquête que tu pensais l'avoir localisée ?

— Je le lui ai dit. Il est d'accord pour que je continue à sonder.

Il se pencha vers Daniel et le fixa avec intensité.

— C'est quoi, l'objectif, ici ? Notre objectif à tous les deux ? C'est bien de nous assurer que la gamine est en sécurité, non ? Elle n'est pas à la rue. Elle est avec Molly. Elle est en sécurité. Nous n'avons aucune certitude que ce serait le cas si on la renvoyait chez elle. Tu vois, ça, je veux en être sûr, et cette certitude, je veux la sentir jusque dans mes tripes, avant de commencer à mettre la pagaille dans Widow's Cove. Je vais aller voir les parents, voir ce que mon instinct me dit. Toi, continue à essayer de te rapprocher de la gamine. Contourne Molly ou rentre-lui dedans, mais débrouille-toi pour la voir.

— On voit bien que tu ne connais pas vraiment Molly, s'esclaffa Daniel, si tu penses qu'on peut la *contourner* ou lui *rentrer dedans*. On n'y arrive que si elle le veut bien.

— Tu veux qu'on échange les rôles ? Tu peux parler aux parents, et moi j'irai cuisiner Molly.

La réponse fusa, rapide. Un peu trop rapide.

— Pas question !

— C'est bien ce que j'avais cru comprendre, acquiesça Joe, avec un sourire entendu. En fin de compte, l'histoire n'est pas si ancienne que cela.

— Va au diable !

— D'accord, d'accord, j'irai probablement. Mais uniquement si je me suis trompé là-dessus et si tout baigne dans l'huile chez les Morrow. Tu vois, chaque fois que je pense que j'ai fait fausse route, je jette un coup d'œil sur cette photo. Elle est mal, cette gamine, ça se voit. C'est peut-être juste les hormones ou une crise d'adolescence, mais je veux en avoir le cœur net.

Daniel se fiait à l'instinct de Joe presque autant qu'au sien propre.

— Au boulot ! dit-il en se levant.

Il ne toucha pas à sa moitié de sandwich, il pourrait toujours manger chez Jess.

— Ça serait dommage de le laisser perdre, déclara Joe.

Il s'empara du sandwich et se dirigea vers la porte.

— Toi, tu vas me payer à manger quand on en aura fini avec cette affaire.

— Une soupe aux palourdes chez Jess ? proposa Joe sournoisement.

Daniel secoua la tête.

— Je pencherais plutôt pour un bon steak dans le meilleur restaurant de la ville.

— Sapristi ! Tu en pinces sérieusement pour Molly, toi.

— Tu dérailles.

— Dans ce genre de circonstances, je ne me trompe jamais, insista Joe.

— Mon œil ! Tu as quarante ans et tu es toujours célibataire.

— Justement, répliqua Joe en riant, c'est bien grâce à mon intuition infaillible que j'ai réussi à me préserver comme ça !

— Eh bien, là, tu es complètement à côté de la plaque, répliqua Daniel, sur la défensive. Il n'y a rien entre Molly et moi. Plus rien du tout.

— Je n'ai jamais dit qu'il y avait quelque chose entre vous. J'ai dit que, toi, *tu* en pinces pour elle. Je ne peux pas me prononcer sur ce qu'elle-même ressent, tant que je ne vous ai pas vus ensemble.

— Crois-moi, elle n'a pas du tout envie de rallumer une vieille flamme.

Il avait beau se haïr de ne pas s'en moquer, c'était bien cette vérité-là qui lui restait en travers de la gorge.

Daniel apparaissait au bar plus régulièrement et plus souvent que les plus fidèles des clients, matin, midi et soir… Molly était prête à craquer. Elle ne savait jamais à quel moment il allait passer la porte de son pas nonchalant, son beau visage arborant une mine sévère et déterminée.

Cela faisait une bonne semaine que ce manège durait. Elle devait faire un effort surhumain pour être polie, pour ne pas hurler alors que son plus grand désir était de lui lancer une chope de bière à la tête. A ce moment précis, il était assis au bar, devant le même verre de soda qu'il n'avait pas touché depuis une heure. Il n'était même pas fichu de prendre une vraie boisson.

Elle prit son courage à deux mains et s'approcha.

— Tu as l'intention d'emménager ? Vu le temps que tu passes ici, je vais commencer à te faire payer un loyer, parce que ce n'est pas le prix de ta consommation qui va compenser l'espace que tu occupes.

— Tu sais, tu pourrais te débarrasser de moi très facilement.

— Ah bon ?

— Tu n'as qu'à me laisser parler à Kendra Morrow.

Dieu merci, Molly avait envoyé Kendra passer la journée avec la fille de Retta. Elles s'entendaient bien, toutes les deux, et Kendra aimait accompagner Leslie Sue faire du baby-sitting chez quelques voisins, d'autant plus que cela lui permettait d'éviter les visites inopinées de Daniel.

— Laisse tomber, Daniel.

— Je ne peux pas laisser tomber.

Tous ces mensonges commençaient à peser à Molly. Chez elle, l'honnêteté et la confiance étaient des valeurs sûres, et Daniel le savait. Comment pourrait-elle continuer à mettre en péril ses propres règles de vie, même si c'était tout ce qu'il méritait de sa part ?

— Pourquoi ? protesta-t-elle d'une voix plaintive.

— Parce qu'elle a treize ans, Molly. Elle a une famille.

— Elle doit être belle, la famille, pour que la petite ait ressenti le besoin de s'enfuir !

Elle faillit laisser échapper ce que Kendra avait fini par lui confier sous le sceau du secret, et lui dévoiler que ses parents voulaient l'envoyer au loin. Molly n'avait pas pu en apprendre davantage, mais une telle révélation aurait suffi pour que Daniel se précipite à la défense de Kendra. N'était-il pas le mieux placé pour comprendre l'angoisse d'enfants abandonnés par leurs parents ?

— Les gosses prennent parfois des décisions stupides dans le feu de l'action. Cette gamine risque de se faire très mal, dit-il, soutenant le regard de Molly sans ciller.

Les yeux de Molly lancèrent des éclairs.

— Il n'y a pas de danger.

— Parce que *tu* es là pour la protéger ? demanda-t-il doucement.

Elle se sentit prise au piège. Jusqu'ici, elle avait réussi à ne pas admettre qu'elle avait vu Kendra et lui avait même offert un abri. Toutes leurs discussions à son sujet étaient restées dans l'abstrait. Du moins, c'était ce qu'elle avait cru. Mais elle commençait à s'empêtrer dans tous ces mensonges.

— Parce que c'est évident qu'elle est intelligente, répliqua-t-elle, cherchant à esquiver tout aveu.

— Et comment le sais-tu ? insista-t-il.

— Elle doit bien l'être, depuis le temps qu'elle arrive à vous éviter, toi et Joe Sutton.

— Il me semble que quelqu'un lui a donné un petit coup de main, tu ne crois pas ? railla-t-il.

Molly n'allait pas se laisser intimider. Elle soutint le regard de Daniel.

— En tout cas, je l'espère. Il devrait toujours y avoir quelqu'un prêt à secourir les enfants qui ont besoin d'aide.

— Je suis tout à fait d'accord sur ce point. D'ailleurs, c'est mon rôle, et c'est exactement ce que je pourrais faire pour Kendra si tu arrêtais de me mettre des bâtons dans les roues.

Il articula ces mots tout naturellement, comme s'il était parfaitement évident que Kendra se trouvait bien là.

— J'ai la loi de mon côté, et l'expérience pour rechercher la petite, ajouta-t-il. Toi, tu n'as rien. En fait, c'est tout le contraire, tu es en train de te mêler d'une affaire qui relève de la police.

74

Le ton posé de Daniel et la suggestion que l'on pouvait compter sur lui en cas de crise firent sortir Molly de ses gonds.

— Je connais le genre d'aide que tu peux apporter, coupa-t-elle. Tu peux être tranquille, où qu'elle soit, Kendra est mieux seule.

Molly ne songeait pas un instant qu'il puisse être blessé par ses paroles, aussi cinglantes soient-elles, mais Daniel avait visiblement tressailli. Elle n'allait pas pour autant retirer ce qu'elle venait de dire, ni s'excuser d'avoir énoncé la vérité.

— Je suis navré que tu penses cela, dit-il doucement. Je ne vais pas lui faire de mal, Molly, et je n'ai jamais eu l'intention de t'en faire. J'essayais juste de te protéger.

— Protéger ? Tu appelles *protéger* tourner le dos à ton bébé et à la femme que tu affirmes aimer ?

Molly était consciente que sa voix montait et se détourna afin que Daniel ne puisse voir les larmes qu'elle tentait désespérément de retenir.

Il fit un mouvement.

Dieu merci, pensa-t-elle, rassurée. Il aurait, pour une fois, la sensibilité de partir et de la laisser en paix !

C'est alors qu'elle sentit la main de Daniel se poser sur son épaule, tendre, apaisante.

— Molly, je suis navré, murmura-t-il d'une voix profonde et chargée d'émotion.

Lorsqu'elle se risqua enfin à le regarder, elle lut dans son regard un tel désarroi, un tel tourment, qu'elle en eut le souffle coupé.

— Je suis tellement, tellement navré, ajouta-t-il, essuyant maladroitement une larme qui coulait sur la joue de Molly.

Il n'avait jamais pu supporter de la voir pleurer.

— J'ai agi comme un imbécile et un goujat, mais je croyais franchement bien faire. Je ne pensais pas que cela se passerait si mal.

— C'était impossible que ça se termine bien.

— Oui, mais je n'imaginais pas une seconde que tu perdrais le bébé. Je n'ai pas voulu cela. Il faut que tu me croies.

Il lui souleva doucement le menton.

— Une grande part de moi désirait que tu aies mon enfant, même si cela signifiait que je ne pourrais le voir grandir que de loin. Quelle merveilleuse mère tu aurais fait !

Parce qu'elle voulait désespérément le croire, parce que, quelque part, elle voulait effacer le passé et vivre dans l'instant, elle se dégagea.

— Va-t'en, Daniel, dit-elle, et si tu m'as jamais aimée un tant soit peu, ne reviens pas.

— Je ne peux pas, soupira-t-il.

— A cause de Kendra, conclut-elle, résignée.

Il secoua la tête.

— Pas seulement. A cause de toi aussi. Je ne veux pas que les choses finissent comme cela entre nous.

— Pardon ? s'écria-t-elle, esquissant un sourire amer. Daniel, mais c'est fini depuis des années ! Ça, tu vois, ce n'est rien du tout comparé à la façon dont les choses se sont terminées à l'époque.

— Elles n'auraient peut-être jamais dû se terminer.

Elle le dévisagea, incrédule.

— Tu ne penses pas une seconde ce que tu dis !

Il avait l'air gêné. Peut-être regrettait-il ce qu'il venait de dire. Mais il ne le retirait pas. Molly attendit et attendit encore ; les paroles de Daniel restaient en suspens, emplissant le silence.

Elles n'auraient peut-être jamais dû se terminer.

Qu'est-ce qui lui passait par la tête ? Etait-il fou ? C'était lui qui avait tout cassé. C'était lui qui avait mis tant d'insistance à lui démontrer qu'elle et son bébé seraient mieux sans lui. Et voilà que, maintenant qu'il était trop tard pour rien changer, il décrétait s'être purement et simplement trompé !

Molly plongea son regard dans les yeux bleu sombre de Daniel, pour y chercher l'homme qu'elle avait aimé autrefois. Elle ne le trouva point. Elle ne voulait pas le trouver. Plus maintenant, c'était trop tard. Ce gâchis n'en serait que plus tragique encore.

— Va-t'en, je t'en prie, implora-t-elle. Pars.

Il leva la main, faisant mine de vouloir prendre la sienne, puis la laissa retomber.

— Bonne nuit, Molly.

— Adieu, Daniel.

Les lèvres de Daniel s'étirèrent en un léger sourire.

— Non, pas adieu.

Après son départ, elle s'effondra sur un tabouret du bar, épuisée, la tête entre les bras. Elle ne pourrait pas tenir longtemps s'il continuait à venir, jour après jour, pour la narguer, essayer de la pousser à bout, et lui rappeler ce qu'il y avait eu entre eux autrefois.

La seule façon de se débarrasser de lui aurait été de lui livrer Kendra. Ce qui était inconcevable. Molly avait fait une promesse et tenait à la respecter, même si elle devait en perdre la raison.

Elle releva la tête alors que Kendra se glissait silencieusement sur le tabouret à côté d'elle, la contemplant de ses grands yeux noirs.

— Je croyais que tu étais avec Leslie Sue, soupira Molly.

— Oui, mais je suis rentrée, il était tard. J'ai l'impression que je suis arrivée juste à temps.

— Qu'est-ce qui te fait dire ça ?

— Ce type commençait sérieusement à vous porter sur les nerfs.

— Daniel ne me fait absolument aucun effet, grommela Molly, refusant de regarder la vérité en face.

Une vérité qui lui sautait aux yeux, bien sûr, et que même une gamine de treize ans était capable de percevoir.

— Ouais ! C'est clair.

Un silence pesant s'installa. Au bout de ce qui leur parut une éternité, Kendra prit enfin la parole.

— C'est qui alors, ce Daniel Devaney ?

— Un avocat d'Etat pour enfants, tu n'as pas besoin d'en savoir plus, répondit Molly, sachant très bien que la petite attendait une réponse plus précise.

— Il ne traîne pas ici simplement à cause de moi, lança Kendra, sûre d'elle. Il est complètement toqué de vous. Et c'est réciproque, n'est-ce pas ?

— Arrête de dire des bêtises !

Kendra n'allait pas désarmer aussi facilement.

— Bon, d'accord, je ne suis pas une experte en la matière, Mais ça me paraît évident. Il n'y a qu'à voir comment vous rougissez dès qu'il est là. Et puis, la photo que vous teniez l'autre soir dans votre chambre, il était dessus, n'est-ce pas ? C'est le type qui vous a fait du mal. Celui avec lequel vous n'avez jamais mis les choses au clair.

— Qu'est-ce que ça peut faire ?

— Ça peut faire beaucoup, justement, insista Kendra. Ça n'a rien d'étonnant qu'il vous mette dans des états pareils, s'il s'est passé quelque chose entre vous.

— Il me met dans de tels états parce qu'il me rend furieuse. Il croit qu'il sait tout, rétorqua Molly. As-tu oublié qu'il te recherche ? Il veut te renvoyer chez toi.

Kendra blêmit. Molly se sentit aussitôt coupable : comment pouvait-elle être assez cruelle pour rappeler à la jeune fille le danger que Daniel représentait, alors que Kendra, elle, ne pensait qu'à la protéger ?

— Ecoute, ma chérie, est-ce que tu veux bien lui parler ? Tu pourrais lui expliquer pourquoi tu t'es enfuie, lui dire que tes parents veulent se séparer de toi. Daniel t'aidera. Crois-moi, avec le passé qu'il a, il comprendra tout à fait ta situation et ne t'obligera pas à retourner chez toi si tes parents veulent t'abandonner.

— Je n'ai pas du tout l'impression qu'il éprouverait la moindre pitié, s'obstina Kendra. Et puis, de toute façon, vous venez juste de dire qu'il voulait me renvoyer chez moi. Je n'irai jamais, jamais !

— Il insisterait uniquement s'il était convaincu que ce soit la meilleure solution. Regarde-moi, ajouta-t-elle en capturant le regard de l'adolescente, tu me fais confiance ?

À son grand soulagement, Kendra hocha la tête.

— Bon, alors écoute, voilà toute la vérité. C'est vrai que Daniel Devaney et moi sommes en conflit, mais quand il s'agit d'aider des jeunes en difficulté, je reconnais qu'il est l'un des meilleurs. Tu ne trouveras personne de mieux pour défendre un enfant négligé par ses parents, parce que, lui, il sait ce que ça fait.

— Ses parents l'ont abandonné ? s'écria Kendra, choquée.

— Non, ce n'est pas exactement ce qui s'est passé et, de toute manière, ce serait à lui de t'en parler, pas à moi. Une chose est certaine cependant, il comprendra, je t'en fais la promesse.

Elle avait vu Daniel passer suffisamment de nuits à se tourmenter sur les cas dont il s'occupait pour en être persuadée, même si elle avait du mal à le reconnaître. C'est pourquoi l'obstination dont il faisait preuve, tout en exaspérant Molly, était rassurante.

— D'accord, je vais y réfléchir, acquiesça Kendra.

— Si tu préfères, tu n'as qu'à tout me raconter, et moi je lui parlerai.

Kendra secoua la tête. Ses yeux se brouillèrent de larmes.

— Vous avez été super. Vous m'avez accueillie ici et vous ne m'avez pas posé de questions. Disons, pas trop. Je sais bien que vous me trouvez trop jeune pour me débrouiller toute seule, mais je vous assure que c'est mieux ainsi.

Les larmes continuaient de couler sans qu'elle puisse les retenir. D'un geste impatient, elle les essuya.

— Si je vous ennuie trop, je peux partir. C'est juste que c'est la première fois que je me sens en sécurité depuis que j'ai quitté la maison. Vous et Retta, et Leslie Sue, vous êtes une vraie famille pour moi.

— Oh ! Chérie, tu ne m'ennuies pas du tout ! Mais on ne peut pas laisser ta famille se faire tant de mauvais sang. Et puis, tu manques l'école. Ce n'est pas une solution.

— J'ai tous mes bouquins dans mon sac. Je n'ai pas besoin d'un prof pour me dire ce qui est d'dans. De toute façon, si M. Devaney sait que je suis là, même si vous ne le lui avez pas avoué, vous ne croyez pas qu'il a dit à mes parents que j'étais O.K. ?

— Ça m'étonnerait. Sinon, je pense qu'ils auraient demandé à te voir.

A moins, bien sûr, que Joe Sutton et lui en sachent plus qu'ils ne voulaient bien l'admettre. Ce qui expliquerait que la présence de Kendra ici n'ait pas revêtu une importance plus considérable. Ils auraient très bien pu assigner Molly en justice pour avoir donné refuge à une mineure recherchée, ou utiliser toute autre tactique légale, s'ils avaient voulu employer la manière forte. Quelle que soit la raison pour laquelle ils ne l'avaient pas fait, Molly avait besoin de la connaître.

Bien que l'idée de se trouver entraînée plus loin dans cette histoire avec Daniel ne l'enchante guère, elle commençait à penser que le moment était peut-être venu d'enterrer la hache de guerre avec l'un des deux hommes, juste pour protéger cette petite, si fragile.

Kendra l'observait attentivement.

— A quoi vous pensez ?

— Je pense qu'il est temps que je me rapproche du camp opposé.

— Ça ne me dit rien qui vaille, s'inquiéta Kendra. Qu'est-ce que vous allez faire ?

— Tu connais l'expression : si tu n'es pas sûre de les vaincre, mets-toi de leur côté ?

— Oui, et alors ?

Molly lança à Kendra un sourire réjoui et rassurant.

— Daniel Devaney et Joe Sutton vont devenir mes nouveaux meilleurs amis !

5.

Molly décida que le mieux serait de commencer par aller voir Joe Sutton. Après tout, c'était bien lui le plus neutre dans l'affaire. Cependant, elle ne parvint pas à le joindre, car il était parti toute la journée sur une enquête. L'officier qui prit son appel lui proposa d'essayer de le localiser, si c'était urgent.

— Non merci, je rappellerai plus tard si j'ai besoin de lui, répondit Molly en raccrochant.

Elle était indécise : valait-il mieux attendre que Joe revienne ou bien aller voir Daniel ? Comme elle n'aimait pas cette petite voix intérieure qui lui serinait qu'elle n'était qu'une lâche, elle décida de passer au bureau de Daniel, sans téléphoner au préalable, laissant au destin le choix de déterminer si elle le verrait ou non.

Et comme il arrive parfois au destin de se montrer capricieux, elle se dit qu'elle pourrait peut-être lui donner un coup de pouce. Elle mettrait donc une tenue plus sophistiquée que ce qu'elle portait d'habitude pour travailler : lorsqu'il la voyait sur son trente et un, Daniel perdait facilement ses moyens ; et lui faire perdre ses moyens était certainement à l'ordre du jour.

Elle ne possédait pas grand-chose de très habillé, à part un ou deux tailleurs plutôt chic, qu'elle gardait pour les occasions où elle devait rencontrer les personnages importants de la ville, si elle avait besoin d'obtenir des autorisations ou autres papiers officiels. Comme ils avaient l'habitude de la voir en jean et en T-shirt, ils restaient complètement sans voix en la voyant surgir parée de la sorte. Elle se sentait aussi plus sûre d'elle, ce dont elle avait besoin lorsqu'elle se trouvait hors de son territoire.

Molly avait jeté les tailleurs sur le lit pour faire son choix, au moment où Kendra entra, l'air endormi et se frottant les yeux.

— Qu'est-ce que vous faites ? demanda la jeune fille en se laissant tomber à côté des vêtements, les évitant de justesse.

— Je suis en train de décider ce que je vais mettre pour aller voir Daniel Devaney, dit Molly tout en scrutant les ensembles d'un regard critique.

Le premier était bleu canard et assez classique ; l'autre, d'un très beau rouge, avait un décolleté plongeant extrêmement osé. Elle le portait d'habitude avec un chemisier blanc très convenable, pour casser l'effet sexy.

Kendra sauta sur ses pieds, soudain parfaitement réveillée.

— Le tailleur rouge sans chemisier, s'écria-t-elle sans la moindre hésitation. Il lui faudra une semaine pour s'en remettre !

— Je ne suis pas convaincue que ce soit l'effet recherché. J'essaye de projeter une image de cordialité et de sérieux, pas de séduction, répondit Molly en la dévisageant.

— Rien ne vaut la séduction, répliqua Kendra avec un grand sourire.

Elle parlait avec assurance, comme quelqu'un de bien plus âgé.

— Comment peux-tu savoir cela ?

— Je suis du sexe féminin, et intelligente.

— Moi aussi, mais je ne savais pas cela à treize ans.

— Peut-être que vous n'étiez pas aussi intelligente que moi, dit la fillette, le regard s'assombrissant soudain de façon inexplicable.

Molly sentit à la voix de Kendra qu'elle avait touché un point sensible. Pourtant, elle ne comprenait pas en quoi le fait d'être intelligente pouvait poser des problèmes ?

— Intelligente, comment ? s'enquit-elle prudemment.

— Il paraît que j'ai un Q.I. bien au-dessus de la moyenne. Allez donc savoir ce que ça veut dire ! D'ailleurs, qu'est-ce que ça peut bien faire ?

— C'est quelque chose dont on est fier, en général.

De toute évidence, Kendra ne le voyait pas de cet œil-là.

— Ouais, sans doute.

Le mystère commençait à s'éclaircir peu à peu pour Molly. D'un côté, les parents de Kendra voulaient qu'elle quitte son foyer ; d'autre part, il y avait de fortes chances pour que ses amis de classe soient intimidés par son intelligence. Peut-être aussi étaient-ils plus intéressés par l'aide qu'elle pouvait leur apporter avec les devoirs ou la préparation d'examens, que par son amitié.

— Dis-moi, si tu t'es enfuie, c'est un peu à cause de cela ?

— C'est sans importance. Pour le moment, on s'occupe de vous et de ce que vous allez porter, répliqua Kendra en essayant désespérément de changer de sujet. Vous mettez le tailleur rouge, d'accord ? Je vais m'occuper de vos cheveux. Cette coiffure raide, ça fait trop années soixante.

Molly sentait qu'il valait mieux ne pas trop insister.

— Et qu'est-ce que tu connais des années soixante ?

— Bof ! On l'a étudié en histoire. Les hippies. L'amour libre. Les manifestations contre la guerre du Viêt-nam. Woodstock.

Kendra semblait considérer la décennie précédant la naissance de Molly comme de l'histoire ancienne ! Molly était loin d'être convaincue ; elle préféra cependant ne pas poursuivre une discussion qui ne mènerait proba-blement à rien.

Pendant l'heure qui suivit, Molly se mit entre les mains de Kendra qui entreprit de la transformer de pied en cap. La jeune fille ne pouvait cacher sa jubilation à jouer à l'institut de beauté pour de vrai. Quand elle en eut fini avec les cheveux de Molly, elle recula d'un pas et étudia son modèle d'un œil critique, puis elle sourit.

— Ah ! Ouais ! Daniel Devaney va en baver des ronds de chapeau !

Elle plaça le miroir de façon que Molly puisse s'ad-mirer tout entière.

— Oh ! Mon Dieu ! murmura celle-ci, suffoquée.

Elle aurait pu sortir tout droit des pages de *Vogue* !

Le tailleur, déjà plutôt spectaculaire avec un chemisier, était carrément à vous couper le souffle lorsqu'il dévoilait un peu de décolleté. La jupe était juste assez courte pour mettre en valeur ses jambes, et les faire paraître encore plus longues et plus fines. Pas question de chaussures plates, Kendra avait d'autorité choisi la seule paire de sandales d'été à talons.

Kendra l'observa d'un air désapprobateur.

— C'est dommage qu'il n'y ait pas le temps pour une séance de pédicure. Vous n'aurez qu'à mettre du vernis rouge sur vos ongles.

— Je crois que ça suffira comme ça, coupa Molly.

Elle n'était pas encore revenue de sa nouvelle coiffure aux mèches balayées artistiquement en arrière, d'où se détachaient quelques petites bouclettes blondes qui retombaient délicatement autour de ses joues. Ses yeux gris pâle étaient mis en valeur de façon spectaculaire par un maquillage plus élaboré que d'habitude, Kendra n'ayant pas suivi ses conseils de modération. Ses lèvres, douces et pulpeuses, appelaient irrésistiblement les baisers.

— Bon, surtout n'oubliez pas que c'est un rouge à lèvres indélébile, donc vous pouvez l'embrasser autant que vous le désirez, annonça Kendra.

— Je ne vais pas à son bureau pour flirter, répliqua Molly. J'y vais pour essayer de me renseigner.

— Comme vous voulez ! Mais vous devriez utiliser vos atouts. Si on allait vous montrer à Retta ? ajouta-t-elle en souriant.

Elles descendirent et entrèrent dans la cuisine où Retta était déjà occupée à préparer le déjeuner. La cuisinière jeta un coup d'œil sur Molly, et en laissa tomber sa cuillère.

— Oh ! Ma petite chérie ! s'exclama-t-elle, abasourdie. Qu'as-tu fait ?

Molly vacilla.

— C'est trop ?

— Ça dépend de ce que tu recherches, répondit Retta. Si tu veux que Daniel se jette à tes pieds, je crois que c'est réussi.

— Je veux juste le faire parler, insista Molly.

Retta secoua la tête.

— Ça m'étonnerait qu'il puisse articuler une seule syllabe, le pauvre homme ! Je voudrais bien être là quand tu vas entrer dans son bureau. Il n'a que ce qu'il mérite après tout. Il est temps qu'il mesure ce qu'il a perdu.

Le changement de look faisait peu à peu son chemin chez Molly, et elle commençait à y prendre goût. Pas totalement convaincue que ce soit la bonne approche, elle était toutefois à l'aise. Pour la première fois depuis deux ans, elle se sentait vraiment femme. Et Daniel n'était-il pas la meilleure personne pour l'aider à recouvrer sa confiance en elle ? Oui, seulement attention, elle ne devait pas perdre de vue que cette visite ne la concernait pas personnellement. Elle allait le voir pour Kendra, uniquement pour Kendra.

Retta la contempla avec inquiétude.

— Es-tu vraiment sûre de pouvoir garder la tête sur les épaules quand cet homme va commencer à s'extasier devant toi ?

— Crois-moi, Daniel ne me fait aucun effet, répliqua Molly fermement.

— Prends garde que cela ne change pas. Je n'ai pas envie de ramasser les morceaux, s'il te fait encore du mal. Cette fois-ci, je lui botterai les fesses, avec l'aide de Patrick, j'en suis sûre !

— Oui, vous êtes plutôt redoutables tous les deux, ironisa Molly. Je le rappellerai à Daniel, s'il lui vient de drôles d'idées.

— Alors là, tu peux être certaine qu'il en aura !

— Je crois qu'il faut que j'y aille, soupira Molly. J'espère qu'il sera dans son bureau, après tous ces efforts.

— Vous ne pensez pas qu'il vaudrait mieux téléphoner avant ? s'inquiéta Kendra.

— Oh ! Que non ! Je veux exploiter l'effet de surprise, insista Molly.

— Ecoute-moi, ma petite chérie, dit Retta, il ne s'agit pas de surprise, il s'agit de choc. Une fois que tu l'auras bien entortillé et que lui auras soutiré tous les renseignements, tu reviens vite ici, et tu nous racontes tout.

— Tout à fait, renchérit Kendra. Nous voulons des détails.

Leur enthousiasme fit rire Molly.

— Je pourrais prendre des photos de la tête qu'il va faire.

— Où est l'appareil ? lança Kendra en cherchant tout autour d'elle d'un air empressé.

— Je blaguais, dit Molly.

— Pas moi. Je crois que j'ai le droit d'en avoir une. Je pourrais commencer un portfolio, avec des clichés « avant » et « après ». On ne sait jamais, je deviendrai peut-être une grande maquilleuse d'artistes un jour !

Une drôle d'idée de carrière pour une fille qui disait posséder un QI hors normes, songea Molly.

— Ecoute, laisse tomber les photos. Ne perdons pas de vue la raison pour laquelle je vais voir Daniel.

— Pour qu'il se traîne à tes pieds, dit Retta.

Molly lui lança un regard courroucé.

— Non ! Je veux l'amadouer pour qu'il nous tienne au courant de la façon dont la situation de Kendra évolue.

Retta fronça les sourcils.

— Ma petite chérie, si c'est vraiment tout ce que tu cherches à obtenir de lui, tu ferais mieux de mettre un tablier. A quoi bon jouer le grand jeu si tu comptes ramasser du menu fretin ? Je croyais que tu espérais attraper un requin.

Molly hésita.

— Tu crois que je pourrais vraiment attraper un requin, si c'était ce que je voulais ? demanda-t-elle.

La note mélancolique qu'elle discerna dans sa propre voix l'exaspéra. Elle ne voulait pas renouer avec Daniel. Pas du tout. Il ne fallait surtout pas qu'elle oublie ce détail important.

— Attraper un requin, c'est ce que tu veux ? s'enquit Retta d'un ton soudain protecteur. Malgré tout, tu serais prête à redonner une chance à cet homme ?

Molly n'hésita pas une seconde, affermie dans sa décision par la consternation évidente de Retta.

— Non ! Bien sûr que non, je ne sais pas ce qui m'a pris.

Retta hocha la tête d'un air approbateur.

— Je préfère ça. Allez, vas-y. Kendra et moi, on s'occupe de tout ici jusqu'à ton retour.

— Surtout, ne laisse pas Kendra servir d'alcool !

— Tu me prends pour qui, franchement ? C'est pourtant moi qui t'ai tenue à l'écart des tireuses à bière toutes ces années, non ? Ton grand-père, lui, adorait te faire remplir une chope bien fraîche à un de ces gros barils. Il disait que tu étais tellement mignonne !

Molly revint sur ses pas et se jeta dans ses bras.

— Je t'aime, Retta !

Remarquant Kendra qui la contemplait d'un air tendre, elle l'embrassa aussi.

— Sois sage.

Puis elle partit se jeter droit dans le bassin aux requins, pour faire face au plus gros.

Daniel était plongé dans un dossier concernant une citation au tribunal pour l'après-midi même, lorsqu'il leva les yeux et aperçut Molly dans l'encadrement de la porte de son bureau. Il ne se souvenait pas l'avoir jamais vue aussi hésitante. C'était peut-être à cause du tailleur qu'elle portait, et qui eut l'effet instantané de faire monter sa tension. Il avala sa salive avec difficulté, et fit comme si la vision de ce décolleté plongeant et celle des jambes interminables de Molly ne l'excitaient pas. Si elle s'était donné tant de mal, c'était sûrement parce qu'elle voulait quelque chose. Quel dommage que ce ne soit pas lui !

— Quel bon vent t'amène jusqu'en territoire ennemi ? s'enquit-il.

Daniel tentait désespérément de se donner un ton neutre. En réalité, il luttait contre une envie irrépressible de se jeter sur elle et de l'enlacer passionnément.

Molly fronça les sourcils.

— C'est toi l'ennemi, Daniel ?

— Non, je ne suis pas ton ennemi, assura-t-il.

— Et Kendra ? Tu es *son* ennemi ?

Molly avait l'air tellement inquiète, sa voix était si sérieuse qu'il dut contenir son sourire.

— Tu sais bien qu'on en a déjà parlé. Si seulement elle me faisait confiance, je pourrais être son meilleur ami.

Molly fit un pas de plus dans le bureau, et s'assit précautionneusement sur l'une des chaises de bois dur, face à Daniel. Elle commença à croiser les jambes, remarqua que l'ourlet de sa jupe remontait un peu trop haut et décida de garder ses pieds fermement posés sur le sol.

Quel dommage, songea Daniel.

— Peut-elle te faire confiance ? lui demanda Molly. Et moi, est-ce que je le peux ?

— Seulement si je sais de quoi elle a peur.

Daniel se mit à étudier le visage de Molly. « Elle a aussi changé son maquillage », songea-t-il. Elle avait toujours eu de beaux yeux, mais ils semblaient plus grands, ses cils plus longs. Toutefois, à cet instant précis, son regard était troublé.

— Sais-tu ce qui l'inquiète ? reprit-il. Est-ce que, au moins, tu es prête à reconnaître qu'elle se cache chez toi ?

La question de Daniel était directe. Molly visiblement hésitait. Elle prit enfin sa décision.

— Oui, elle est avec moi. Tu l'as su depuis le début.

— C'est vrai. Mais tu vois, c'est bon que tu me fasses assez confiance pour me le dire.

92

— Je ne te fais pas vraiment confiance Daniel. Seulement, nous n'avons pas le choix. Nous avons besoin de toi.

Il remarqua le *nous*. Elle et Kendra formaient un tout. Il allait devoir en tenir compte, quoi qu'il décide.

— Pourquoi s'est-elle enfuie, Molly ? Elle a bien dû te le dire ?

Il fut étonné quand elle secoua la tête.

— Elle n'a pas dit grand-chose, pas vraiment. Tout ce que je sais, c'est qu'elle a une peur bleue de rentrer chez elle. Elle refuse catégoriquement de l'envisager. J'ai essayé de la convaincre d'appeler ses parents pour les rassurer, et même ça, elle n'a pas voulu le faire.

Daniel n'était pas convaincu que Molly lui dise tout ce qu'elle savait, mais, à ce stade, il n'insista pas.

— Qu'est-ce que ton intuition te dit ? Est-ce qu'elle a été abusée ?

— Pas physiquement, répondit Molly aussitôt. Elle a été très claire là-dessus.

— Tu lui as posé la question ?

— Evidemment, Daniel, s'exclama Molly, impatientée. Je veux découvrir le fond de cette affaire autant que toi.

— Et tu es sûre qu'elle ne mentait pas ?

— Elle ne mentait pas à ce sujet, j'en suis persuadée. Elle a eu l'air absolument horrifiée que l'idée m'ait effleurée.

— Il existe toutes sortes d'abus, remarqua Daniel.

— J'en suis consciente. Et Joe, où en est-il ?

— Il dit que, à première vue, du côté familial tout paraît nickel. Elle vient d'un milieu aisé. C'est elle l'aînée. La première de sa classe. Elle a pas mal d'activités extra-scolaires, et semble être plutôt appréciée.

Molly s'impatienta.

—Pourquoi n'a-t-il pas essayé d'en apprendre un peu plus ? Ça fait plus d'une semaine que vous savez, Joe et toi, que Kendra est chez moi. Si c'est tellement idyllique chez elle, pourquoi n'êtes-vous pas venus tous les deux la récupérer pour l'y ramener ?

— Disons que nous avons appliqué le principe d'extrême précaution.

Daniel regarda Molly droit dans les yeux.

— Parce que cela n'a aucun sens qu'une gamine de cet âge et dans cette situation prenne le large, juste pour l'aventure. Il y a forcément une raison, *elle* a forcément une raison. Joe est allé voir les parents aujourd'hui. Tout dépendra de ce qu'il va trouver, mais il est fort possible qu'on soit à bout d'arguments. A moins, bien sûr, qu'elle nous fournisse une raison pour qu'on ne la ramène pas chez elle. Peux-tu la convaincre de me rencontrer ? Je te promets que je ne la bousculerai pas. Si on allait dîner tous les trois, mais pas au bar ? Si tu es là, elle se sentira peut-être plus en confiance. C'est important, tu sais, Molly. Il ne faut pas laisser traîner.

— D'accord, acquiesça Molly. Je pige. Quand ?

— Pourquoi pas ce soir ? Joe et moi, nous ne pouvons plus garder le secret. Joe est dans une situation particulièrement délicate : il pourrait rendre une gamine disparue à ses parents, et il ne le fait pas. Il y a des flics qui se sont fait virer pour moins que ça.

— Alors, pourquoi a-t-il pris ce risque ? Et toi aussi, par la même occasion ?

— Parce que, dit-il en soutenant le regard de Molly calmement, en dépit de ce que tu penses, nous faisons tous les deux confiance à ton intuition. Je sais que tu n'aurais jamais gardé Kendra si tu n'étais pas profondément convaincue qu'elle est réellement terrifiée à l'idée de rentrer chez elle. Joe aussi a beaucoup d'intuition ; il est d'ailleurs en train de le vérifier. On prend tous de sérieux risques pour la protéger, Molly, toi y comprise. Si jamais tout cela tourne mal, et qu'on apprend que tu nous as délibérément caché la vérité, ça va faire des dégâts !

Molly le contempla, estomaquée.

— Vous vous êtes exposés, à cause de moi ?

— Attends, ne t'emballe pas, répondit Daniel en souriant, j'ai toujours pensé que tu avais de bons côtés.

Elle fit semblant de jouer une scène de théâtre.

— Sois sage ! Ô mon cœur, déclama-t-elle en se frappant la poitrine.

Daniel redevint grave.

— Molly, il faut absolument que tu décides Kendra à me rencontrer ce soir, c'est vital.

— Je vais faire tout mon possible, promit-elle.

— Je passerai vous prendre toutes les deux à 6 heures, dit-il, plein de confiance.

Si, pour une raison quelconque, elle ne parvenait pas à convaincre Kendra de le voir, il se consolerait en ayant Molly pour lui tout seul. Cela serait peut-être leur dernière chance de faire la paix, avant que leurs vies ne soient complètement bouleversées à cause des décisions qu'ils auront prises pour rendre Kendra Morrow à ses parents.

— Hé ! Molly ! ajouta-t-il en se dirigeant vers la porte, ne te change surtout pas. J'adore le tailleur.

Elle sourit.

— Je l'ai mis pour être irrésistible.

— Tu n'avais pas besoin du tailleur pour cela, dit-il, parfaitement sincère. Il y a des choses qui ne changeront jamais.

Lorsqu'elle referma la porte du bureau de Daniel derrière elle, le cœur de Molly tambourinait si fort dans sa poitrine qu'il avait dû l'entendre, elle en était sûre ! « Parfait, pensa-t-elle, le tailleur a fait son effet. » Daniel était totalement prêt à soutenir Kendra ou, du moins, c'était l'impression qu'il donnait. Elle espérait pouvoir lui faire confiance. Il le fallait. Elles n'avaient pas le choix. Le temps pressait, et c'était lui l'expert. Il pouvait faire en sorte que Kendra ne se heurte pas au système. Et il saurait comment manœuvrer au sein des autorités compétentes pour s'assurer de la sécurité de la jeune fille.

Molly se sentait trop bouleversée pour rentrer directement. Elle décida donc de faire un détour par l'école primaire, car elle savait qu'Alice y serait, bien que les cours n'aient pas encore repris après les vacances de Pâques. Alice était l'enseignante la plus innovatrice et consciencieuse que Molly ait jamais rencontrée, et elle devait être en train de préparer les classes du jardin d'enfants.

Lorsque Molly frappa, Alice émergea d'une masse de papiers multicolores qu'elle découpait en forme de fleurs. Elle leva les yeux et resta bouche bée, arborant une expression exagérément théâtrale.

— Tiens, tiens, tiens ! Laisse-moi deviner. Toi, tu viens de voir Daniel, annonça-t-elle.

Molly fronça les sourcils.

— Comment le sais-tu ?

— Impossible que tu te sois donné tant de mal pour quelqu'un d'autre. Ça a marché ?

— Il n'en est pas resté sans voix, répondit Molly, une note de déception dans la voix.

— Les Devaney ne perdent jamais l'usage de la parole, sauf lorsqu'il s'agit de leur histoire personnelle. Là, ils deviennent muets comme des carpes. Qu'est-ce que tu lui voulais, à Daniel ?

— Qu'il soit du côté de Kendra.

— Et ?

— Je pense qu'il l'est. Ou du moins qu'il veut l'être.

— Alors c'est bon. Pourquoi n'as-tu pas l'air plus soulagée ?

— Alice, pour ce qui est de la protection de l'enfance, tu connais mieux le système que moi. Est-ce que Kendra peut être forcée à rentrer chez elle ?

— En tant que mineure, oui. A moins qu'elle y soit vraiment en danger. A ton avis, est-elle en danger ?

— Pas dans le sens où tu l'entends, répondit Molly après réflexion. Je n'ai pas du tout l'impression qu'elle a peur que ses parents lui fassent du mal physiquement, ajouta-t-elle. Mais ils ont fait quelque chose qui l'a beaucoup choquée.

— Et tu sais ce que c'est ?

Molly hocha la tête.

— Kendra m'en a vaguement parlé.

— Est-ce que tu l'as dit à Daniel ?

— C'était impossible. J'avais promis à Kendra que je garderais le secret.

— Est-ce que cela ferait une différence ?

— Au tribunal, je ne sais pas, répondit Molly avec honnêteté. Par contre, avec Daniel, sûrement. Il partirait au quart de tour. Crois-tu que j'aurais dû le mentionner pour qu'il se batte encore plus ?

Alice s'assit d'un air las.

— Non, tu ne peux pas tromper la confiance de Kendra. Comment pourrais-tu même y faire allusion, dans ces circonstances ? En revanche, tu pourrais encourager Kendra à mettre Daniel au courant.

— J'ai déjà essayé, et je vais tâcher de la persuader de le voir ce soir. Il dit qu'il n'y a pas de temps à perdre, que Joe et lui ne vont pas pouvoir continuer à faire comme s'ils ne savaient pas où elle se trouve.

— Alors, qu'est-ce que tu attends pour filer chez toi et persuader Kendra de faire confiance à Daniel, au lieu de me parler ?

Elle se mit à scruter Molly.

— Dis-moi, es-tu vraiment venue ici pour me parler de Kendra ?

— N'est-ce pas le sujet de notre discussion ?

— Bien sûr. Seulement, j'étais en train de me demander si tu n'avais pas plutôt envie de me dire que tu recommences à avoir des sentiments pour Daniel, et que cela te fait peur.

Molly aurait bien voulu pouvoir le nier, mais c'était impossible. Elle se crispa.

— Je n'ai jamais cessé de l'aimer, reconnut-elle, alors j'ai tout enterré. Comment pouvais-je aimer un homme qui tournait le dos à son propre enfant ? Quelle femme aurais-je été ?

— La vie est compliquée, remarqua Alice, et l'amour encore plus. Tu as appris à tes dépens que l'homme que tu aimais n'était pas parfait. Ça ne veut pas dire qu'il est mauvais, ni que tu dois cesser de l'aimer. Simplement, il faut que tu réconcilies ce qu'il est avec ce que tu es prête à accepter.

Les yeux de Molly s'emplirent de larmes.

— Je désirais tant ce bébé. Je désirais tant que Daniel le veuille et qu'il en soit heureux.

Alice s'approcha d'elle et la prit dans ses bras.

— Bien sûr que tu le désirais. Et tu sais, je pense que, au fond de lui, Daniel aussi le désirait. S'il avait eu plus de temps, il se serait sans doute habitué. Mais tu as perdu le bébé, et tout s'est précipité.

— Tu crois vraiment qu'il aurait pu l'accepter ?

— Oui, affirma Alice, j'en suis persuadée.

Curieusement, il n'y avait pas la moindre hésitation dans sa voix.

— Tu sais, s'il est comme Patrick, et j'ai de bonnes raisons de croire que c'est le cas, il se serait fait à l'idée. Ce que les parents Devaney ont fait à leurs fils est franchement criminel. Tu te rends compte ? Ils ont laissé les trois aînés penser qu'ils ne méritaient pas d'être aimés, et ils ont trahi la confiance de Patrick et de Daniel en gardant secrète une énorme tranche du passé. Peux-tu imaginer ce que cela doit être d'apprendre, à dix-huit ans, que tu as trois autres frères ?

— Peut-on jamais pardonner ça ? déplora Molly.

99

— Je ne pense pas. Toutefois, je suis convaincue que, s'ils se rencontraient tous et vidaient leur sac une bonne fois pour toutes, ça ne pourrait qu'améliorer la situation.

— Et ils vécurent heureux et eurent beaucoup d'enfants…, railla Molly.

— Pourquoi pas, se rebiffa Alice. Qu'y a-t-il de mal à désirer cela ?

— Aucun, seulement il y a peut-être des situations qui ne s'y prêtent pas du tout, dit Molly.

— Je refuse de l'accepter.

— Est-ce que tu continues à casser les pieds à Patrick pour qu'il se réconcilie avec ses parents ?

— Chaque fois que je le peux, reconnut Alice.

— Et alors ?

— Il a arrêté de me dire de m'occuper de mes affaires, je considère cela comme un certain progrès, répondit Alice d'un ton enjoué.

Elle posa la main sur son ventre.

— J'ai la ferme intention d'y parvenir avant la naissance de notre bébé.

— Tu es enceinte ? s'exclama Molly, stupéfaite.

Les joues d'Alice s'empourprèrent.

— Oui.

Elle scruta Molly d'un air inquiet.

— Ça va ? Tu es O.K. avec ça ?

— Pourquoi ne le serais-je pas ? J'adore Patrick, et tu vas être la meilleure mère au monde.

— Oui, mais tu…

Molly connaissait la suite et ne laissa pas Alice continuer.

— Ce n'est pas parce que j'ai perdu mon bébé que je ne peux pas me réjouir pour toi.

Elle hésita un peu.

— Bon d'accord, je suis un peu jalouse. Mais je m'en remettrai, dit-elle avec franchise.

— Daniel et toi, vous pourriez vous réconcilier et…

— Arrête, trancha Molly.

L'idée d'une deuxième chance était trop tentante pour qu'elle puisse risquer de l'envisager, même une seconde.

— D'ailleurs, continua-t-elle, le seul enfant dont je me soucie en ce moment, c'est Kendra. Je ferais mieux de rentrer, et de faire des pieds et des mains pour la convaincre d'accepter de voir Daniel ce soir.

— Bonne chance ! Et puis, écoute, ne rejette pas trop hâtivement la possibilité de renouer avec Daniel. Je te parle en connaissance de cause, c'est vrai que les jumeaux Devaney ne sont pas faciles, mais ils valent certainement la peine.

Molly sourit.

— Je veux bien le croire pour ce qui est de Patrick. Quant à Daniel, le jury n'a pas terminé sa délibération.

— Je n'en suis pas si sûre. Il suffit de regarder tes yeux pour savoir que le verdict a été rendu.

— Je suppose que c'est une bonne chose que Daniel ne soit pas aussi perspicace que toi, soupira Molly.

— Es-tu bien sûre de cela ? Il a eu le bon sens de percer ton jeu et de tomber amoureux de toi, une fois déjà, n'est-ce pas ? se moqua Alice.

— C'est possible, reconnut Molly, mais je crois qu'on n'a jamais vu l'éclair frapper deux fois au même endroit.

Alice se dirigea vers l'étagère pleine de livres.

— Attends, attends ! Ne bouge pas, je suis persuadée que je peux trouver des statistiques pour te contredire.

Aïe, aïe, aïe ! Molly savait bien qu'Alice en était tout à fait capable ; il était donc plus sage de partir ! Pour le moment, elle se sentait en sécurité derrière ses positions. Pas question de se mettre en péril.

6.

— Tu as perdu la tête, ou quoi ? hurla Patrick dès que Daniel répondit au téléphone.

— Ça fait plaisir d'entendre ta voix, frérot, ironisa Daniel. Qu'est-ce que j'ai fait ?

Il n'avait pas vraiment besoin de poser la question, car il se doutait bien de la raison qui avait poussé Patrick à l'appeler.

— Qu'est-ce que c'est que cette histoire ? Il paraît que tu emmènes Molly dîner ce soir ?

Daniel n'était pas franchement surpris de la réaction de Patrick, sachant combien son frère protégeait Molly.

— Oui. Qui te l'a dit ? Molly ?

Patrick ne fit aucun effort pour masquer son dégoût.

— Non, elle l'a dit à Alice, qui semble trouver absolument fascinante la possibilité que vous vous remettiez ensemble. Evidemment, elle n'était pas là quand tu as détruit Molly, sinon tu peux être sûr qu'elle serait aussi déterminée que moi à empêcher que cela se produise.

— Ecoute Patrick, dit Daniel calmement, je suis désolé d'avoir à le dire, mais Molly est une grande fille et elle dîne avec qui elle veut.

— Je le sais bien, mais pourquoi *toi* ? Bon sang !
Daniel, qu'est-ce qui t'a pris ?

— Ça ne te regarde absolument pas, mais je vais te
le dire quand même : c'est au sujet de Kendra Morrow.
J'espère arriver à voir un peu plus clair dans cette
affaire, avant que cela tourne mal pour tout le monde,
y compris Molly.

— Ah bon ? Alors, il s'agirait d'un dîner professionnel ? soupira Patrick sans cacher sa méfiance.

Daniel n'avait qu'à se remémorer l'effet que la vision
de Molly dans son tailleur rouge avait eu sur sa libido
pour n'avoir aucune illusion. Si, comme il le lui avait
demandé, elle le revêtait ce soir, il y avait très peu de
chances qu'il puisse garder la tête froide et se concentrer
sur les raisons premières du dîner !

— En gros, dit-il, après avoir pesé ses mots.

Patrick réagit aussitôt devant cette réponse
évasive.

— Attends, tu te payes ma tête, ou quoi ? C'est oui
ou c'est non ?

— Si tu avais vu le tailleur qu'elle portait quand
elle est venue me voir, tu ne me poserais même pas
la question.

— Le rouge ? Elle avait mis le rouge ?

Patrick, de toute évidence, en connaissait le côté
particulièrement aguichant.

— Oui, celui-là.

— Elle avait mis un chemisier ? S'il te plaît, dis-moi
qu'elle avait mis un chemisier ?

— Sans chemisier.

— Oh non ! gronda Patrick. Elle aussi a perdu la
tête.

— Ecoute, si cela peut te rassurer, j'ai vraiment organisé le dîner pour qu'on parle de Kendra. Et Kendra sera là pour nous chaperonner.

— Alors là, tu me vois incroyablement rassuré, en effet, s'esclaffa Patrick. Voilà deux adultes dérangés, et c'est une gamine de treize ans, fugueuse, qui doit les empêcher de faire des bêtises !

— Auquel des deux ne fais-tu pas confiance, Patrick ? A moi ou à Molly ?

— Si Molly a mis ce tailleur, je dois avouer qu'il n'y en a pas un pour relever l'autre. Je suis persuadé que, tous les deux, vous allez encore jeter tout bon sens par la fenêtre. C'est toujours ce que vous avez fait, sinon il n'y aurait pas eu de grossesse.

Daniel rit en pensant à la tête que ferait Molly, si elle se doutait de la piètre opinion que Patrick avait de son bon sens. Il dut reconnaître toutefois que, en ce qui le concernait, Patrick n'avait pas tout à fait tort. Il n'avait pas fait preuve de beaucoup d'intelligence quand il était sorti avec Molly la première fois. Il faut dire à sa décharge qu'il ne s'était jamais préparé à une grossesse éventuelle. Quand la réalité l'avait frappé de plein fouet, tout le passé de sa famille avait refait surface violemment, et il avait perdu ses moyens. Mais il n'avait aucune intention de relancer le sujet avec son frère. Patrick n'écouterait pas plus ses arguments de défense aujourd'hui qu'il ne l'avait fait à l'époque.

— Ecoute, j'ai une pile de paperasses qui m'attend. Si tu as fini de jouer à la mère poule, je ferais mieux d'y retourner.

— Juste un dernier point, dit Patrick.

— Oui ?

— Tu refais du mal à Molly, et tu te prends une raclée dont tu te souviendras, même si elle me supplie à genoux de t'épargner !

— C'est noté, dit Daniel. Et tu sais, Patrick, j'aurais tant voulu que cela se passe différemment, et qu'elle se tourne vers moi. Mais je veux te dire une chose : je suis heureux qu'elle t'ait eu comme ami, tu as vraiment été à la hauteur.

Après que son frère eut raccroché, Daniel soupira. Il passerait le reste de sa vie à déplorer que Molly ait eu besoin de se tourner vers quelqu'un d'autre que lui pour trouver réconfort et soutien.

Il avait à peine reposé le combiné que le téléphone sonna de nouveau. C'était Joe Sutton, et au son de sa voix, Daniel sut instantanément que les nouvelles n'étaient pas bonnes.

— Tu as vu les Morrow, dit-il d'un ton égal.

— Exact. Ce sont des gens intelligents, compréhensifs. Rien qui sorte de l'ordinaire. Ils ne comprennent absolument pas pourquoi Kendra s'est enfuie, et sont complètement perturbés qu'elle ait pu faire une chose pareille. Je ne vois aucune raison pour ne pas leur rendre leur gamine au plus vite, afin qu'ils arrêtent de s'inquiéter.

Daniel ne put retenir une grimace. Si Joe était convaincu, il ne pouvait pas remettre cela en question. Et pourtant la peur de Kendra était réelle. Si elle avait tout inventé, ou à la rigueur exagéré, Molly s'en serait aperçue.

Il implora Joe.

— Donne-moi jusqu'à demain matin. Tu peux faire ça ?

— Qu'est-ce qui va changer entre maintenant et demain matin ? C'est l'enfer pour ces pauvres gens. Je me sens suffisamment coupable de les regarder droit dans les yeux sans leur dire que je pourrais ramener leur fille tout de suite. Si on attend encore, je suis cuit, et toi aussi.

— On est déjà dedans jusqu'au cou, tous les deux. Tentons la dernière chance. J'ai convaincu Molly d'organiser une rencontre entre Kendra et moi, ce soir. Si j'arrive à la mettre en confiance, et qu'elle me donne sa version des faits, nous serons certains de prendre la bonne décision. Maintenant que j'ai les éléments que tu as apportés, je pourrai poser les bonnes questions, et presser un peu plus pour obtenir les bonnes réponses.

— Je ne pense pas que Molly te laissera mettre la pression sur Kendra. C'est une fugueuse, pas une criminelle, rétorqua Joe.

— Ce soir j'y vais en ami, pas en représentant de l'autorité, c'est vrai.

— Est-ce que tu vas essayer de la persuader de rentrer chez elle de son propre gré ? Je n'ai pas du tout envie d'être obligé de débarquer dans un hurlement de sirènes, pour l'arracher de force.

— Tu as surtout peur que Molly t'interdise de remettre les pieds chez elle, et que tu ne puisses plus avoir ta dose de soupe aux palourdes, ironisa Daniel.

— Non. Tu n'es pas obligé de me croire, mais j'ai surtout peur de traumatiser la petite.

— Alors, on va faire en sorte que tout se passe bien, d'accord ?

— Je serai sur place demain matin, à 9 heures tapantes, conclut Joe. Je compte la trouver prête, voire enchantée, à l'idée de rentrer chez elle.

— J'y serai aussi, avec toi. Merci Joe. Je sais que tu t'es mis dans une situation délicate pour cette gamine. Tu peux compter sur moi, je te soutiendrai jusqu'au bout.

Il ne lui restait plus qu'à convaincre Kendra et Molly. Il ne savait pas laquelle des deux se montrerait la plus coriace.

— Allez-y sans moi. Je veux rester à la maison et lire, j'ai plein de bouquins. Ça ira très bien, insista Kendra lorsque Molly lui parla du dîner.

— Daniel veut te connaître.

— Disons qu'il veut surtout m'interroger de façon serrée, répliqua Kendra d'un air entendu. Non merci !

— Ça ne se passera pas comme ça, j'y veillerai, promit Molly.

Kendra lui jeta un regard plein de doute.

— Pour moi, c'est très clair. Il veut deux choses de cette soirée... que je lui donne des réponses, et aussi la chance de passer quelques heures agréables en votre compagnie. Il devrait être content de réaliser la moitié de ses objectifs.

Certains hommes en seraient satisfaits, pas Daniel.

— Je lui ai promis que je te persuaderais de venir. Ecoute-moi, chérie, il aurait très bien pu venir te chercher, s'il avait voulu. Joe Sutton aussi. Ils ne l'ont pas fait, ni l'un ni l'autre. Ça devrait t'éclairer un peu, non ? Tous les deux ont à cœur ton intérêt.

— C'est possible.

Kendra n'avait pas du tout l'air convaincue.

— Qu'est-ce qu'il faudrait pour te prouver que j'ai raison ?

— Qu'ils signent un papier comme quoi ils ne vont pas me renvoyer chez mes parents, répondit Kendra sans hésitation.

— Ça m'étonnerait que ce soit possible, à moins que tu ne leur donnes des raisons valables pour ne pas vouloir y retourner.

— Qui décide de ce qui est valable ou pas ?

— A ce stade, c'est eux. Si nécessaire, ce sera le tribunal.

— Voilà une pensée rassurante. Un juge qui ne connaît ni mes parents ni moi va décider de ce qui est mieux. Voyons voir, le juge, ça va être un adulte. Mes parents, ce sont des adultes. Je n'suis qu'une gosse. Je me demande bien de quel côté va pencher la balance ?

— Moi aussi, je suis une adulte, et je suis de ton côté, remarqua Molly. Daniel et Joe t'ont soutenue, eux aussi, même sans avoir tous les faits en main, n'est-ce pas ? Si tu penses être dans ton droit, donne-nous au moins une chance de t'aider à le démontrer.

Kendra réfléchit pendant ce qui parut une éternité. Finalement, elle hocha la tête.

— D'accord, je viens. Mais je vous préviens, je ne resterai pas si je n'aime pas la tournure des événements.

— Entendu, acquiesça Molly, soulagée.

Elle n'avait pas du tout envie de passer une soirée entière en tête à tête avec Daniel. Elle était au moins aussi terrifiée par cette perspective, que Kendra à l'idée de toutes ces questions qui l'attendaient.

Elle se rendit dans la cuisine pour expliquer à Retta ce qui se passait. Puis elle appela la serveuse et le barman de relève, ne voulant rien laisser au hasard maintenant que Kendra était d'accord pour rencontrer Daniel. Une fois que tout fut organisé, elle prit le téléphone et fit le numéro autrefois si familier, en essayant de ne pas se laisser troubler par le son de la voix de Daniel.

— C'est moi, annonça-t-elle doucement.

— Allô toi ! Ça va ? Tout est prêt pour ce soir ?

Elle reconnut le sourire dans sa voix, et fut parcourue d'un frisson de désir qu'elle connaissait bien.

— Tout est prêt. Kendra a des doutes sur tes intentions et tes motivations, mais elle est d'accord pour dîner avec nous.

— Bon, alors je vous vois à 6 heures. Une pizza, ça ira ? Tous les gosses aiment les pizzas, non ?

— Toi aussi, si je me souviens bien.

— Attends, là je tiens à mettre Kendra à l'aise. A la limite, si j'en profite pour déguster une pizza margharita, pourquoi pas ?

— Dans ce cas, si on va chez Giorgio, je ferais mieux d'aller me changer. Le tailleur rouge fera un peu trop habillé.

Elle entendit le soupir de déception de Daniel, et en ressentit un plaisir purement féminin.

— C'est toi qui as choisi d'aller manger des pizzas, lui rappela-t-elle.

110

— Ce qui prouve une fois de plus que je suis un bel idiot !

Par contre, il savait que Patrick serait ravi, lui qui avait tant détesté l'idée que Daniel passe du temps avec Molly vêtue de ce tailleur.

— Daniel, tu me promets que tout va bien se passer ? Tu n'es pas en train de me donner le change, pour trahir ensuite Kendra à la première occasion ? Joe ne va pas se cacher dans les buissons pour épier Kendra et l'attraper ?

Elle perçut son hésitation.

— Daniel Devaney, tu as intérêt à me dire ce qui se passe parce que, si je m'aperçois après coup que c'était une machination, tu le paieras cher !

— Ce n'est pas une machination, protesta-t-il aussitôt. Mais nous sommes en possession de faits nouveaux. Joe a rencontré les parents aujourd'hui. Il a tout vérifié. Il ne voit aucune raison de ne pas renvoyer Kendra chez elle.

— Elle a peur ! Ça ne suffit pas comme raison ? rétorqua Molly, ayant du mal à retenir sa colère.

Daniel conserva son calme.

— Non, si elle ne peut pas expliquer *pourquoi* elle a peur. C'est pour ça que je veux la voir ce soir. Je te jure que je vais lui donner la possibilité de me dire ce qui se passe. Avec suffisamment d'éléments, je peux gagner du temps. Joe m'a déjà accordé jusqu'à demain matin. Si elle me fournit les armes nécessaires, je peux prolonger cette trêve.

— Et sinon ? s'enquit-elle, le cœur gonflé d'inquiétude.

Il hésita, et elle comprit qu'il n'était pas certain de pouvoir se fier à elle.

— Joe vient la chercher demain matin, finit-il par avouer.

— Bon sang ! protesta Molly. Pourquoi faut-il que tu me dises cela ?

— Parce que je ne veux pas qu'il y ait de secrets entre nous, c'est trop important. Je veux que tu saches que je te fais confiance. Je sais que tu ne ferais pas une folie, comme de t'enfuir avec elle.

C'était pourtant bien ce qui avait traversé l'esprit de Molly, un bref instant. Il suffisait de prendre quelques affaires, et elles seraient parties en moins d'une heure. Mais elle savait bien que Daniel serait sur sa trace, et aussi Joe Sutton. Elle aurait beaucoup plus de mal à leur échapper, qu'eux à la retrouver.

— Dès que Kendra t'aura parlé, tu dois lui dire la vérité sur la suite des événements. Il faut qu'elle soit préparée.

— Entendu, mais si on a décidé que la solution était que Joe vienne la chercher, tu me promets que tu feras tout pour qu'elle soit là demain matin. La dernière chose que nous voulons, toi comme moi, c'est qu'elle s'enfuie de nouveau, d'accord ?

— D'accord, déclara-t-elle résolument.

Molly partirait avec l'adolescente, plutôt que de risquer cette éventualité.

— Bon, je te retrouve à 6 heures alors ?

— Daniel, pourquoi faut-il que la vie soit si compliquée ? demanda Molly, une note de mélancolie dans la voix.

— J'aimerais connaître la réponse à cette question. Ecoute, ce soir, au dîner, on va tous essayer de trouver un moyen de rendre la vie plus simple.

— C'est beaucoup espérer.

— Nous sommes intelligents, et, d'après ce que j'ai compris, Kendra est un génie. C'est peut-être elle qui va nous montrer le chemin ?

— Elle l'a déjà fait. Elle s'est enfuie. Apparemment, personne ne l'écoute.

— Je l'écouterai, promit Daniel. Fais-moi confiance, les gosses en danger, je les écoute toujours.

Elle savait que c'était vrai. C'était sans doute ce qui expliquait combien le choc avait été violent pour elle, lorsque Daniel était resté sourd à ses supplications faites au nom d'un bébé qui ne pouvait pas parler pour lui-même.

Daniel souffrait profondément de savoir que Molly ne lui faisait pas confiance. Et pourtant, c'était impossible de lui jeter la pierre ! N'était-il pas le seul responsable ? Combien de fois lui avait-il dit qu'il l'aimait ? Un millier ou plus. Et puis, lors de cette nuit fatale, lorsqu'elle était venue lui parler du bébé, les yeux brillants et toute tremblante de bonheur, comment avait-il prouvé son amour ? En la prenant dans ses bras et en accueillant la nouvelle avec joie ? Non. Il les avait rejetés, elle et son bébé. Il avait écarté toute possibilité de s'engager.

Oh ! Evidemment, il avait eu ses raisons, de bonnes raisons. Cependant, elles étaient loin d'être suffisantes. Tout homme digne de ce nom se serait montré à la hauteur, il aurait proposé davantage qu'une vulgaire responsabilité financière pour son propre enfant. Daniel avait prouvé, en lui tournant le dos, qu'il était bien le fils de Connor Devaney. Ce geste, il allait le regretter toute sa vie.

Il soupira et essaya de se concentrer sur la montagne de paperasses accumulées sur son bureau, et qui ne diminuait jamais. En vain. L'image de Molly luttant contre les larmes, s'éloignant de lui, digne, droite et la tête haute, ne cessait de le hanter. Il l'avait regardée partir, impuissant. Il avait su ce qu'il devait, ce qu'il *voulait* faire, et n'avait pas eu le courage d'esquisser le premier pas.

Puis, elle avait disparu. Non pas juste de sa vue, mais de sa vie. Une porte s'était fermée entre eux, aussi solide et résistante que celle de la prison la mieux fortifiée. Et ce n'était que lorsqu'il avait entendu le claquement du verrou, qu'il avait compris ce qu'il avait perdu : la femme qu'il aimait, son enfant, son avenir.

Le lendemain, Patrick lui avait parlé de la fausse couche. Une des rares occasions, depuis son départ, où Patrick avait lancé la conversation entre eux. Oh ! Mais sur quel ton ! Il tremblait de rage et d'indignation et s'était mis à raconter, d'une voix glaciale et avec force détails, comment Molly avait fini à l'hôpital. Puis il avait, purement et simplement, mis Daniel en demeure de garder ses distances avec Molly.

— Tu en as fait assez, plus qu'assez ! avait-il ajouté. Tu vois, je ne pensais jamais devoir te dire cela, même quand j'ai quitté la maison et que tu es resté : j'ai honte d'être ton frère !

Malgré le temps écoulé, ces paroles traversaient encore Daniel comme un glaive. Il n'avait pas cherché à se disculper. Aucune excuse n'existait pour ce qu'il avait fait, et ils le savaient tous les deux.

En revanche, il n'avait pas suivi le conseil de Patrick. Après avoir laissé passer une journée, il était allé trouver Molly pour qu'elle sache combien il était désolé. Comment aurait-il pu ne pas faire amende honorable ? Toutefois, lorsqu'elle lui avait renvoyé ses excuses en pleine figure, il n'avait pas été surpris.

Pouvait-elle, dans ces conditions, conseiller à Kendra de lui faire confiance sans réserve ? Le seul fait qu'elle ait organisé la rencontre relevait déjà du miracle.

Le téléphone sonna. Daniel n'était pas du tout d'humeur à résoudre une crise de dernière minute, et décrocha en soupirant.

— Allô ! Devaney, annonça-t-il sèchement.

— Daniel, c'est moi, dit Kathleen Devaney d'une voix tremblante.

— Maman, qu'est-ce qui ne va pas ?

Il devait y avoir un problème pour qu'elle l'appelle au travail.

— Peux-tu passer à la maison ? balbutia-t-elle, retenant avec peine un sanglot.

Le sang de Daniel ne fit qu'un tour. Il jeta un coup d'œil à sa montre. 5 heures passées, moins d'une heure avant son rendez-vous avec Molly et Kendra.

— C'est papa ? Son cœur ?

— Non, c'est tes… Il y a des gens qui sont là. Je t'en prie Daniel. Je ne te le demanderais pas, si ce n'était pas important.

Un millier de questions se bousculèrent aussitôt dans sa tête. Ses frères, malgré ses adjurations répétées à Patrick, étaient-ils venus sans prévenir ? Ça ne pouvait être que cela. Il était confronté à un choix douloureux. Soit il ignorait l'appel au secours de sa mère, soit il appelait Molly pour annuler la soirée, risquant ainsi de briser leur pacte de confiance, encore si fragile. Repousser le dîner, quand ce délai de 9 heures du matin les menaçait tous, telle une épée de Damoclès, était une entreprise risquée.

Cependant, Daniel avait toujours eu le sens du devoir filial, même dans les moments les plus difficiles. Il ne pouvait décemment pas manquer à ses engagements envers sa mère maintenant, et il la rassura.

— Je vais voir comment je peux réorganiser mes rendez-vous, je devrais être là dans dix minutes.

— Merci.

Il partit sans attendre, et appela Molly de son portable.

— Je dois repousser le dîner.

— Comme ça ? s'étonna-t-elle, incrédule. Je croyais que c'était tellement important qu'il fallait absolument qu'on se rencontre ce soir sans faute.

Que c'était difficile de se sentir ainsi écartelé !

— C'est vrai, c'est extrêmement important, seulement maman vient de m'appeler en catastrophe. Il y a une urgence à la maison. Je file là-bas. Si c'est quelque chose que je peux régler rapidement, je te rappelle et on se retrouve pour le dîner. Mais j'ai le pressentiment que ça va demander plus de temps. S'il n'est pas trop tard quand j'aurai terminé, je passerai par le bar, faire mes excuses en personne à Kendra.

— Et Joe Sutton ? Tu peux le dissuader d'agir ?

— Je trouverai une solution, je te le promets. De toute façon, Joe ne viendra pas tant que je n'aurai pas pu vous voir, toi et Kendra.

— D'accord, murmura-t-elle, tendue.

La voix de Daniel se fit pressante.

— Molly, je ne te laisserai pas tomber. Je te le jure. Maman a dit que c'était urgent, il faut que j'y aille.

— Bien sûr, tu dois y aller, soupira-t-elle. J'espère que tout se passera bien.

— Moi aussi, moi aussi, dit-il d'une voix rauque, imaginant le pire.

7.

Molly raccrocha. La voix de Daniel trahissait son inquiétude, et elle le connaissait assez pour savoir qu'il n'aurait pas repoussé sa rencontre avec Kendra, sauf en cas de crise sérieuse chez ses parents. Oui, mais comment allait-elle expliquer cela à Kendra, elle qui était déjà si méfiante ? Les adultes lui inspiraient tellement peu confiance, elle risquait d'être confortée dans sa conviction que personne ne tenait jamais ses promesses.

— C'était qui ? demanda la jeune fille en regardant Molly d'un air anxieux.

— C'était Daniel. Ecoute, je ne veux pas que tu t'inquiètes, mais il a eu une urgence et il repousse le dîner.

A la surprise de Molly, le visage de Kendra s'éclaira soudain.

— Excellent ! Comme ça, on pourra sortir toutes les deux ! Qui a besoin de lui ? s'écria-t-elle avec enthousiasme.

— Pour l'instant, toi, lui rappela Molly.

— Vous allez pas me livrer à ce flic ? Si jamais vous essayez, vous savez très bien que je m'enfuirai ! menaça Kendra.

Molly tenta d'expliquer à Kendra sa position, ainsi que celle de tous les adultes au courant de sa présence à Widow's Cove.

— Ma chérie, il y a beaucoup de gens qui doivent essayer de concilier ton intérêt avec celui de tes parents.

— Ouais ! C'est sûr. Tout ce qu'ils veulent, c'est protéger leurs arrières au cas où mes parents se retourneraient contre eux.

— Tu crois que c'est ce que je fais ? demanda Molly.

Kendra eut la bonne grâce de prendre un air contrarié.

— Non, pas vraiment.

Puis elle rejeta la tête en arrière avec défi.

— Mais je n'retournerai pas là-bas. Personne ne peut m'y obliger !

— A vrai dire, répondit Molly à bout de patience, ils le peuvent très bien. Toutefois, ils ne le feront pas si tu peux fournir à Daniel et à Joe une raison suffisamment convaincante.

— Pourquoi j'peux pas rester tout simplement avec vous ? murmura Kendra d'un ton plaintif. J'pourrais aller à l'école ici. J'ai des super bonnes notes et puis j'ai continué à travailler, j'aurais aucun problème à passer les examens de n'importe quelle classe, même si j'étais pas là toute l'année. Ça serait génial.

— Il existe sûrement plein de raisons pour que cela ne marche pas, regretta Molly. D'abord, je ne fais pas partie de ta famille. Ensuite, je ne suis pas habilitée à servir de famille d'accueil. J'habite au-dessus d'un bar dont je suis gérante, je suis célibataire et…

— Mais vous vous inquiétez de ce qui pourrait m'arriver, l'interrompit Kendra. C'est pas ça le plus important ?

— Je suis persuadée que tes parents aussi s'inquiètent pour toi.

— Si c'était le cas, ils ne m'obligeraient pas à partir.

A la façon dont Kendra parlait, on aurait pu penser qu'ils voulaient l'envoyer aux travaux forcés. Pourtant, songea Molly, c'était forcément l'intérêt de leur enfant qui leur tenait à cœur. Alors, où diable pouvaient-ils bien vouloir l'expédier ?

— Où exactement ?

— Loin. C'est tout ce qui compte, trancha Kendra. Ils veulent m'envoyer loin, et moi je ne veux pas !

Elle pivota, se laissa glisser en bas du tabouret et prit la direction de la cuisine.

— De toute façon, je ne veux pas aller dîner avec vous non plus ! lança-t-elle à Molly.

Celle-ci la regarda s'éloigner, et soupira. De toute évidence, elle n'en tirerait pas un mot de plus. Daniel aurait-il plus de succès, lui ?

En attendant, peut-être Retta parviendrait-elle à lui soutirer des réponses, là où Molly avait échoué ? Retta avait toujours eu le don de mettre Molly suffisamment à l'aise pour qu'elle se confie à elle, et lui dévoile des problèmes personnels qu'elle n'aurait jamais osé avouer à son grand-père. Qui sait ? Avec un peu de chance, sa magie allait opérer avec Kendra.

Molly savait bien que la vie avec une adolescente pouvait être compliquée. Elle commençait effectivement à s'en rendre compte. Il ne lui restait plus qu'à prier pour qu'elle ne dise rien ou ne fasse rien qui rende la vie de Kendra, ou la sienne, plus compliquée encore.

Cinq minutes après sa conversation avec Molly, Daniel s'engagea dans l'allée qui menait chez ses parents. Près du pick-up familier de Patrick, était garé un 4x4 plutôt luxueux, qu'il ne connaissait pas. A peine eut-il repéré les véhicules, que son cœur s'arrêta de battre. Il n'y avait plus le moindre doute sur ce qu'il allait trouver lorsqu'il aurait franchi le seuil. Les choses se gâtaient. La seule question était : à quel point ?

Il s'arrêta devant la porte d'entrée, prit une profonde respiration, puis la poussa, s'attendant à être accueilli par un concert de récriminations.

Rien. Le silence le plus total. Comment était-il possible qu'il y ait tant de monde dans la maison et pas le moindre bruit ? C'était franchement sinistre.

Il traversa le vestibule et se dirigea vers le salon dont les Devaney se servaient rarement. Il était toujours impeccable, car réservé pour les grandes occasions : zone interdite pour des garçons chahuteurs. Même lorsque Patrick et Daniel étaient plus grands, ils n'allaient jamais dans cette pièce, trop sévère et peu accueillante.

Quatre hommes étaient assis sur le divan, l'air gêné, l'œil sombre et menaçant. Daniel vit sa mère, juchée maladroitement sur le bras d'un fauteuil ancien peu confortable mais auquel elle tenait beaucoup, se tordant nerveusement les mains sur les genoux. Bien sûr, son père était absent. C'était tout à fait son genre d'avoir pris la fuite au premier signe de tension.

Lorsque Daniel entra, Patrick le toisa.

— Je suppose qu'on t'a appelé pour sauver la mise ?

Sans relever la pique, Daniel prit le temps de rassurer sa mère en lui pressant l'épaule d'un geste affectueux, avant d'aller saluer ses frères.

Un par un, ils se levèrent pour lui serrer la main. D'abord Ryan, l'aîné, puis Sean, enfin Michael. C'était bien des Devaney. Ils avaient hérité de leur père les cheveux bruns et les yeux bleus comme Patrick et Daniel. Aucun ne ressemblait vraiment à leur mère, sauf peut-être Ryan lorsqu'il souriait — ce qu'il ne faisait pas — et Michael, avec ses yeux d'un bleu plus clair.

Daniel se tourna vers elle, inquiet de voir qu'elle était exsangue.

— Maman, si tu allais faire un de tes gâteaux au café ? lui proposa-t-il gentiment.

Lorsqu'il surprit le coup d'œil que Ryan et Sean échangeaient, Daniel les scruta, intrigué.

— Qu'y a-t-il ?

— Nous venons de parler de ces gâteaux au café et aux noix de pacane, expliqua Ryan. On se rappelait que notre mère en faisait toujours pour les grandes occasions.

Il s'exprimait comme si elle n'était pas dans la pièce, comme si elle était morte depuis longtemps.

Malgré le ton détaché de Ryan, Kathleen hésita près de la porte et un sourire timide effleura ses lèvres. Son regard s'emplit de nostalgie.

— Vous vous en souvenez ?

— Lorsque Ryan est venu me voir la première fois, je suis allé en acheter un. Je ne sais pas pourquoi, j'avais envie de le faire, dit Sean, un peu gêné par tant de sentiments affichés.

Daniel regarda sa mère. Les yeux gonflés par les larmes, elle semblait incapable d'articuler la moindre syllabe. Le silence devenait pesant. Il le meubla, espérant que Patrick se joindrait à la conversation.

— Elle en fait encore à Pâques, à Noël et pour les petits déjeuners d'anniversaire, pas vrai, Patrick ?

Patrick se contenta de hausser les épaules, comme si le fait qu'un simple gâteau au café bouscule leur mémoire n'avait pas d'importance. Il donnait l'impression de vouloir être à mille lieues, et Daniel comprit qu'il ne devait rien attendre de lui.

Il se tourna vers ses autres frères.

— Est-ce que d'autres choses vous reviennent ? dit-il, espérant raviver les bons souvenirs.

— Ses spaghettis, proposa Sean sans toutefois avoir l'air particulièrement heureux de partager cette information. La patronne de ma femme fait une sauce presque aussi bonne, mais il y manque quelque chose.

— Une cuillère de sucre, j'imagine ? C'est un secret que je tiens de ma mère, avança Kathleen timidement.

Daniel observa Michael qui n'avait rien dit jusque-là.

— Et toi, tu te souviens de quelque chose ?

Michael, l'air glacial, se tourna vers son frère puis vers sa mère. Enfin, il contempla Daniel.

— D'avoir été abandonné, lança-t-il, cinglant.

Daniel s'attendait à tout, sauf à un coup bas de la part de Michael. Lors de leurs retrouvailles, Michael était apparu comme celui qui avait le moins de souvenirs précis. Il avait aussi semblé à Daniel que sa famille d'accueil, les Havilcek, avait fait du bon travail pendant toutes ces années.

Kathleen fixa Michael, le visage baigné de larmes.

— Je suis désolée, tu ne sauras jamais combien je suis désolée, balbutia-t-elle.

— C'est pour ça que tu es venu ici, Michael ? Que vous êtes tous venus ? lança Daniel, furieux. Tout ce qui vous intéresse, c'est de faire du mal à maman ? Tout ce que vous cherchez, c'est de vous venger d'elle et de papa ?

— Je crois que nous avons le droit d'être en colère, répondit Ryan doucement.

Patrick sortit de ses gonds.

— Nom d'un chien ! C'est bien mon avis, rugit-il. Reste en dehors de tout cela, Daniel !

Mais il ne le pouvait pas. Face au tourment de sa mère, il ne pouvait pas laisser ses frères continuer à la bombarder ainsi de reproches. Pour résoudre ce conflit, il leur faudrait un jour parler sans amertume, l'esprit ouvert et avec honnêteté. Bien sûr, pas aujourd'hui. C'était trop mal parti !

Daniel se tourna vers sa mère avec un sourire forcé.

—Va, maman, va faire le gâteau au café. Laisse-moi quelques instants avec Ryan, Sean et Michael.

— Arrête de la protéger comme ça ! explosa Patrick en se levant brusquement.

— Ton frère a raison, dit-elle faiblement. Je ne mérite pas ta protection.

— Tu l'as de toute façon. Je ne vais pas les laisser venir ici te faire du mal.

— Ils ont le droit de dire ce qu'ils ont à dire.

— Tout à l'heure. On doit parler d'abord. S'il te plaît, maman, laisse-nous seuls.

Elle fit quelques pas, se retourna, laissa son regard errer puis se poser sur Ryan.

— Cela fait si longtemps, murmura-t-elle la voix tremblante. Vous n'allez pas partir ? Pas tout de suite ?

— Pas sans dire au revoir, lui promit-il.

Elle hocha la tête, apparemment satisfaite d'avoir la parole de son fils aîné, puis sortit de la pièce.

Dès qu'il fut certain qu'elle ne pourrait l'entendre, Daniel se tourna vers ses frères.

— Comment osez-vous venir jusque chez elle pour la harceler ? Vous auriez pu me prévenir, que je prépare le terrain.

Il toisa Patrick.

— On a justement parlé, toi et moi, il y a à peine deux heures ! Pourquoi ne m'as-tu pas prévenu ?

— Peu importe. De toute façon, je n'ai appris leur visite que lorsqu'ils sont arrivés chez moi. Comme j'étais au courant de ton programme pour la soirée, je n'ai pas pris la peine de te téléphoner. J'aurais dû me douter que maman t'appellerait au secours dès qu'on arriverait.

— Ce n'est pas comme si elle avait quelqu'un d'autre vers qui se tourner. Bon sang, Patrick, tu pourrais être un peu plus sensible, on en a discuté, non ?

— Ouais ! Et toi, comment oses-tu vouloir empêcher nos frères de dire ce qu'ils ont sur le cœur ? Tu crois que tu vas pouvoir arrondir les angles aussi facilement ? Les excuses et les platitudes, c'est loin d'être suffisant !

Ryan s'interposa entre eux, et posa sa main sur l'épaule de Patrick.

— Calmez-vous, tous les deux. Ce n'est pas la peine de vous battre à cause de nous.

— Bien sûr que c'est la peine, insista Patrick en prenant délibérément parti pour ses frères abandonnés. Daniel refuse de reconnaître que ce que nos parents ont fait était mal. Si cela ne tenait qu'à lui, il balaierait toutes ces années sous le tapis. Alors, moi, je vais le dire si lui ne le fait pas : leur geste est inadmissible ! On ne peut ni l'ignorer ni le banaliser.

Il jeta à Daniel un regard mauvais.

— Toi, tu devrais le savoir mieux que n'importe qui ! Tu passes ton temps à t'occuper d'enfants abandonnés, et nos parents ont abandonné Ryan, Sean et Michael. Comment peux-tu les défendre ?

Patrick semblait prêt à décocher un coup de poing à Daniel, qui n'aurait d'ailleurs rien fait pour l'éviter. Une fois de plus, Ryan posa sa main sur l'épaule de Patrick.

— Arrête, ça va.

D'un geste brusque, Patrick se dégagea.

— Non, ça ne va pas ! Ce qu'ils vous ont fait, jadis, ne va pas. Ce que Daniel veut faire, aujourd'hui, ne va pas non plus. Je m'en vais, j'en ai assez. Faites ce que vous voulez, je m'en balance !

Patrick sortit de la pièce, tel un ouragan. La tension était palpable.

Daniel tenta, en vain, de trouver les mots justes. Il n'y en avait pas. Il n'y en avait aucun.

126

— Je vais voir maman, déclara-t-il enfin. Tu seras là quand je reviendrai ? demanda-t-il à Ryan.

— J'ai promis que je ne partirai pas sans lui dire au revoir, dit Ryan en s'assurant d'un regard circulaire que les autres étaient d'accord.

Ils n'avaient aucune envie de rester mais acquiescèrent pour ne pas revenir sur la promesse de Ryan.

— Alors, accordez-moi quelques minutes, ajouta Daniel. Patrick a raison sur un point. Je crois que nous devons tous parvenir à dépasser cela.

Ryan le fixa, buté.

— Franchement, je ne vois pas comment c'est possible. Je ne sais pas ce que j'attendais en venant ici, mais je crois que je ne trouverai pas la réponse.

Sa voix se mit à trembler.

— De la revoir… Tout a resurgi, brusquement.

— Moi aussi, renchérit Sean tristement. J'avais espéré que cela serait différent une fois que nous l'aurions vue. Et puis, en fait, la douleur est encore plus forte. Ce n'est pas ta faute, Daniel. Tu n'y es absolument pour rien.

Daniel poussa un profond soupir et regarda Michael qui avait l'air tout aussi malheureux que les autres. Comment ne pas comprendre les réserves de ses frères ? Il en avait lui aussi un million !

— Peut-être pouvons-nous quand même donner aux parents une deuxième chance ? Essayez de ne pas écarter cette possibilité, dit-il doucement.

Puis il se dirigea vers la cuisine pour voir si sa mère tenait le coup.

Elle le regarda d'un air misérable.

— Ils sont toujours là ? s'enquit-elle, la voix chevrotante.

— Ils attendent pour te dire au revoir.

— Je ne sais pas quoi leur dire. Comment leur expliquer ce que leur père et moi avons fait, il y a tant d'années ?

— A propos de papa, où est-il ?

— Il est sorti, Dieu merci ! Je ne crois pas qu'il aurait pu supporter cela.

— Alors, il ne sait pas qu'ils sont ici ?

Elle fit non de la tête.

— Il doit rentrer quand ?

— Pas avant un bon moment.

— Ecoute, maman, tu devrais retourner là-bas et leur dire au revoir. On essaiera d'organiser une autre rencontre. Tu verras avec papa comment vous voulez leur présenter les faits.

Elle lui jeta un regard plein de tristesse.

— Ils ne méritent rien moins que la vérité.

Daniel lui pressa la main.

— Alors, c'est ce que tu leur diras. Mais pas maintenant. De les voir surgir comme cela, sans prévenir, t'a fait assez souffrir pour aujourd'hui.

Elle lui caressa la joue.

— Ah ! Daniel ! Tu veux toujours que tout s'arrange pour tout le monde, mais parfois ce n'est pas possible. Il n'y aura jamais de solution facile ni même de « bonne » solution. Et je n'ai droit à aucune compassion de la part de ces trois hommes. Ce sont mes fils, comme toi tu es mon fils. Je leur ai tourné le dos. Je ne le voulais pas. Je l'ai fait parce que ton père pensait qu'il le fallait. Je ne peux pas supporter de les regarder dans les yeux, et d'y lire la douleur que nous leur avons causée.

Elle fit un effort évident pour se reprendre.

— Mais je vais leur faire face, et je répondrai à leurs questions. Je leur dois cela.

— Pas aujourd'hui, insista Daniel. Tu as suffisamment enduré.

— Eux, ils ont enduré plus encore, murmura-t-elle, calme et déterminée.

Elle regagna lentement le salon. Daniel la contempla, fier d'elle comme il ne l'avait jamais été.

Hélas, seul Ryan était là. Debout devant la fenêtre, il se tourna vers elle lentement.

— Les autres attendent dehors. Mais j'avais promis. Je vais te dire au revoir maintenant.

Kathleen Devaney chancela. Elle agrippa la main de Daniel, le regard fixé sur Ryan.

— Vous reviendrez, tous ? Tu me le promets ?

— Franchement, je ne sais pas. Je ne vois pas l'intérêt, répondit-il sans ciller.

Elle tendit la main vers lui, puis la laissa retomber.

— Je t'en prie, il le faut. Vous êtes venus jusque-là. Je sais combien il est important pour vous d'avoir des réponses. Revenez demain, ou la semaine prochaine. Je vous dirai tout ce que vous voulez savoir. Vous devez aussi rencontrer votre père. Il faut qu'il voie comme vous êtes devenus des hommes bien, malgré tout ce qui s'est passé !

— J'essaierai, répondit Ryan d'un ton plus évasif encore que ses paroles. Sean et Michael disent que pour eux c'est fini.

— Essaie de les faire changer d'avis, le supplia-t-elle. Ils t'ont toujours écouté.

— Autrefois, soupira Ryan. Pendant longtemps, lorsque nous étions séparés, ils m'ont fait porter la

129

responsabilité de notre séparation, presque autant qu'à papa et à toi.

— Comment est-ce possible, tu n'étais qu'un gamin ! s'écria-t-elle sincèrement choquée.

— Ce n'est pas rationnel. Ce n'était que la réaction de deux petits garçons effrayés, abandonnés par leurs parents, puis séparés de leur grand frère. Ils étaient persuadés que j'aurais pu faire quelque chose pour qu'on nous laisse ensemble, au moins.

Daniel aurait voulu ne pas ressentir l'angoisse que ses frères avaient dû éprouver alors, mais en vain ! Elle le prenait aux tripes. Il l'avait trop souvent remarquée chez tous ces enfants terrifiés dont il s'occupait, face à un avenir incertain. Il l'avait vue dans le regard traqué de Kendra Morrow.

Sa mère avait raison. Il passait sa vie à ouvrir des perspectives à de tels gosses. Et maintenant encore, des années et des années trop tard, il en cherchait pour ses frères. Et même pour ses parents, qui en avaient autant besoin que Ryan, Sean, Michael et Patrick. Autant que lui. Tous avaient besoin de trouver la paix. Pour pouvoir avancer.

Il se tourna vers son frère.

— Ryan, je sais qu'ils t'admirent toujours. Je l'ai bien vu, la première fois qu'on s'est retrouvés sur le bateau de Patrick. Tu peux les faire revenir.

Ryan regarda Daniel, sa mère, puis de nouveau Daniel.

— Je vais faire de mon mieux. Si j'arrive à les convaincre de rester, j'appellerai pour qu'on trouve un moment. Si vous n'avez pas de mes nouvelles, c'est qu'ils ont décidé de repartir à Boston.

Kathleen ne put cacher son soulagement.

— Merci de bien vouloir essayer. Ryan, je sais que je n'ai pas le droit de le dire, et d'ailleurs cela t'est probablement égal, mais il ne s'est pas passé une seule journée que je ne pense à vous et prie pour vous. Vous méritiez mieux.

— Oui, nous méritions mieux, répondit Ryan sans ciller.

Et puis il partit. Et il ne resta plus que Daniel face aux larmes de sa mère.

8.

Il était presque minuit et le bar était vide. Molly essuya les tables, remit les chaises en place et entreprit de frotter le sol avec beaucoup plus de vigueur que d'habitude. Ce train-train quotidien avait quelque chose de rassurant, au milieu du bouleversement qu'elle vivait.

Kendra était partie se coucher deux heures plus tôt, toujours aussi maussade après leur dispute. Molly avait essayé de convaincre l'adolescente boudeuse d'aller manger une pizza avec elle, mais Kendra n'avait rien voulu entendre. Elle avait passé la soirée dans la cuisine avec Retta, s'obstinant dans son mutisme.

Molly serait déjà partie se coucher, si elle ne s'était pas sentie aussi inquiète. Qu'était-il arrivé à Daniel ? Qu'est-ce qui avait bien pu le pousser à annuler cette première rencontre, si importante, avec Kendra ? Surtout avec ce délai imposé par Joe, et auquel ils étaient confrontés. Et pourquoi Daniel ne lui avait-il même pas donné signe de vie ? Un problème urgent ne pouvait pas prendre si longtemps à se régler, sauf si quelqu'un était gravement malade.

Elle se versa une tasse de thé glacé, puis se mit à remuer le sucre distraitement, perdue dans ses pensées.

Elle ferait peut-être mieux de prendre les choses en main, au lieu d'attendre que Daniel apporte une solution miracle à la situation de Kendra. Elles avaient encore le temps de filer avant le matin. Elles auraient quelques heures d'avance sur d'éventuels poursuivants. C'était peut-être une marge suffisante.

— N'y pense même pas !

Daniel venait de surgir derrière elle. Elle fut si surprise qu'elle en renversa son thé sur le sol tout juste lavé.

Elle fit volte-face, indignée.

— Regarde ce que tu m'as fait faire !

Elle alla chercher une serpillière derrière le bar. Elle voulait surtout mettre une certaine distance entre elle et Daniel.

Il lui lança un regard entendu.

— Je ne t'aurais pas fait sursauter, si tu n'avais pas été en train d'élaborer un plan sournois pour t'enfuir avec Kendra, dit-il sans s'excuser.

— Ce n'est pas du tout ce que je faisais, se défendit-elle tout en sentant le rouge lui monter aux joues, tant le mensonge était flagrant.

— Oh ! Arrête. Je blaguais peut-être, mais dès que tu as entendu ma voix, ta mauvaise conscience t'a trahie. Tu n'as jamais su mentir, Molly. Ne commence pas maintenant.

Elle ne désarma pas.

— Tu m'as fait sursauter. Je croyais avoir fermé la porte à clé pour me protéger des intrus.

Daniel sourit.

— Hé non ! Tu ne l'avais pas fermée. Ce qui montre bien que tu m'attendais encore, même si tu ne veux pas le reconnaître.

Soudain, son expression changea. Il avait l'air mort de fatigue.

— Est-ce que je peux rester ?

Molly ne put cacher sa surprise.

— Tu me demandes la permission ?

Il haussa les épaules.

— Pour changer. Prends ça comme un gage de réconciliation.

Elle perçut une note d'hésitation dans sa voix, et vit à son regard combien il était fatigué et tendu.

Elle rangea la serpillière, désigna un tabouret.

— Assieds-toi. Qu'est-ce que je peux te servir ? Je crois que ça ne te ferait pas de mal de boire quelque chose.

— Je prendrais bien un déca, si tu en as.

— J'en ai pour une seconde. Tu dormirais sûrement mieux si tu prenais une bière.

Il se laissa tomber sur un tabouret, devant le bar, en secouant la tête.

— Je ne bois pas, même quand je me sens comme ça. J'aurais trop peur que cela devienne une habitude.

Elle lui lança un regard interrogateur tout en préparant son café.

— C'est ça ? Ça ne serait pas plutôt parce que tu as peur de perdre le contrôle, notamment face à moi ?

Il fronça les sourcils.

— Pourquoi me demandes-tu cela ?

— Parce que tu es le genre de type qui aime bien évaluer toutes les options, élaborer un plan précis et s'y tenir.

Elle lui tapota la main avant d'ajouter :

— Ce n'est pas un problème. Il y a plein de gens comme ça sur la terre.

— Dont tu ne fais pas partie.

— Mon Dieu ! J'espère que non. J'aime les surprises.

Il captura son regard, le soutint.

— Ah oui ? dit-il avec provocation.

Et avant qu'elle ait pu comprendre ce qu'il allait faire, il lui attrapa le menton, se pencha au-dessus du bar, et l'embrassa. Un baiser rapide qui effleura à peine ses lèvres, mais enflamma tout son corps comme un torrent de lave. Les souvenirs se bousculèrent, se mêlant au présent. Les genoux de Molly fléchirent, sa résistance faiblit.

— Ce genre de surprise ? demanda-t-il d'une voix rauque, toujours empreinte de défi.

— Pour commencer, lui lança-t-elle.

Elle se pencha alors vers lui, et posa à son tour sa bouche sur la sienne.

Elle glissa sa langue entre ses lèvres, entendit le gémissement profond qui montait de la gorge de Daniel, et bientôt le baiser devint dangereux, exigeant. C'était le genre de baiser qui lui avait tant manqué depuis leur rupture. Dévorant et si torride qu'elle en était tout incendiée. Que Daniel Devaney puisse offrir un baiser aussi dévastateur l'avait étonnée, jadis. Aujourd'hui, elle était ébranlée qu'il en soit encore capable. Non ! Elle ne voulait pas de cela ! Elle ne voulait surtout pas que les braises de son amour pour lui se raniment aussi facilement !

Vraiment ? N'était-ce pas là l'issue attendue de la danse qu'ils se menaient l'un l'autre, depuis plusieurs

135

jours déjà ? Ne l'avait-elle pas mis à l'épreuve ? Et elle avec ?

Oh ! Et puis zut ! Il fallait profiter du moment présent. Elle s'obligea à se vider l'esprit, et s'abandonna entièrement à la sensation merveilleuse d'éprouver la bouche de Daniel sur la sienne, de sentir leurs souffles se mêler. Seul le baiser comptait à cet instant précis, elle ne voulait rien de plus. Il n'était pas nécessaire que les mains de Daniel explorent fiévreusement son corps, que ses caresses expertes la propulsent dans une autre dimension. Le baiser à lui seul provoquait plus d'ardeur, de passion et de souvenirs qu'elle ne pouvait endurer.

— Oh ! Mon Dieu…, murmura-t-elle quand il s'arrêta enfin.

Daniel, lui, ne dit rien. Il resta figé, comme frappé par la foudre. Molly lui sourit.

— Alors comme ça, j'ai réussi à te faire perdre la parole ! Je t'avais bien dit que tu avais des problèmes de domination, railla-t-elle joyeusement.

Elle lui versa son café et plaça le mug devant lui, comme s'il ne s'était rien passé.

Il la contempla, troublé.

— Pourquoi cela est-il arrivé ?

— Quoi ? Que tu m'aies embrassée ? Ou que je t'aie rendu ton baiser ?

— Tout. Molly, cela complique une situation déjà bien embrouillée.

— Parlons-en !

Molly, toutefois, ne parvenait pas à ressentir le genre de regrets qui, de toute évidence, assaillaient déjà Daniel.

— Il ne faut pas que cela se reproduise, dit-il froidement.

— D'accord.

Il fronça les sourcils.

— C'est tout ce que tu trouves à dire : d'accord ?

La patience de Molly commençait à s'effriter devant l'attitude de Daniel.

— Qu'est-ce que tu veux que je fasse ? Que je me mette à crier et à faire la moue ? C'était juste un baiser, Daniel. Je ne t'ai pas déclaré un amour éternel, et toi non plus. Je peux m'en passer. D'ailleurs, je me suis très bien débrouillée sans aucun contact avec toi. S'il n'y avait pas eu Kendra...

La pensée de la jeune fille qui dormait là-haut et dont le destin était entre leurs mains la ramena soudain à la réalité.

— Oh ! Mon Dieu ! Kendra ! Daniel, qu'est-ce qu'on va faire ? C'est pour elle que tu es ici. Tout le reste à côté n'a aucune importance.

Il lui lança un regard empreint d'ironie.

— Moi aussi, je croyais que je venais pour Kendra quand je suis arrivé ici. Maintenant, je n'en suis plus si sûr. J'aurais sans doute pu régler la situation de Kendra le premier soir, si j'avais eu la tête claire. Je ne t'ai laissée faire ta petite cuisine que parce que cela me permettait de revenir.

Elle se renfrogna. Comment pouvait-il laisser entendre que toutes ses visites avaient été uniquement pour elle, que s'il était venu ce soir, c'était parce qu'inconsciemment il voulait l'embrasser ?

— Il n'y a que Kendra qui compte, qui doit compter. Maintenant, concentre-toi. Est-ce que tu as pu reculer la visite de Joe ?

Il secoua la tête.

— Non. Il sera là à 9 heures. Il refuse de repousser, ne serait-ce que d'une heure.

Molly se sentit prise de panique.

— Nous devons faire quelque chose. Il ne peut pas venir ici et l'emmener.

— Il le peut, et je ne pourrai rien faire pour l'en empêcher, répondit Daniel doucement.

— Il ne le faut pas. Elle a peur de rentrer chez elle. Et elle a une raison. Cela ne suffit-il pas ?

— Cela pourrait suffire si je connaissais cette raison.

Molly fut tentée de dire à Daniel ce que Kendra lui avait confié. Toutefois, trahir la confiance de la jeune fille, même pour la bonne cause, n'était pas concevable.

— Je vais monter la réveiller. Peut-être te le dira-t-elle maintenant.

A peine avait-elle prononcé ces mots, qu'elle entendit un bruissement dans l'escalier, puis, du coin de l'œil, aperçut un mouvement rapide. Avant même qu'elle ait pu réaliser ce qui s'était passé, la porte d'entrée du bar s'était ouverte et refermée avec un claquement sec.

Elle se précipita, Daniel la suivant de près.

— Kendra ! Elle a dû nous entendre parler !

Dehors, aucun signe de la jeune fille. Elle avait disparu dans l'obscurité des quais. Elle devait se blottir dans l'ombre, attendant sans bouger qu'ils abandonnent.

Molly se mit à l'appeler.

— Kendra ! Reviens ma chérie ! Viens nous parler. Tout ira bien, je te le promets.

— Merde ! bougonna Daniel. Si on la perd maintenant, qui sait où elle va atterrir ? Où a-t-elle pu aller, Molly ?

— Chez Retta, peut-être. Elle y va tous les jours aider Leslie Sue à faire du baby-sitting.

— Toi, appelle Retta, pendant que je continue à chercher ici. Elle est vive comme un écureuil, mais elle n'a pas pu aller bien loin. Elle ne connaît pas son chemin aussi bien que moi, autour des quais.

— Fais attention Daniel. Elle est déjà absolument terrifiée.

— Molly, je ne suis pas un ogre, s'impatienta Daniel. Je sais m'occuper d'une adolescente effrayée.

— Comme tu veux, dit-elle en rentrant téléphoner à Retta.

Malheureusement, la cuisinière ne l'avait pas vue. Sa maison était à deux pas, il y avait donc de fortes chances pour que l'adolescente se soit de nouveau enfuie, affolée par la discussion entre Daniel et Molly. A la pensée que Kendra se retrouvait toute seule en pleine nuit, Molly s'affola. Même dans une ville aussi peu dangereuse que Widow's Cove, il pouvait toujours arriver malheur à une jeune fille innocente, à des heures pareilles.

— Appelle-moi si tu la vois, dit-elle à Retta.

— Bien sûr que je t'appellerai. Sois tranquille, cette gosse n'ira nulle part. Quelque chose me dit qu'elle n'est pas loin : elle te fait confiance.

— Disons qu'elle me faisait confiance jusqu'à ce soir. Je crois qu'elle a entendu Daniel dire que Joe viendrait la chercher demain matin à 9 heures pour la ramener chez ses parents.

— Oh ! là, là ! On ne peut pas l'éviter ?

— Pas vraiment. On espérait qu'elle nous parlerait, seulement elle a dû entendre juste assez de notre conversation pour paniquer.

— Elle reviendra, assura Retta.

Molly était loin de partager la confiance de Retta.

— J'espère que tu as raison, soupira-t-elle.

Mais quand elle eut raccroché, elle se retourna et vit Kendra dans l'embrasure de la porte, Daniel juste derrière elle. L'adolescente se précipita vers Molly et se jeta dans ses bras.

— Je ne savais pas où aller, dit-elle en ravalant un sanglot. Il fait tellement noir, dehors ! Qu'est-ce que c'est que cette ville, pourquoi ils ne mettent pas plus de lampadaires ?

Molly retint un sourire. C'était bien le genre de Kendra d'expliquer son retour chez Jess par le manque de lampadaires !

— Tu as eu raison de ne pas t'enfuir de nouveau, dit Molly en la serrant fort contre elle.

— Mais j'ai entendu ce qu'*il* a dit, bougonna-t-elle. Il faut que je rentre chez moi.

— Il a dit autre chose que tu as sûrement entendu aussi : il pourrait changer cette décision, si tu lui donnais une bonne raison.

Elle poussa Kendra vers l'un des box.

— Assieds-toi. Je vais aller chercher un chocolat pour toi, un café pour Daniel, et pour moi, un thé. On va discuter de tout ça.

Kendra lança à Daniel un regard méfiant.

140

— Je viens avec vous dans la cuisine.

— D'accord, pas de problème.

Tout en préparant les boissons, Molly observa Kendra.

— Ecoute-moi, chérie. Il faut que tu fasses confiance à quelqu'un.

— Mais je sais. Je vous fais confiance à vous, pas à lui.

— C'est lui qui peut t'aider. S'il te plaît, fie-toi à lui. Dis-lui ce qui s'est passé chez toi.

Kendra n'avait pas du tout l'air convaincu. Toutefois, elle prit le chocolat chaud que lui tendait Molly, et la suivit vers la salle en traînant les pieds. Daniel les attendait dans l'un des box, les jambes étendues. L'épuisement se lisait encore sur son visage. Malgré sa fatigue, il se redressa en les voyant, et sourit à Kendra. Dans n'importe quelle autre circonstance, son sourire aurait fait fondre la personne la plus méfiante. Kendra cependant n'avait pas l'intention de se laisser amadouer. Elle resta près de Molly.

— Pourrais-tu essayer de ne pas me considérer comme le méchant ? Je suis là pour t'aider.

Kendra ne céda pas d'un pouce.

— Vous voulez me renvoyer chez moi.

— En principe, c'est le meilleur endroit pour une fille de ton âge. Sauf si tu peux m'expliquer pourquoi tu ne devrais pas y être. Tu le peux ?

Kendra regarda Molly, attendant son assentiment. Lorsqu'elle fut satisfaite, elle se tourna vers Daniel.

— A quoi ça servirait que je retourne là-bas, puisqu'ils vont me faire repartir ?

Molly remarqua, comme elle s'y était attendu, un éclair de sympathie dans les yeux de Daniel. Puis il s'emballa.

— Et pourquoi penses-tu qu'ils veulent te faire partir ?

— Parce qu'ils ont tout préparé, lança-t-elle d'un ton de défi. Tout est organisé, et moi j'ai rien à dire !

Elle lui jeta un regard noir.

— Et puis, je n'y retournerai jamais, vous direz tout ce que vous voudrez, et l'autre flic aussi !

Elle s'élança hors du box et partit en courant. Heureusement, cette fois-ci elle grimpa l'escalier vers l'appartement de Molly.

Daniel se tourna vers Molly.

— Qu'est-ce que tu sais de cela ?

— Rien de plus que ce qu'elle vient de te dire. Je n'arrive pas à comprendre où ils pourraient bien vouloir l'envoyer ? Qu'est-ce qui peut bien être pire que de se retrouver seule dans un endroit inconnu ?

— Moi non plus je ne comprends pas. Et puis, ça ne tient pas debout. Les parents de Kendra n'ont pas dit à Joe qu'ils voulaient se séparer d'elle, sinon il l'aurait mentionné.

Daniel sortit son portable et, sans s'occuper de l'heure tardive, composa un numéro.

— Joe, c'est Daniel. Qu'est-ce que tu sais de l'intention des Morrow d'envoyer Kendra loin de chez eux ?

Molly ne pouvait pas entendre ce que disait Joe. Elle comprit cependant, quand Daniel fronça les sourcils, qu'il n'était pas satisfait de la réponse.

— Demande-leur, dit-il fermement. Et rappelle-moi. En attendant, la gamine ne va nulle part. J'irai au tribunal demain matin, si c'est ce que je dois faire pour empêcher que tu sois obligé de venir la chercher. Ou alors, tout cela reste entre nous, jusqu'à ce que j'aie de tes nouvelles. La balle est dans ton camp.

Il hocha la tête.

— Entendu. J'attends que tu m'appelles.

A saisir la détermination dans la voix de Daniel, le cœur de Molly se gonfla. Lorsqu'il raccrocha, elle lui sourit.

— Je lui ai dit que tu ferais tout pour qu'on ne l'envoie pas au loin.

— Puisque tu savais que je réagirais, pourquoi ne m'en as-tu pas parlé toi-même ? Cela nous aurait évité beaucoup de soucis, et nous aurions gagné du temps.

— Je lui avais promis que je n'en parlerais à personne. Elle avait besoin d'être sûre de pouvoir se fier entièrement à moi.

— Est-ce que tu lui as expliqué pourquoi son problème m'aurait particulièrement touché ?

— Non. Tout ce que je lui ai demandé, c'est de nous faire confiance, à toi et à moi.

Daniel se passa la main dans les cheveux.

— Il faut que je te dise franchement que je n'y comprends rien. Les Morrow sont de bons parents. Joe est formel, et il sait de quoi il parle.

Molly le regarda droit dans les yeux.

— N'aurais-tu pas affirmé que tes parents étaient des gens bien, eux aussi ?

Il blêmit.

— C'est ce qu'on appelle un coup bas, Molly.

— Je n'avais pas l'intention de te porter un coup bas. Je voulais simplement dire que même les gens les plus honnêtes ne sont pas infaillibles. Tant qu'on n'a pas tous les faits en main, on ne peut pas comprendre ce qui se passe dans leurs têtes, ni pourquoi ils ont pris telle ou telle décision.

— Là, tu as bien raison, soupira-t-il.

Il avait l'air bouleversé. Molly le dévisagea.

— C'était quoi l'urgence chez tes parents, ce soir ?

— Mes frères avaient décidé de venir voir ma mère, tous ensemble et sans la prévenir.

— Mon Dieu ! Pas étonnant qu'elle ait paniqué.

En prononçant ces mots, elle fut surprise de ressentir un élan de sympathie. Elle avait toujours apprécié la mère de Daniel, s'était toujours sentie chez elle dans sa cuisine, et avait anticipé avec joie les vacances et autres fêtes familiales qu'ils partageraient un jour ensemble. Lorsqu'elle avait appris la vérité sur le passé, elle n'avait pas pu comprendre comment la femme chaleureuse et douce qu'elle connaissait avait pu commettre un acte aussi odieux, ainsi d'ailleurs que le beaucoup plus tempétueux Connor Devaney. Elle l'aurait décrit comme un homme bon, totalement dévoué à sa famille.

— Comment s'est passée la visite ? demanda-t-elle à Daniel.

— Il n'y a pas eu de sang versé, c'est tout ce que je peux dire. Patrick est parti en claquant la porte. C'est une vraie tête brûlée, je ne sais pas depuis quand il est comme ça.

— Il a toujours été exalté, comme ton père. C'est pour ça que vous vous complétez si bien. Toi, tu es calme comme ta mère. Ça l'équilibrait. Et les autres ? Ils sont restés ?

Il secoua la tête.

— Sean et Michael sont partis assez vite. Ryan a tenu plus longtemps, mais on voyait bien qu'il était tout retourné d'être là et de la revoir. Maman, elle, a été assez étonnante. Elle n'a pas perdu tous ses moyens, et elle ne leur en veut pas du tout de leurs sentiments vis-à-vis d'elle.

— Et ton père ?

— Comme par hasard, il était absent. C'est à se demander s'il n'avait pas eu la prémonition qu'ils allaient venir. C'est lui qui empêche maman de parler. Elle voudrait bien mettre toutes les cartes sur la table, seulement, dès qu'elle ose à peine le suggérer, il panique. Je sais pertinemment que c'est lui qui a tout organisé. Bien sûr, elle a aussi sa part de responsabilité parce qu'elle a suivi le mouvement, mais c'est lui qui a pris la décision. J'en mettrais ma main à couper.

— Si ce que tu dis est vrai, ça va être encore plus dur pour lui de faire face à ses fils. Ça a dû ronger tes parents toutes ces années. Je n'en reviens pas qu'ils soient encore ensemble.

Daniel la contempla, sidéré.

— Ils s'aiment, dit-il simplement. C'est un fait que je n'ai jamais remis en question en ce qui concerne mes parents.

— Souvent, même l'amour le plus fort ne résiste pas à une tragédie.

Elle marqua une pause.

— Nous, par exemple. J'aurais juré que nous étions invincibles, et tu vois...

Daniel tressaillit.

— Tu ne peux pas comparer les deux situations.

145

— Qu'est-ce qu'il y a de si différent ? Tu as tourné le dos à notre enfant.

Il garda le silence si longtemps, qu'elle commença à penser qu'il ne répondrait pas. Et puis elle réalisa qu'il réfléchissait profondément avant de prendre la parole, enfin.

— C'est vrai, mais tu dois comprendre que, pour moi, le bébé n'avait pas encore de réalité. Toi, quand tu me l'as annoncé, tu savais que tu étais enceinte, tu avais eu le temps de te faire à l'idée. Moi, je tombais des nues !

— Est-ce que tu aurais réagi différemment si tu avais pu te préparer ? dit-elle sans pouvoir dissimuler son amertume.

Il ne baissa pas les yeux.

— Oui. Je crois que oui, dit-il doucement.

— C'est facile à dire, maintenant, rétorqua-t-elle, moqueuse.

— Détrompe-toi. Parce que c'est encore pire que tu aies tant souffert par ma faute, pour rien. Si seulement j'avais été plus sensible, si seulement je n'avais pas été le fils de gens qui ont abandonné leurs propres enfants, si seulement j'avais pu imaginer une petite fille qui te ressemble, ou un petit garçon, jouant au ballon comme Patrick et moi, peut-être que j'aurais réagi différemment cette nuit-là, et qu'aujourd'hui nous aurions une famille.

Il captura le regard de Molly.

— Crois-tu que cela a été facile pour moi de vivre en sachant que, cette chance, c'est moi qui l'ai gâchée ? Crois-tu que c'est facile de l'admettre devant toi ?

146

Elle pouvait entendre la douleur dans sa voix. Pourtant, elle ne devait pas s'autoriser à ressentir de la sympathie. Bon, d'accord, elle avait embrassé Daniel et permis à toutes les anciennes passions de se réveiller. Toutefois, il n'était pas question d'oublier le passé ni de donner à Daniel l'occasion de la blesser de nouveau.

— Molly ? Dis quelque chose. N'importe quoi.

Elle le regarda droit dans les yeux, lut le regret, mais secoua la tête.

— Qu'est-ce qu'il reste à dire ?

Il entrouvrit les lèvres…

— Ne dis rien ! le supplia-t-elle.

Elle connaissait les mots qu'il était sur le point de prononcer. Il ne le fallait pas.

— Ne dis pas que tu m'aimes encore !

Pendant un instant, elle craignit qu'il ne l'écoute pas, qu'il déclare son amour. Il se contenta de hocher la tête en souriant tristement.

— Tu sais, que je le dise ou non, cela ne change rien.

Sans doute, seulement elle pouvait encore s'accrocher à l'illusion qu'il n'y avait rien entre eux dorénavant, rien d'autre que de la colère. Elle devait s'agripper à cette colère de tout son être, sinon son cœur allait sûrement éclater. Et il ne fallait surtout pas que ce baiser torride prenne plus d'importance qu'elle n'était prête à lui en accorder.

9.

Deux chocs dans la même journée, ajoutés à la discipline et l'organisation qu'il s'imposait, c'était vraiment trop pour Daniel. L'apparition soudaine de ses frères, en revanche, n'était rien en comparaison de l'émotion causée par le baiser de Molly.

Comme elle avait dû le haïr pour l'avoir abandonnée quand elle avait eu tant besoin de lui, toutes ces années passées ! Et voilà que, soudain, il percevait une lueur d'espoir, d'éventuel pardon. Ce baiser ne parlait pas de haine. La passion qu'ils avaient partagée s'était rallumée brusquement. Elle, au moins, n'était pas morte ! Molly en était-elle heureuse ? Pas si sûr que cela.

Seulement, il ne devait pas se voiler la face : même si Molly éprouvait toujours des sentiments forts pour lui, elle était encore pleine de méfiance à son égard. Ce n'était pas avec quelques baisers, même torrides, qu'il parviendrait à reconquérir son cœur.

Mais attention, la question était de savoir s'il le souhaitait, lui. Molly avait été claire lorsqu'elle l'avait empêché de dire qu'il l'aimait. Pas d'incertitude possible. Elle voulait des preuves cette fois-ci. Des mots, surtout lancés dans l'ivresse du moment, ne feraient pas l'affaire.

D'ailleurs, ce qui s'était passé ce soir était peut-être un accident. Un de ces feux de paille qui s'embrasent, et s'éteignent tout aussi rapidement. Un autre baiser le laisserait sans doute complètement indifférent.

De toute façon, il n'allait pas tenter l'aventure. Molly avait toujours déclenché chez lui des sentiments incontrôlables. Cela l'avait toujours plus ou moins perturbé. Elle avait parfaitement raison en ce qui le concernait, il avait besoin de maîtriser les événements et les sentiments dans sa vie. Il avait dérogé à ses principes lorsqu'il était tombé amoureux d'elle la première fois, et voilà où cela l'avait mené ! Non, mieux valait classer ce baiser parmi les moments de folie, et ne pas chercher plus loin.

Ayant ainsi analysé la situation et atteint une conclusion sans aucune équivoque, Daniel prit une douche très froide et se coucha. Demain matin, il ne penserait sûrement plus à ce baiser. Il sauterait du lit plein d'énergie, prêt à résoudre le problème de Kendra Morrow une fois pour toutes.

Au lieu de cela, il se réveilla torturé par la vision de Molly nue dans ses bras. Quand il arriva chez Jess, il était déjà énervé et à cran, ayant grand besoin d'un bon café bien corsé.

Retta était devant la porte, les bras croisés sur sa large poitrine. Elle lui bloquait le passage.

— Qu'as-tu fait à ma petite fille ?

Daniel n'était pas du tout préparé pour une confrontation avec Retta, surtout pas avant d'avoir pris son café.

— Qu'est-ce que tu racontes ?

Le baiser ne comptait pas puisque Molly s'était montrée tout à fait consentante. D'ailleurs, il y avait peu de chance qu'elle en ait parlé à Retta.

— Alors, pourquoi n'est-elle pas ici ? insista-t-elle, le regard inquiet.

Daniel saisit Retta par les épaules et la dévisagea. Son cœur battait à se rompre.

— Qu'est-il arrivé ? Où est Molly ?

— Crois-tu que je te le demanderais, si je le savais ? coupa-t-elle exaspérée. Que s'est-il passé ici, hier soir, après mon départ ?

Il tâcha de remettre en ordre les événements de la soirée.

— Kendra est revenue. Nous avons discuté tous les trois. Ensuite, Molly et moi avons continué à parler. Je suis parti. C'est tout. Il ne s'est rien passé qui ait pu la faire fuir. Tu es sûre qu'elle n'est pas là ?

— Son lit n'est pas défait.

— Et celui de Kendra ?

— Le sien est tout en pagaille, mais elle a filé, elle aussi.

— Mon Dieu ! dit Daniel en se passant la main dans les cheveux.

Pourquoi fallait-il qu'il soit systématiquement décoiffé, chaque fois que Molly apparaissait dans sa vie ? Sans doute parce qu'il y avait trop de moments exaspérants, comme maintenant.

— Mais pourquoi serait-elle partie ? Elle savait que je devais revenir ce matin ; on allait trouver une solution pour aider Kendra.

Retta se mit à l'observer attentivement.

— Peut-être cela n'a-t-il rien à voir avec Kendra ?

150

— Mais alors...

Sa voix faiblit.

— Tu crois que c'est à cause de Molly et moi ?

— Qu'est-ce que tu en penses ? Je t'ai prévenu que, si tu lui faisais du mal, tu aurais affaire à moi !

— Je ne lui ai fait aucun mal, jura-t-il.

— Alors, je te repose la question : que s'est-il passé entre vous hier soir ?

— Bon, d'accord. Je l'ai embrassée. Tu es contente ?

Retta lui lança un regard noir.

— Comment as-tu pu faire une chose aussi stupide ?

Daniel revit les yeux de Molly pleins de défi, il entendit sa voix provocante.

— Elle m'énervait. Et avant de monter sur tes grands chevaux, sache qu'elle aussi m'a embrassé. D'ailleurs c'est elle qui a commencé, avec beaucoup de conviction ! Elle aussi joue avec mes émotions.

Retta soupira.

— Alors, c'est ça. Tu as brisé ses défenses et elle a pris peur. Elle est sûrement en train d'essayer de se persuader qu'elle s'est enfuie à cause de Kendra. Pour moi, il est évident qu'elle veut échapper aux sentiments qu'elle éprouve pour toi.

Daniel s'effondra sur un tabouret.

— J'ai besoin de réfléchir.

— Il est un peu tard pour ça, non ?

— Fiche-moi la paix, Retta ! S'il te plaît, peux-tu me donner un café ? Il faut que je trouve où elle a pu aller. Si jamais Joe Sutton apprend qu'elle s'est enfuie avec

Kendra, elle va avoir de sérieux ennuis, même si elle l'a fait avec les meilleures intentions du monde.

— Et qui sera fautif ? rétorqua Retta, sans désarmer.

Daniel fronça les sourcils.

— Cela n'avance à rien de jeter la pierre. Allez, Retta, aide-moi plutôt à sortir de ce guêpier.

Elle partit d'un air digne derrière le comptoir et lui servit une tasse de café.

L'avantage, comme Retta avait préparé le café ce matin, était qu'il aurait sûrement du goût. Retta n'aimait pas le breuvage insipide auquel Molly donnait le nom de café.

Il but la première gorgée et, comme il s'y attendait, ne fut pas déçu.

— Fameux !

— Tu as toujours préféré mon café à celui de Molly, dit-elle en souriant.

— Si tu avais quelques années de moins, je t'épouserais ! dit-il comme il le faisait autrefois, du temps où ils s'entendaient mieux.

— Tu ne pourrais plus satisfaire à la demande, mon chéri ! Veux-tu des œufs au bacon ? J'ai l'impression que ça risque d'être une longue journée.

— D'accord, pourquoi pas ?

Son esprit était déjà préoccupé par les deux fugueuses.

Logiquement, Molly avait pu choisir d'aller se perdre dans une grande ville, mais laquelle ? Bangor ? Portland ? Elles étaient peut-être passées dans un autre Etat. Boston ? New York ? Non, Molly était trop raisonnable pour emmener Kendra hors du Maine. Elle risquait encore plus si elle traversait la frontière avec la fillette, quelles que soient ses intentions. De toute manière, il allait l'étriper dès qu'il les aurait retrouvées.

Retta posa l'assiette devant lui sans grande cérémonie.

— Tu as une idée ?

Il contempla les œufs brouillés, soupira, et se mit à manger.

— Rien ne me vient. Et toi ? dit-il enfin.

— Tu crois que je te le dirais si j'avais une solution ? Il y a plus de chance que j'en parle à ton frère.

— Tu me le dirais si tu aimes Molly. Elle risque gros cette fois-ci, Retta. La gamine n'a que treize ans. La police sait qu'elle se cachait ici.

— Ils savent aussi qu'elle ne veut pas rentrer chez elle ?

— Nous sommes tous au courant. Kendra nous l'a bien fait comprendre. Je ne suis pas devin, mais ça m'étonnerait que ça suffise comme argument pour sauver la peau de Molly, quand les poursuites en justice vont commencer.

— Elle va aller en prison ? s'écria Retta en ouvrant de grands yeux.

Daniel comprit qu'il avait fini par la toucher. Il décida d'enfoncer le clou un peu plus, espérant ainsi lui soutirer des informations, si elle en avait.

— Ça dépend de ce que la police décide de faire. C'est possible.

— Mais elle essaye juste d'aider cette petite !

— Ça ne fait rien. Si tu sais quelque chose, n'importe quoi, il faut que tu me le dises maintenant, dit-il en la scrutant.

Il se cala dans son siège et attendit. Et il attendit encore.

Elle roula des yeux furibonds.

— Je ne te fais pas confiance. Tu le sais, n'est-ce pas ?

Il hocha la tête.

— C'est un fait.

— Alors, si je te le dis et qu'il arrive quelque chose à mon bébé…

— Je sais, je sais. Tu me le feras payer.

— Ça, tu peux être tranquille ! lança-t-elle avec force. Bon, alors voilà : je ne sais pas ce que ça veut dire, mais sa voiture est encore là. Où qu'elle soit, elle n'est pas partie avec.

Daniel sauta sur ses pieds. La gare routière !

Ou un bateau !

— Bon sang !

Il commençait à comprendre.

— Patrick ! Elle a demandé à Patrick de les emmener quelque part !

— Doux Jésus ! Bien sûr qu'elle a dû se tourner vers lui ! Je te l'ai bien dit, il y a à peine un quart d'heure : elle se fie aveuglément à lui.

Daniel ne pouvait ignorer le sous-entendu évident de Retta. C'était sa faute à lui si Molly ne lui faisait pas confiance, et ils le savaient tous les deux. Ce qu'il allait faire à partir de maintenant serait décisif.

— C'est trop bien, dit Kendra, les cheveux balayés par le vent.

Elle était accoudée au bastingage de la *Katie G.*, contemplant le sillage, tandis que Patrick guidait le bateau à travers l'océan tumultueux. Molly observa la fillette : c'était le premier moment d'insouciance dont Kendra jouissait depuis son arrivée à Widow's Cove. A treize ans, sa vie aurait dû être faite de tels moments ; tandis qu'elle ne faisait que s'inquiéter pour sa sécurité.

La voix de Patrick s'éleva au-dessus du bruit du vent.

— Molly !

Elle ne pouvait en ignorer le ton autoritaire. A regret, elle alla le rejoindre à l'avant du bateau. Il était accroupi en train de s'occuper du filet, l'œil sombre.

— Il faut qu'on parle, dit-il tout en continuant à remonter la prise.

— Ecoute, je suis vraiment reconnaissante que tu nous aies laissées venir avec toi ce matin, dit-elle pour tâcher de l'apaiser.

— Laissées ? ironisa-t-il. Je ne me suis aperçu que vous étiez là qu'une fois en pleine mer. Je n'ai pas encore compris comment c'est arrivé !

Elle le taquina.

— Tu dormais à moitié quand tu es monté. Alice et toi avez dû passer une nuit mouvementée.

— Très drôle. Je crois plutôt que c'est parce que vous vous êtes embarquées clandestinement et n'êtes sorties de votre cachette qu'une fois certaines que je ne retournerais pas au port.

— C'est bien possible, lança-t-elle joyeusement.

Il la surveilla du coin de l'œil.

— Pourquoi as-tu fait cela ? Si tu voulais venir passer la journée à la pêche avec moi, tu n'avais qu'à le demander.

— En fait, tu vois, je voulais passer la journée à m'éclaircir les idées, j'ai la tête trop pleine.

— Trop pleine de quoi ?

— Kendra, pour commencer. Regarde-la, Patrick. La voilà enfin qui ressemble à une fille de son âge.

Il jeta un œil sur Kendra et fronça les sourcils.

— Une gamine qui ne s'est pas enfuie de chez elle devrait ressembler à ça. Kendra a de bonnes raisons de s'inquiéter. Et j'ai l'impression que je suis engagé jusqu'au cou dans une de tes tactiques pour éviter qu'elle retourne chez ses parents.

Molly tressaillit.

— C'est provisoire. J'avais juste besoin de gagner un peu de temps.

— C'est ça. Si je comprends bien, ça allait barder avec mon frère, dit-il, les yeux fixés sur elle. Tu ne crois pas que j'ai assez de problèmes avec Daniel, sans rajouter ça ?

— Excuse-moi, si j'avais pu penser à une autre solution, crois-moi, je l'aurais fait.

— Dis-moi franchement pour Daniel, il est vraiment furieux ? demanda Patrick.

— Sur une échelle de un à dix ? Peut-être quarante, reconnut-elle.

— Bon sang, Molly !

— J'ai appris pour hier soir, chez vos parents. Ça a été plutôt dur ?

— Tu es au courant ? s'écria-t-il, surpris.

— Daniel m'a raconté.

Il devint pensif.

— Je vois. En somme, il s'est précipité te voir juste après.

Elle repensa à l'expression tourmentée de Daniel quand il était entré chez Jess.

— Il déteste ce qui s'est passé. Il déteste surtout être à couteaux tirés avec toi.

— Ouais ! C'est ça.

— C'est vrai, Patrick. Tu connais Daniel, il aime bien que tout marche comme sur des roulettes, et il t'aime, toi.

— Il a une façon curieuse de le montrer, rétorqua-t-il avec amertume.

— Quand on aime quelqu'un, on n'a pas besoin d'être d'accord sur tout, remarqua Molly.

— C'est vrai pour toi aussi ?

Comment Patrick pouvait-il penser une seule seconde qu'il puisse y avoir la moindre similitude entre les deux situations ? L'idée même fit bondir Molly. Elle n'allait pas tirer un trait sur le passé aussi facilement.

— Il ne s'agit pas d'un simple malentendu entre Daniel et moi, s'indigna-t-elle.

— Ni entre lui et moi, ajouta Patrick. Ces problèmes entre nous sont graves.

— Je sais, soupira Molly.

Son regard se perdit sur l'horizon. Elle se mit à penser à la soirée de la veille.

— Il m'a embrassée, avoua-t-elle enfin.

— Il a quoi ? s'écria-t-il, stupéfait.

— Et je lui ai rendu son baiser.

De toute évidence, Patrick essayait de retenir un sourire. Quand il souriait, il avait la même étincelle malicieuse dans le regard que Daniel.

— Ah ! bon. Et alors ?

— Alors, rien, grommela-t-elle. Ce n'était pas une affaire.

— C'était une affaire suffisante pour que tu t'embarques clandestinement sur mon bateau, dit-il d'un air entendu. C'est pour cela que tu es ici, n'est-ce pas ? C'est pour cela que tu as besoin de t'éclaircir les idées ce matin.

— J'étais inquiète pour Kendra, insista-t-elle.

— Ça aussi, j'en suis sûr. Mais c'est surtout à cause de mon frère et toi. Tu as peur, Molly. Tu as peur de retomber amoureuse de lui. C'est bien ce que je craignais, ajouta-t-il en fronçant les sourcils. Je lui ai dit moi-même que ni l'un ni l'autre n'aviez une once de bon sens quand vous étiez ensemble.

Elle n'aimait pas qu'il la perce à jour aussi facilement. Elle aimait encore moins qu'il le lui dise ouvertement.

— J'aurais dû aller voir ta femme. Elle, au moins, elle ne m'aurait pas torturée comme ça.

— Je ne te torture pas. Je suis de ton côté. J'ai toujours été de ton côté, tu le sais bien.

Elle poussa un profond soupir.

— Oui, je le sais.

Son regard rencontra le sien, et elle ne put retenir une certaine note de mélancolie dans sa voix.

— Patrick, pouvons-nous fuir d'ici ?

Il sursauta.

— Tu veux t'enfuir de Widow's Cove avec moi ?

— Et avec Kendra, dit-elle comme si c'était un avantage plutôt qu'une complication.

— Je ne pense pas.

— Pourquoi ?

Elle connaissait pourtant une bonne douzaine de raisons solides pour que ce soit impossible.

— D'abord, il y a ma femme. Ensuite, il y a mon frère. Et puis la justice, qui a le bras long. C'est une très mauvaise idée, Molly.

— Je me doutais que tu dirais cela, reconnut-elle.

— Donc, tu n'as pas l'intention de me prendre en otage et de détourner mon bateau ?

Il ne blaguait qu'à moitié.

— Si je pensais que ça puisse marcher, je tenterais le coup, tu peux me croire. Mais non. Je rentrerai tranquillement.

Elle croisa son regard.

— Seulement, pas trop vite, d'accord ? ajouta-t-elle.

— C'est une bonne décision, répondit Patrick en regardant derrière elle. D'autant plus que le bateau qui vient vers nous est piloté par mon frère, qui n'a pas l'air du tout de bonne humeur...

Elle fit volte-face au moment où Daniel les rejoignait. Son air renfrogné en disait long. Patrick avait raison, il était absolument furieux. Toutefois, il n'en était que plus beau, les joues colorées par le vent du large, les cheveux en bataille. Elle aimait tellement qu'il soit tout ébouriffé. Cela lui rappelait que personne n'était parfait, même si Daniel s'efforçait de l'être.

— Salut ! lança-t-elle d'un ton joyeux, essayant de conserver son sang-froid bien que son cœur batte à se rompre.

Sans lui répondre, Daniel s'empara d'une corde qu'il lança à Patrick.

— Attache-la, ordonna-t-il.

Patrick s'exécuta sans un mot, puis se dirigea vers la poupe pour retrouver Kendra qui contemplait la scène en ouvrant de grands yeux. Il lui parla doucement, puis l'entraîna en bas.

— Tu as l'air ennuyé, dit Molly à Daniel.

— Ennuyé ?

Sa voix monta d'un ton, ce qui ne lui ressemblait pas.

— Tu ne te rends absolument pas compte ! *Retta* est *ennuyée*, moi, je suis carrément livide ! Mais qu'est-ce qui a bien pu te passer par la tête ?

— Je me suis dit qu'une journée sur l'eau me ferait du bien et ferait du bien à Kendra.

— Alors c'est ça ? Une petite sortie de santé ?

— C'est ça.

— Il n'a jamais été question que tu ne reviennes pas ?

— Bien sûr que non.

Il la contempla, incrédule.

— C'est vrai ?

— Bon, je reconnais avoir essayé, brièvement, de convaincre Patrick qu'il nous emmène à l'autre bout de la terre, mais il a soulevé tout un tas d'objections assommantes.

— Telles que ?

— Sa femme. Toi. La police.

160

Elle fixa Daniel dont les yeux lançaient des éclairs, et ajouta :

— Toi. Cette objection-là me chiffonnait aussi.

Il se rapprocha d'un pas. Il était si près d'elle qu'elle pouvait sentir la chaleur irradiant de son corps.

— Alors tu as, ne serait-ce qu'un instant, tenu compte de mes sentiments ?

Il la touchait presque. Elle était incapable de penser, de respirer même. Il faisait exprès de la bousculer, de lui rappeler le baiser de la veille. Elle parvint tout juste à hocher la tête.

Il tendit la main, caressa délicatement le contour du visage de Molly. Elle fut parcourue d'un frisson et eut la chair de poule.

— Comment pensais-tu que je réagirais en découvrant que tu étais partie ?

Elle avala sa salive avec difficulté.

— Furieux, marmonna-t-elle.

Elle s'éclaircit la gorge puis fit face.

— J'ai pensé que tu serais furieux, reconnut-elle avec franchise.

— Tu es partie quand même.

— Il le fallait.

— Pourquoi ? Pour protéger Kendra ?

Elle savait que le moment était venu d'avouer.

— Non, dit-elle doucement, pour me protéger moi.

Elle réalisa tout à coup qu'il avait retenu sa respiration, car il la relâcha soudain. Pour la première fois depuis son arrivée sur la *Katie G.*, il se mit à sourire. Un sourire qui ressemblait à celui de Patrick, et pourtant si différent. Charmant. Irrésistible. Envoûtant.

Il s'empara du menton de Molly.

— Ah ! C'est de ça que tu avais peur, Molly ?

Il se pencha vers elle jusqu'à ce que leurs bouches se frôlent presque, et attendit. L'attente, qu'il prenait un malin plaisir à prolonger, en devenait terriblement excitante. Puis le contact se fit, doucement. Peu à peu, Daniel se montra plus persuasif. Sa langue força délicatement le passage, glissant entre les lèvres de Molly, l'amenant à s'abandonner et à accepter le baiser.

« Et puis, zut », pensa-t-elle, tandis qu'un frisson de plaisir la parcourait. Elle s'accrocha à lui, essayant de retenir un long gémissement de plaisir.

Elle l'avait empêché de s'exprimer, la veille ; pourtant ce baiser parlait bien d'amour. Peut-être aussi un peu de désespoir. Elle aussi connaissait ce désir profond, mêlé à la peur de ne jamais obtenir ce qu'elle voulait le plus au monde.

Lorsqu'il s'arrêta enfin, Daniel grommela.

— Je voudrais tellement être seul avec toi !

— Moi aussi !

Elle jeta un coup d'œil sur le bateau qu'il avait emprunté, loué ou bien volé pour venir à leur poursuite.

— On a ça.

Lorsque Daniel réalisa que Molly envisageait, comme petit nid d'amour, une coquille de noix qui tenait à peine la mer, il s'esclaffa.

— Je ne crois pas, ma chérie !

— Qu'as-tu fait de ton goût de l'aventure ?

— Attends, ce vieux rafiot est mort ! Cette petite virée l'a complètement achevé. Moi, je rentre sur le bateau de Patrick.

— Et si Patrick le ramenait à bon port ? dit-elle d'un air pensif.

162

— Tu ne crois pas qu'il va nous confier son précieux chalutier ? Mon ange, je ne pense pas qu'il ait suffisamment confiance en toi ni en moi.

— Je suppose que tu as raison, soupira Molly.

— Ne t'inquiète pas. Je me rattraperai quand nous serons de retour sur la terre ferme.

— Quelque chose me dit que nous aurons alors d'autres chats à fouetter.

— Aucun doute ! dit Daniel en riant. Joe était prêt à envoyer le garde-côte. J'ai eu toutes les peines du monde à le convaincre de nous attendre au quai.

Molly recula.

— Il attend Kendra ?

— Pas pour l'emmener, il veut juste lui parler.

— Tu es sûr ? Sûr à cent pour cent ?

— Je le crois. Et je lui ai dit qu'il pouvait aussi compter sur nous, qu'on ramènerait Kendra. Surtout ne va pas tout gâcher.

Si le moment était venu de reconnaître les sentiments qu'elle éprouvait pour Daniel, c'était aussi le moment d'avoir un peu foi en lui. Il ne pouvait pas lui faire faux bond ; il avait trop à lui prouver, et il le savait.

— Bon, d'accord, dit-elle en se redressant. Je ferais mieux de descendre et de parler à Kendra. Je dirai à Patrick de remonter. Profitez-en pour essayer de vous rabibocher.

— Tu sais, chérie, ceci n'est pas le bateau des miracles, plutôt celui des bouffons.

Elle fronça les sourcils.

— Ça dépend de toi. Parle-lui, Daniel. Il ne veut pas être si fâché, ni avec toi ni avec vos parents. Donne-lui une bonne raison de ne pas l'être.

— Je ne suis pas sûr d'en avoir.

— Tu en trouveras une. C'est ce que tu fais, tu trouves des solutions pour les gens. Tu as ma confiance totale.

Il ouvrit de grands yeux.

— C'est vrai ?

Elle acquiesça, probablement aussi étonnée que lui.

— Pour ce genre de situation, oui. A toi maintenant de prouver que je ne mens pas.

10.

L'air méfiant, Daniel regarda Patrick monter sur le pont et se diriger vers lui. Il savait que tout ce qui allait se dire dans les minutes suivantes serait primordial pour leur relation à venir.

— Tu as l'intention de me jeter par-dessus bord ?
— Non, à moins d'y être obligé, répliqua Patrick.
— Molly pense que nous devrions faire la paix.
— Normal.
— Je le pense aussi.
— Je ne suis pas sûr que ce soit possible. Toutes les fois que nous essayons, je m'aperçois que tu prends de nouveau parti pour les parents, comme hier soir.

Daniel réfléchit. Pas question d'envenimer les choses. Il fallait trouver un terrain d'entente, si tant est qu'il en existait un. Il parvenait bien à créer une trêve entre des enfants rebelles et leurs parents ; alors, pourquoi était-ce impossible dès qu'il s'agissait des siens ? Le moment était venu de tenter le tout pour le tout. Il allait devoir peser ses mots.

Il regarda Patrick droit dans les yeux.

— Après tout, nous sommes une famille. Et comme toute famille, nous avons nos faiblesses.

Patrick éclata d'un rire moqueur.

— C'est ainsi que tu analyses la situation ? Hormis quelques légères défaillances, notre famille serait parfaite !

— Je n'ai pas parlé de perfection, corrigea Daniel. C'est toi qui la recherches. Moi, je dirais que nous sommes sept adultes qui essayons au moins de communiquer, de nous comprendre… et de nous pardonner.

Patrick secoua la tête.

— Je ne sais pas. Pour que cela marche, il faudrait que papa et maman soient prêts à faire des concessions. Je ne le crois pas, et toi ?

Daniel prit son temps. Répondre à cette question n'était pas si simple.

— Ce ne sera pas facile. Mais, oui, je pense qu'ils le feront. Je devrais pouvoir arriver à leur faire comprendre qu'ils sont en train de perdre plus que les trois fils qu'ils auraient dû avoir. Ryan, Sean et Michael ont fait le premier pas. C'est le plus dur. Je peux leur dire que c'est à eux de faire le suivant. Et puis, tu sais, il y a les petits-enfants : s'ils réalisent qu'ils risquent de ne jamais les connaître, ça pourra jouer aussi.

— Et tu crois vraiment qu'ils vont avaler ça ? pouffa Patrick.

— Franchement, oui.

Daniel voulait de toutes ses forces se convaincre de la bonté de leurs parents ; Patrick et lui en avaient bien fait l'expérience toute leur vie.

— Personne n'a plus envie d'y croire que moi, dit Patrick, surtout depuis que nous attendons un bébé. Les parents d'Alice sont morts. J'aimerais tellement que les nôtres puissent jouer leur rôle… Mais ça ne me paraît pas dans les choses possibles.

— On n'aura sans doute pas de grandes réunions de famille, bruyantes et joyeuses, reconnut Daniel, mais on arrivera peut-être à passer des vacances ensemble, sans trop se tirer dans les pattes.

— Tu es un éternel romantique, répondit Patrick.

Daniel ne put s'empêcher de rire.

— C'est bien la première fois qu'on me dit ça ! J'ai la tête dure et l'esprit pratique, n'oublie pas !

— Pas dans le cas présent. Je sais ce que tu veux, Daniel, et je sais aussi à quel point tu le désires. Je ne te jette même pas la pierre. Je crois simplement que c'est impossible.

— Si on est prêt à tout, rien n'est impossible.

Patrick le scruta attentivement.

— Avec Molly aussi ? Tu serais prêt à tout pour qu'elle revienne dans ta vie ?

Ce n'était pas un sujet que Daniel voulait aborder, surtout avec Patrick.

— Laisse tomber Molly. Tu es un peu trop protecteur en ce qui la concerne. Et tu as tout fait pour me donner le mauvais rôle.

— C'est toi qui as endossé le mauvais rôle, Daniel. Et puis, il fallait bien que quelqu'un vienne à sa rescousse.

Patrick avait bien visé, il avait fait mouche.

— Tu crois que je ne le sais pas ? s'emporta Daniel. Tu crois que je ne suis pas conscient que j'ai fait une énorme bêtise ?

— Si, surtout pour un homme pour qui la famille compte tellement !

167

— Je sais, j'ai compris, s'impatienta Daniel. Ce que j'ai fait était exécrable, stupide, inconcevable. Cependant, je pense que Molly est sur le point de me pardonner. Vas-tu la laisser ?

Patrick lui jeta un regard dur, implacable.

— Ce n'est pas à moi de décider. Molly fait ce qu'elle veut, au cas où tu ne l'aurais pas remarqué.

— Oh ! Je l'ai remarqué. Crois-moi, je l'ai remarqué.

Daniel se mit à observer son frère attentivement.

— Si jamais nous nous remettons ensemble, Molly et moi, aurons-nous ta bénédiction ?

— Tu y tiens tant que cela ?

— Tu n'es pas obligé de me croire Patrick, mais ce que tu penses de moi a toujours compté.

Patrick soutint son regard, prêt à le défier. Puis il finit par soupirer.

— Je t'aime, dit-il simplement. Même quand tu m'as fait sortir de mes gonds, je t'ai toujours aimé. Nous sommes jumeaux, ce serait impossible autrement.

Daniel se sentit allégé d'un poids énorme.

— C'est pareil pour moi. Du moment qu'on n'oublie pas cela, on peut résoudre tous les autres problèmes.

Ils restèrent un instant l'un devant l'autre, gênés, aucun n'étant encore tout à fait prêt à faire le premier pas.

— Allez, grommela Patrick en attirant Daniel dans ses bras.

C'était le premier geste de pardon, depuis qu'ils avaient recommencé à se parler quelques mois auparavant. Daniel lutta contre les larmes qui l'assaillaient. Sa voix s'étrangla.

— Si tu savais comme tu m'as manqué, balbutia-t-il.

— Toi aussi, dit Patrick. Tu es plus que mon frère, tu es mon meilleur ami. Je veux retrouver cela. J'ai toujours imaginé que, quand j'aurai des gosses, l'oncle Daniel serait là, pour se réjouir et m'aider à les élever.

— Je serai là, promit Daniel tout en remarquant que Patrick avait lui aussi les yeux humides. J'avais pensé qu'une fois Ryan, Sean et Michael retrouvés, je ne compterais peut-être plus pour toi.

— Ne dis pas de bêtises ! Tu as toujours compté, sinon ce que tu as fait m'aurait laissé indifférent. Il faut que tu connaisses nos frères : ce sont des types bien, tu sais.

— J'ai eu l'impression qu'ils étaient en colère contre les parents et contre moi aussi, dit Daniel.

— Je peux arranger ça, dit Patrick. Je vais les appeler. C'est vrai que Ryan n'a pas su les convaincre de rester, mais je vais voir s'ils ne veulent pas essayer une autre fois. J'ai envie de demander à Maggie, la femme de Ryan, de se rallier à nous, ajouta-t-il en souriant. Quand elle veut obtenir quelque chose, rien ne l'arrête, et elle tient à ce que cette histoire soit résolue une fois pour toutes. Quand veux-tu qu'ils viennent ?

— Le plus tôt sera le mieux.

Patrick secoua la tête.

— Avant tout, il faut que tu arrives à convaincre papa et maman de reconnaître toute la vérité. Dis-moi lorsque tu auras accompli ce miracle, et je m'occuperai de la suite.

Plus facile à dire qu'à faire, pensa Daniel. Mais il fallait qu'il essaye, pour eux tous. Patrick lui proposait, ainsi qu'à leurs parents, une ouverture.

— Je retournerai leur parler dès que j'y verrai plus clair dans cet imbroglio avec Kendra ; et si je constate que cela doit prendre trop de temps, je n'attendrai pas.

— A propos de Kendra, s'inquiéta Patrick, qu'est-ce qu'on risque, Molly et moi, pour l'avoir emmenée jusque-là ?

— Pour l'avoir emmenée pêcher ? répondit Daniel d'une voix innocente. Je ne vois pas où est le problème !

Patrick se mit à rire.

— Non, c'est vrai.

— Alors, c'est la version des faits et nous nous y tiendrons, annonça Daniel, les yeux tournés vers l'escalier qui descendait à la cabine.

— Vas-y, dit Patrick en suivant son regard. Je peux ramener ce bateau sans problème à Widow's Cove. Il me semble que toi, Molly et Kendra devez avoir pas mal de choses à vous dire.

Il lança à Daniel un coup d'œil entendu.

— A moins que tu ne préfères que je donne à Kendra une leçon de pêche ? Je peux l'occuper, pendant que vous deux…

Il laissa sa voix suspendue à une note espiègle.

— Merci pour la proposition. Je ne voudrais pas te vexer, mais j'aimerais quelque chose d'un peu plus sophistiqué pour séduire Molly. Elle mérite du champagne, des fleurs et un dîner aux chandelles, pas une couchette étroite sur ce rafiot.

— Je ne vais pas te contredire là-dessus, frérot. Je suis heureux que tu le voies aussi comme ça.

170

Daniel sourit tristement.

— Je l'ai toujours vu comme ça. C'est juste que je me suis égaré à un moment donné. Malheureusement, j'avais choisi le pire moment.

Dorénavant, il n'y avait plus de confusion. Il savait ce qu'il voulait. Il voulait que Molly revienne dans sa vie.

Pour de bon.

La *Katie G.* s'approchait du quai. Molly distingua Joe Sutton qui les attendait, le front sévère, creusé d'un sillon. Il avait l'air furieux. Elle resserra son bras autour de l'épaule de Kendra.

— Ne t'inquiète pas, il est de ton côté, dit-elle d'un ton rassurant.

— Ouais ! Ça se voit ! se moqua la jeune fille.

— Joe est un type bien, ajouta Daniel. Et puis, tu peux compter sur Molly et moi.

Kendra le regarda, stupéfaite.

— Vous me soutenez, ou bien vous voulez marquer des points avec Molly ?

— Je n'ai pas le droit de faire les deux ? répliqua-t-il en lui faisant un clin d'œil.

Kendra n'avait pas l'intention de se laisser entraîner sur ce terrain. Elle haussa les épaules.

— Vous pouvez toujours essayer.

Mais elle se sentit quand même un peu rassurée.

— Tiens, donc ! lança Joe tandis que Patrick amarrait le chalutier, voici un petit groupe bien sympathique. Tu te lances dans les excursions, maintenant, Patrick ?

— Oui, des expéditions de pêche, répondit-il, tout en soutenant le regard de Joe.

— Tu fais ce que tu veux, déclara le policier d'un ton égal.

Puis il se tourna vers Daniel.

— Il faut qu'on parle… Tout de suite.

— Allez-y, tous les deux, dit Molly. Moi, je rentre.

Joe lui jeta un regard amusé.

— Ça valait le coup d'essayer, Molly ! Mais tu vois, je voulais dire *tous*. On va *tous* chez Jess.

Il regarda Kendra qui tentait de se glisser derrière Daniel, espérant qu'on la remarque moins.

— Toi aussi !

Kendra attrapa la main de Molly et la serra très fort. Elle redressa le menton d'un air de défi.

— Je n'ai pas peur de vous ! déclara-t-elle sans hésitation, le toisant.

— Tu devrais, répliqua celui-ci.

Toutefois, l'étincelle dans ses yeux laissait penser qu'il ne manquait pas d'éprouver une certaine admiration pour sa résistance.

Sur le chemin du retour, Kendra se mit à traîner les pieds.

— Il faut que je vous demande quelque chose.

Joe se retourna.

— Tout ce que tu voudras.

— Est-ce que vous allez me renvoyer chez moi ? lança-t-elle sans préambule.

— C'est justement de quoi nous allons parler.

— Ce qui signifie que vous allez me dire ce que je dois faire.

172

— Non. Ce qui signifie que nous allons discuter et arriver à une solution tous ensemble, répondit Joe.

— Et j'aurai mon mot à dire ? s'écria Kendra, visiblement étonnée, bien que loin d'être convaincue.

Il hocha la tête.

— Bien sûr. Ce n'est peut-être pas toi qui prendras la décision finale mais nous tiendrons compte de ton opinion.

Kendra sembla réfléchir et peser les paroles de Joe.

— O.K. Alors, parlons ! annonça-t-elle enfin.

Daniel et Molly échangèrent un regard complice. Il cligna de l'œil : la situation prenait bonne tournure. « Enfin ! Peut-être allaient-ils tous se montrer un peu plus raisonnables », songea Molly.

Dès qu'ils arrivèrent au bar, Daniel et Joe se dirigèrent vers un box, tandis que Retta se précipitait sur Molly et Kendra pour les embrasser.

— Vous m'avez fait une peur bleue toutes les deux, les gronda-t-elle. Ne faites plus jamais ça ! Laissez-moi un mot au moins, même si vous devez le cacher là où *d'autres gens* ne pourront pas le trouver !

Elle jeta un regard entendu vers Daniel et Joe.

— Vous vous êtes inquiétée à cause de moi ? s'écria Kendra, visiblement choquée.

— Evidemment, dit Retta.

Kendra blêmit.

— Je suis désolée, murmura-t-elle, la voix tremblante.

— Oh ! Mon bébé, ce n'est pas grave. Ce qui compte, c'est que tu sois là et que tu sois en sécurité.

Kendra, cependant, paraissait complètement affolée.

Molly lui prit le menton et la dévisagea.

— Qu'est-ce qui ne va pas ?

— C'est juste que je viens de réaliser que si Retta s'est tellement inquiétée parce qu'on était parties pêcher sans la prévenir, mes parents doivent être dans tous leurs états, eux aussi, depuis le temps !

Molly acquiesça.

— C'est vrai. Est-ce que ça veut dire que tu veux rentrer chez toi, ou au moins leur téléphoner ?

Kendra fit aussitôt non de la tête.

— Si le policier les appelait pour leur dire que je vais bien ? Ou Daniel ? Pourquoi il le ferait pas, lui ?

De toute évidence, l'idée lui semblait excellente.

— Demande-le-lui, dit Molly. Je vais aller chercher quelque chose à boire pour tout le monde, et puis on parlera de tout ça.

Elle regarda dans la direction du box où Joe et Daniel discutaient chaudement, s'efforçant de contenir leurs voix. Après avoir préparé un plateau avec trois cafés et quelques chocolats, elle se dirigea vers le box, Kendra sur les talons.

— Voilà, allez-y, servez-vous.

Elle lança un coup d'œil à Daniel.

— C'est du café que Retta a fait. Du vrai, comme tu l'as toujours aimé.

Joe en but une gorgée, et hocha la tête pour montrer son appréciation.

— Meilleur que celui de l'autre jour. Sans vouloir vous offenser, bien sûr, ajouta-t-il à l'intention de Molly.

— Il n'y a pas de mal, dit Molly, bien décidée à prendre des leçons de Retta pour apprendre à faire un café apprécié de tous ces hommes impossibles.

Elle se glissa à côté de Kendra, qui se redressa et regarda Joe droit dans les yeux.

— Je veux que vous appeliez mes parents.

Daniel faillit s'étrangler, et Joe prit un air stupéfait.

— Alors, ça y est ? Tu es décidée à rentrer chez toi ?

— Non. Et je ne veux pas qu'ils sachent où je suis non plus. Mais je ne veux pas qu'ils s'inquiètent pour moi. Dites-leur que je vais bien.

Daniel l'observa sérieusement.

— C'est très gentil de ta part. Seulement, ce n'est pas si simple que cela. Si nous leur disons que nous sommes en contact avec toi, nous serons obligés de te ramener chez toi.

Kendra ouvrit de grands yeux.

— Vous m'aviez dit... Et vous aussi, dit-elle à Joe en fronçant les sourcils. Vous avez dit que j'aurais mon mot à dire.

Joe acquiesça.

— C'est bien pour ça que je n'appelle personne tant que nous n'avons pas eu ta version de l'histoire. Le moment est venu pour toi de tout nous raconter, Kendra. Pourquoi t'es-tu enfuie de chez toi ? Qu'est-ce que tes parents ont bien pu faire de si terrible ?

Molly lui pressa la main mais Kendra ne broncha pas. Elle resta figée, se mordant la lèvre.

— Est-ce qu'ils t'ont battue ? demanda Joe.

La réponse fusa.

— Non !

— Est-ce qu'ils t'ont punie ?

— Pas vraiment.

— Alors quoi ? C'est à cause d'un garçon ?

Kendra rejeta toutes les raisons invoquées, l'une après l'autre, raisons qui expliquaient généralement les fugues.

Daniel lui tendit la perche.

— Allez, Kendra, arrête de tergiverser. Explique à Joe ce que tu m'as dit.

— Ils veulent me faire partir, dit-elle d'une voix entrecoupée.

Elle lança un regard implorant vers Molly.

— S'il vous plaît, ne me faites pas retourner chez moi. Je ne veux pas qu'ils me fassent partir.

Molly fixa Daniel, priant qu'il lui souffle la bonne réponse, mais il regardait Joe.

— Où veulent-ils t'envoyer, Kendra ? Je ne comprends pas, dit Joe d'une voix douce.

Comme elle demeurait sans voix, il se tourna vers Molly.

— Vous le savez ?

Molly secoua la tête.

— Elle refuse d'en dire plus.

— Je croyais que tu allais parler à ses parents à ce propos, dit Daniel à Joe. Qu'est-ce qu'ils ont à dire ?

— J'ai essayé de leur en parler. Ils ont affirmé que cela n'avait aucun rapport. Il paraît que Kendra était d'accord.

— C'est eux qui ont tout décidé, s'écria Kendra, indignée. Ils ne m'ont jamais demandé mon avis ! Ils ne veulent pas de moi à la maison, alors pourquoi je rentrerais chez eux quand je peux rester avec quelqu'un qui veut de moi ? Je peux rester ici pour toujours ? dit-elle, se tournant vers Molly. Vous voulez bien me garder ?

— Ma chérie, tu sais bien que je te garderais sans hésitation, mais ce n'est pas si simple que cela.

— Je vous en supplie, vous devez me garder ! Je pourrai vous aider, comme je l'ai déjà fait. Et j'irai à l'école. Je ne ferai pas d'histoires.

Molly était toute secouée de voir à quel point Kendra était bouleversée. Il était évident qu'elle ne tenait pas du tout à retourner chez ses parents ; en même temps, elle se souciait assez d'eux pour ne pas vouloir qu'ils s'inquiètent pour elle. Cela ne tenait pas debout. Bien sûr, les gamines de treize ans n'étaient pas connues pour leur logique. Trop d'hormones et pas suffisamment d'expérience de la vie.

Elle se tourna vers Daniel.

— Qu'est-ce que je fais ?

— Ce n'est pas à toi de décider, dit-il doucement.

Kendra le dévisagea, paniquée.

— Vous allez me renvoyer chez moi ?

— Non ! dit-il fermement, faisant sursauter Molly et Joe. Voici ce que je pense. Joe, tu vas retourner voir les Morrow et tâcher de découvrir le fin fond de l'histoire. Tu vas leur dire que, sans une réponse précise de leur part, on ira en justice vérifier si l'on ne doit pas contester leur droit de garder Kendra, dans son intérêt.

— Et qu'est-ce que je fais s'ils me disent qu'ils vont me faire révoquer, pour ne pas leur avoir rendu leur fille dès que j'ai su où elle se trouvait ? Bon sang, Daniel !

Nous sommes, toi et moi, dans une situation de plus en plus délicate !

— Je vais appeler ton patron, dit Daniel. Je serai très clair et lui expliquerai pourquoi nous avons pris ces décisions. Je lui dirai qu'il existe des doutes certains, que nous ne savons pas ce qui se passe entre Kendra et ses parents. Je ne dis pas que ce sont de mauvais parents mais que nous nous sommes aperçus, tous les deux, que cette affaire demande une intervention professionnelle.

— Ouais ! Je parie que même avec ça et un million de dollars je ne resterai pas dans la police, rétorqua Joe.

Les lèvres de Kendra se mirent à trembler.

— Je suis désolée de vous causer tant de problèmes.

— Ce n'est pas ta faute, Kendra, dit Joe d'une voix peinée. C'est mon boulot. Et c'est le boulot de Daniel. Je veux simplement m'assurer que nous sommes bien du côté des gentils.

— Je crois que vous l'êtes, dit Molly doucement.

— Moi aussi, ajouta Kendra.

— Tu vois, Joe, dit Daniel amusé. Tu peux être tranquille : tu as deux appuis !

— Dommage qu'ils ne soient pas plus impartiaux, regretta Joe en se glissant hors du box. Je vous tiens au courant.

Il considéra Kendra et fit semblant de prendre un air fâché.

— Et toi, ne disparais pas !

Elle le regarda, sérieuse.

— Je serai là. Je vous le promets, ajouta-t-elle en faisant le signe de croix sur son cœur.

— Ça me va, dit Joe en hochant la tête.

Dès qu'il se fut éloigné, Kendra se tourna vers Molly.

— Est-ce que je peux aller dans la cuisine avec Retta ?

— Bien sûr, dit celle-ci en la laissant passer.

A sa grande surprise, Kendra la prit par la taille.

— Merci ! Vous êtes formidable.

Le visage de la fillette s'épanouit en un large sourire.

— Et vous aussi, lança-t-elle à Daniel.

Quand elle fut partie, Daniel prit un air songeur.

— Cette gamine a entraîné pas mal de gens dans un véritable imbroglio. J'espère de tout mon cœur que nous savons ce que nous faisons, en ce qui la concerne !

— Je suis sûre que oui ! affirma Molly.

Il prit un air pensif.

— Et nous ? Nous savons ce que nous faisons ?

— Probablement pas, répondit Molly en haussant les épaules.

— Tu es O.K. avec ça ?

Elle sourit.

— Pour l'instant, je prends la vie au jour le jour. Ça te convient ?

— Je n'ai pas le choix.

— Je ne vois pas d'autre choix.

Pourquoi s'engagerait-elle davantage vis-à-vis de Daniel ? Des deux, il était celui qui était incapable d'assumer les responsabilités dans un couple. En tout cas, le genre de responsabilités qu'elle ne manquerait pas d'attendre.

— Dans cet esprit, serais-tu tentée de faire l'école buissonnière avec moi, cet après-midi ? demanda-t-il.

Molly jeta un regard anxieux vers la cuisine.

— Et Kendra ?

— Elle peut très bien rester avec Retta

Il avait raison, bien sûr. En fait, Molly n'était pas du tout inquiète pour Kendra. Elle avait surtout peur pour elle : serait-elle en sécurité avec Daniel ?

— Tu feras ce que tu voudras, je ne t'obligerai à rien, dit-il, une lueur malicieuse dans le regard.

— Ça nous laisse une bonne marge de manœuvre, remarqua Molly, repensant à quel point elle avait eu envie de faire l'amour avec lui quelques heures auparavant.

— C'est bien ce que j'espère, répondit Daniel, radieux.

— Bon, d'accord. Supposons que j'accepte de sortir avec toi cet après-midi. Où irons-nous ?

— Voilà bien le dilemme. Pas question de nous retrouver chez toi, il y a beaucoup trop d'allées et venues. Et chez moi, c'est un vrai fourbi.

— Si je comprends bien, le fait que j'accepte de faire l'école buissonnière avec toi te permet de supposer automatiquement qu'il nous faudra une certaine intimité ? T'ai-je donné l'impression que c'était ce que je voulais ? Après tout, j'ai peut-être envie de manger un burger et de jouer au billard ?

— On peut faire ça ici, se moqua-t-il. Retta fait de très bons burgers et personne ne se sert de la table de billard. Il me semble que nous pouvons envisager d'améliorer légèrement ce programme.

— Un bon steak, un verre de vin et, pourquoi pas, une mousse au chocolat ?

— Tu chauffes. Il paraît qu'ils ont un excellent room-service à l'auberge qui vient d'ouvrir, à la sortie de la ville.

Molly réfléchit à la proposition. Elle avait entendu parler de cette auberge, vu des photos dans le journal local. Aucun doute, elle ferait une petite cachette romantique tout à fait idyllique.

— Est-ce que je connais les propriétaires ? s'enquit-elle.

— J'en doute. Ils habitaient à Portland avant.

— Et toi ? Tu les connais ?

— Non.

— Cela devrait éviter le qu'en-dira-t-on, surtout si on paie en liquide et qu'on donne un faux nom. C'est plutôt séduisant !

Elle sourit.

— C'est parce que tu aimes vivre dangereusement, dit Daniel. Je me doutais bien que le côté secret te plairait.

— Ce n'est pas que j'aie honte de ce que nous allons faire, Daniel, dit Molly, soudain grave. Pas du tout !

Il lui prit la main.

— Je sais. Tu n'as pas envie de répondre à des questions indiscrètes, c'est tout.

— Exactement. Et tu peux être tranquille : elles vont fuser. De Retta, de ton frère, de tes parents. Nous ne sommes pas encore prêts. Je n'ai pas encore les réponses moi-même d'ailleurs.

Il lui souleva gentiment la main et lui balaya les doigts d'un baiser.

— Si tu veux, nous pouvons essayer d'en trouver quelques-unes cet après-midi ?

— Pourquoi pas ?

Elle sourit. Elle commençait à entrer dans le jeu. Cela faisait pas mal d'années déjà depuis qu'elle était sortie de la maison en cachette, pour éviter que son grand-père ne la questionne sur l'un ou l'autre de ses petits copains.

— Attends-moi dans le parking, dit-elle. Je m'éclipse dans cinq minutes.

— Comme si Retta n'allait pas se douter de quelque chose, s'esclaffa Daniel.

— Ça vaut la peine d'essayer, ajouta-t-elle. Allez, file.

Après son départ, elle se glissa dans la cuisine. Elle attrapa en passant un petit morceau de carotte destiné à la soupe du soir. Kendra était en train de couper des pommes de terre en petits cubes avec la plus grande concentration.

— Tout va bien ? demanda Molly.

— Pas de problème, répondit Retta tout en continuant à rouler une pâte à tarte. Daniel est parti ?

— Oui, oui.

Elle s'empara d'un autre morceau de carotte.

— Vous avez besoin de moi, ici ? J'avais envie d'aller faire un petit tour.

— Kendra et moi nous débrouillons très bien, la rassura Retta. Vas-y, va faire ce que tu as à faire.

— Je ne devrais pas être très longue. Deux heures, grand maximum.

— Pas de problème.

— C'est O.K. avec toi, Kendra ?

— Hein, quoi ? dit Kendra comme si elle venait juste de se rendre compte de la présence de Molly.

— Je sors.

— O.K. Pas de problème.

Molly leur fit un petit signe de la main et se dirigea vers la porte, persuadée qu'elles ne se doutaient de rien. Alors qu'elle se félicitait de son ingéniosité, Retta la rappela.

— Qu'est-ce qu'il y a ? s'enquit Molly.

— Et je veux un rapport complet sur cette auberge, à ton retour, c'est compris ?

— De quoi parles-tu ? dit Molly, l'air innocent.

— On verra aussi pour ce qui est de me raconter des bobards, dit Retta en riant. Allez, va passer du bon temps. Ça fait un moment que tu en as besoin !

— C'est bien vrai, dit Molly, plus peut-être pour elle-même.

Elle aurait bien dû se douter qu'elle ne pourrait rien cacher à Retta. Elle la connaissait depuis toujours ; c'était comme si Retta avait un sixième sens et pouvait lire dans ses pensées. Après tout, tant mieux. Elle préférait avoir sa bénédiction avant d'aller retrouver Daniel. Si Retta la lui accordait, c'était bien parce qu'elle avait remarqué, elle aussi, que Daniel avait changé. Que l'amour ne lui faisait plus peur.

11.

Daniel observa Molly qui sortait de chez Jess, les joues empourprées de plaisir, les yeux brillant d'excitation, comme il l'avait connue autrefois. Depuis quand ne l'avait-il pas vue aussi détendue ? Elle avait peut-être vécu des moments heureux, pendant leurs années de séparation, mais il en doutait. D'après ce qu'on lui avait dit, elle ne sortait jamais seule ou avec des amis pour s'amuser. Elle avait toujours aimé les situations inattendues, ayant toujours su en tirer une joie intense, et voilà qu'il lui avait volé cette joie. Un regret de plus qu'il allait devoir assumer le restant de sa vie.

Il mit le moteur en marche alors qu'elle sautait dans la voiture et prenait place à côté de lui. Elle lui fit face, le regard pétillant de malice.

— Quoi ?

— Prise la main dans le sac ! annonça-t-elle avec un grand sourire et sans montrer le moindre repentir.

— Comment ça, la main dans le sac ?

— Retta a tout deviné. Elle sait ce que nous allons faire !

Daniel eut l'air complètement ahuri, comme s'il ne comprenait pas un mot de ce que Molly disait, d'autant qu'elle ne paraissait pas du tout embarrassée. Bien au contraire, on aurait dit une gamine prête à faire une blague.

— Retta sait que nous allons à l'auberge pour dormir ensemble ?

— Oui, confirma Molly.

— Ce n'est pas possible ! Elle n'a rien pu entendre, elle était dans la cuisine !

— Qu'est-ce que tu veux que je te dise ? Elle a toujours eu un sixième sens pour ce genre de chose.

— Alors, comment se fait-il qu'elle ne se soit pas précipitée dans le parking armée d'un coutelas ?

Il jeta un coup d'œil anxieux dans le rétroviseur et ne put retenir un frisson à l'idée de voir Retta fonçant sur eux, toutes voiles dehors, et brandissant un dangereux couperet.

— Apparemment, elle ne désapprouve pas.

Pas étonnant que Molly soit si heureuse et si détendue ! Pour elle, l'approbation de Retta comptait plus que tout au monde, pour lui aussi, d'ailleurs.

— C'est pour cela que tu acceptes mieux ce qui se passe entre nous ? demanda-t-il, ne pouvant cacher son soulagement.

Elle acquiesça.

— Je sais qu'à mon âge cela peut paraître idiot de s'inquiéter de ce que pensent les gens, mais Retta a toujours été une mère pour moi. Elle sait combien tu m'as blessée. C'est pour ça qu'elle ne prend pas notre réconciliation à la légère. En outre, pour moi, elle représente le seul lien avec mon grand-père. Dans un sens, c'est un peu comme si j'avais sa bénédiction à lui aussi.

— Dans ce cas, je peux arrêter de m'inquiéter pour le coutelas ?

— Sauf si tu me refais du mal, dit-elle en souriant.

— Alors, je ferai tout pour l'éviter.

Il la regarda du coin de l'œil.

— L'adhésion de Retta mise à part, est-ce que tu es d'accord, toi ? Tu sais, nous ne sommes pas obligés d'aller à l'auberge. Nous pouvons choisir un autre endroit, juste pour parler. Nos conversations ont été surtout centrées sur Kendra et nous avons beaucoup à rattraper.

— Je suis une femme moderne, répondit-elle en riant, au cas où cela t'aurait échappé. Je suis capable de mener plusieurs tâches de front, comme de parler et de faire l'amour.

Daniel eut du mal à réprimer un sourire.

— C'est bon à savoir. Très bon, en fait.

— Daniel ? lança Molly, soudain redevenue sérieuse.

— Quoi ?

— Crois-tu vraiment que nous allons réussir, cette fois-ci ?

— Nous allons mettre toutes les chances de notre côté. Parce que, tu vois, il n'est pas du tout question que je te perde encore.

La réponse dut satisfaire Molly, car elle se laissa aller en arrière sur son siège, ferma les yeux et s'endormit aussitôt.

Daniel soupira. La fatigue provoquée par la partie de pêche de la matinée devait commencer à se faire sentir. Un somme lui ferait du bien. S'il avait bonne mémoire, Molly recouvrait ses forces rapidement après une petite sieste. Dans l'état d'épuisement où il se trouvait, lui, il allait avoir du mal à tenir le coup. Il avait bien l'intention toutefois de ne pas laisser passer sa chance : il l'avait attendue bien trop longtemps.

On aurait pu croire que l'auberge était là depuis plus d'un siècle. Le bâtiment, un manoir campagnard couvert de bardeaux peints en blanc, semblait avoir accueilli des milliers de clients au cours des ans. Pourtant, il n'était ouvert que depuis quelques mois.

Molly, emplie à la fois d'un sentiment de culpabilité et d'excitation contenue, resta un pas derrière Daniel, pendant qu'il signait le registre et demandait à la jeune femme derrière le comptoir s'il serait encore possible d'avoir le room-service à une heure si tardive. Cette dernière sourit.

— Nous nous faisons un plaisir de satisfaire les requêtes de nos clients. Vous trouverez un menu dans la chambre, mais si vous désirez quelque chose de spécial, notre chef fera son possible pour accéder à votre demande.

— Deux steaks à point, une bouteille de champagne et deux mousses au chocolat, dit-il sans hésitation. C'est possible ?

— Tout à fait.

Il se tourna vers Molly et lui fit un clin d'œil.

— Avec de la crème Chantilly en supplément, ajouta-t-il.

Molly faillit laisser échapper tout haut un gémissement. Elle sentit la chaleur lui monter aux joues. Mais la jeune femme resta impassible.

— Pas de problème. D'ici à une demi-heure, ça ira ?

Daniel plongea son regard dans celui de Molly.

— Disons dans une heure.

La réceptionniste resta de marbre.

— Certainement, monsieur. Désirez-vous que quelqu'un vous conduise à votre chambre ?

Il regarda la clé.

— Troisième étage. L'ascenseur est là, je pense que nous allons nous débrouiller.

— Je vous souhaite un bon séjour. Si vous avez besoin de quelque chose, n'hésitez pas à appeler la réception. Mon nom est Colleen.

— Merci, Colleen. Nous n'y manquerons pas, répondit Daniel en se dirigeant vers l'ascenseur.

Il eut la délicatesse de se retenir et de ne pas promener ses mains sur Molly quand elle le précéda. Dès que les portes se furent refermées, elle lui agrippa le bras.

— Pourquoi ne l'annonces-tu pas au monde entier ?

— Pourquoi je n'annonce pas quoi ? s'enquit-il d'une voix innocente.

— Que nous sommes ici clandestinement.

Il se mit à rire.

— Tu veux dire : ici pour le sexe et un bon repas.

— Je remets le sexe en question, répliqua-t-elle sans grande conviction.

Il l'enlaça.

— Je parie que je peux te faire changer d'avis.

— Daniel, murmura-t-elle.

Elle n'eut pas le temps d'en dire plus. Il l'avait plaquée contre la paroi de l'ascenseur et avait pris sa bouche, l'entraînant dans un baiser brûlant qui la fit chavirer. La porte s'ouvrit et se referma, mais Molly n'avait conscience que de l'ardeur de Daniel. Tout le reste n'était que brouillard. Il la pressait contre lui et elle devinait combien il était prêt pour cette étreinte qu'elle prétendait lui refuser. A dire vrai, elle était tout aussi prête que lui.

Sentir la bouche de Daniel sur la sienne et leurs corps se confondre lui avait tant manqué ! Tout autant que son parfum boisé, viril, la peau de ses joues, râpeuse quelques heures à peine après qu'il se fut rasé. Elle, le garçon manqué d'autrefois et la femme indépendante d'aujourd'hui, mesurait maintenant combien se blottir et s'abandonner dans les bras puissants de son amant lui avait cruellement manqué.

Que c'était bon de se perdre dans toute cette sensualité, d'être emportée au-delà de toute pensée !

Cette fois-ci, le bruit des portes fut accompagné d'une brève exclamation de consternation. Molly ouvrit les yeux et se trouva confrontée à une vieille dame dont le regard choqué et les lèvres pincées attestaient l'indignation.

— Excusez-nous, balbutia Molly, penaude.

Daniel réalisa enfin ce qui se passait et recouvra rapidement son sang-froid. Il fit volte-face, arborant son sourire le plus charmeur, celui auquel personne ne pouvait résister.

Molly remarqua que l'expression de la vieille dame s'adoucissait, qu'une étincelle s'allumait dans ses yeux.

— Lune de miel ? s'enquit cette dernière d'un air rêveur.

Daniel acquiesça.

— Chut, vous ne le direz à personne ?

— Motus et bouche cousue ! Mais entre nous, jeune homme, il me semble que vous seriez bien avisé d'emmener votre épouse dans une chambre. Les démonstrations d'affection en public sont tellement maladroites, ne trouvez-vous pas ?

Daniel eut l'air tout à fait contrit, comme il se devait.

— Vous avez parfaitement raison.

Il attrapa Molly par la main et l'entraîna hors de l'ascenseur.

— Bon après-midi, madame !

— Vous de même, répondit l'aïeule, le regard malicieux. Soyez très heureuse, ma chère petite, ajouta-t-elle en clignant de l'œil à Molly.

— Merci, s'exclama Molly, trébuchant dans sa hâte de disparaître avant d'éclater de rire.

Elle retint sa respiration jusqu'à ce que les portes se soient refermées et que la vieille dame ne puisse plus les entendre, puis se tourna vers Daniel.

— Tu veux vraiment que tout le monde apprenne notre petite escapade avant ce soir ? Ça va faire le tour de Widow's Cove, et probablement de l'Etat du Maine tout entier.

— Et puis après ? insista Daniel en souriant. Les gens adorent les histoires d'amour.

— Retta n'apprécierait pas, elle.

— Elle ne dira rien.

— Pourquoi ?

— Parce qu'elle est incapable de résister à un roman d'amour, elle aussi.

Il la parcourut d'un regard soutenu qui la fit chavirer.

— Mais il est encore temps de faire demi-tour.

— Ce serait dommage, répliqua Molly en vérifiant les numéros. Nous sommes devant la porte de notre chambre, et elle est payée.

Elle allait s'emparer de la clé, quand il la mit hors de sa portée.

— Avant d'entrer, il faut que tu saches quelque chose, annonça-t-il soudain sérieux. Je t'aime, Molly. Je sais, tu as affirmé que tu ne voulais pas que je te le dise, mais tu dois l'entendre. Tu dois le croire. C'est ce dont il est question, ajouta-t-il en lui montrant la chambre. Ce n'est pas juste une histoire de sexe, pas pour moi. Je m'engage envers toi, ici et maintenant, cet après-midi. Je ne te demande pas la pareille, mais je ne vais pas nier mes sentiments.

Le cœur de Molly battit plus vite tandis qu'elle percevait tant de conviction dans la voix de Daniel. Elle voulait tellement le croire, lui dire les mêmes mots. Mais elle l'avait fait une fois. Elle lui avait tout offert, et cela n'avait pas suffi.

Elle lui caressa la joue.

— Je te crois. Pour moi aussi, cela va au-delà du sexe.

De là à parler d'engagement… Elle avait buté sur le mot. Daniel semblait prêt à accepter qu'il soit encore trop tôt pour elle. L'empressement qu'il montrait à parler d'avenir étonnait un peu Molly. Pourtant, en voyant son regard chargé de tristesse, elle fut obligée d'admettre qu'il paraissait sincèrement déçu qu'ils n'en soient pas encore au même point.

Daniel parvint toutefois à chasser toute mélancolie. Il engagea la clé dans la serrure en souriant, ouvrit, prit Molly dans ses bras et la porta dans la chambre, puis claqua la porte du pied.

— Le moment présent, murmura-t-il. C'est tout ce qui compte.

Molly plongea son regard dans la profondeur voilée de ses yeux.

— C'est vraiment tout ce qui compte. Nous ne pouvons pas contrôler le reste, mais nous pouvons nous assurer que ce moment-ci soit le plus beau.

Il jeta un coup d'œil à la pendule et sourit.

— D'autant plus qu'il ne reste que quarante-cinq de ces précieuses minutes avant que le repas que j'ai commandé n'arrive !

Molly envoya valser ses chaussures puis s'attaqua aux boutons de la chemise de Daniel.

— Je suggère donc que nous ne perdions pas une seule seconde.

Daniel ne voulait pas se sentir pressé. Il voulait savourer chaque instant de cet après-midi. Il voulait prendre le temps de dévêtir Molly, pièce par pièce, s'attarder partout sur son corps superbe, tout à la fois familier et à redécouvrir. Il voulait que chaque minute soit inoubliable.

— Peut-être devrais-je annuler le repas, murmura-t-il tandis que les ongles de Molly lui griffaient la poitrine, accélérant les battements de son pouls.

— Oh ! Non, je meurs de faim. D'abord toi ! Ensuite, le repas.

Elle avait toujours été comme ça. Elle savait tirer parti de tous les moments, quelle que soit leur durée.

Elle pouvait aussi bien prendre un temps exquis à le tourmenter que l'entraîner dans une frénésie de plaisir dont ils émergeaient tous les deux pantelants. C'était précisément son intention à cet instant précis. Elle défit la ceinture et le bouton du pantalon de Daniel, puis glissa sa main. Le corps de Daniel fut parcouru de frissons sous les caresses de ses doigts experts.

Daniel remarqua l'éclair de satisfaction dans les yeux de Molly, le léger froncement de sourcil, tandis qu'elle mettait tout son art à le rendre fou. C'était sans doute pour Molly une façon de retrouver une forme de contrôle sur leur relation. Peut-être devait-il se laisser porter, la laisser l'emmener là où elle le désirait. Ce n'était pas dans sa nature de rester passif mais, puisque Molly prenait l'initiative et qu'il aimait cela, il n'allait pas se plaindre.

Les mains de Molly étaient partout sur lui, sa bouche aussi. Il l'entendit retenir sa respiration lorsqu'elle le dépouilla de son slip et libéra son sexe dressé et gonflé de désir. Elle en effleura l'extrémité et le corps tout entier de Daniel frémit.

— J'ai envie de toi, Daniel, dit-elle en le regardant intensément. Fais-moi l'amour.

Il la prit dans ses bras et la porta jusqu'au grand lit agrémenté d'une couette bien douillette et de draps frais.

— Avec plaisir.

Il ôta ses vêtements déjà tout froissés et la rejoignit sur le lit. Prenant tout son temps, il se mit à la dévêtir, d'abord son chemisier, puis son soutien-gorge, son jean et enfin sa petite culotte. Ce n'était pas qu'il tenait à explorer son corps, puisqu'il le connaissait aussi bien

193

que le sien. Non, c'était plus un réveil pour tous les deux. Il voulait se souvenir. Il voulait qu'*elle* se souvienne, se rappelle leur harmonie d'autrefois, l'intensité du plaisir qui les avait toujours emportés comme un ouragan.

Déjà, cependant, elle palpitait d'impatience. Ses hanches le cherchaient, tout son corps réclamait de lui des caresses. Elle luisait de transpiration, était toute humide, prête à le recevoir au cœur de sa féminité. Trop longtemps il avait langui après ce moment. Enfin, le supplice cédait le pas aux délices et il ne pouvait plus attendre une seconde de plus.

Il la posséda d'un mouvement sûr, sentit sa chaleur l'envelopper. Au premier assaut, elle l'accueillit dans un spasme, le serra contre elle. Il attendit qu'elle s'apaise... puis se mit à bouger. Lentement, d'abord, pour que monte encore la tension. Il se fit alors plus insistant, plus fougueux tandis que les cris de plaisir de Molly résonnaient dans la pièce et que son propre corps se tendait vers l'extase. Lorsque la jouissance vint enfin, ce fut une véritable explosion, d'une violence qu'il avait toujours connue avec Molly... et uniquement avec Molly.

Au point d'en oublier toute précaution.

Bon sang ! Cette fois encore ? Lui qui avait glissé dans son portefeuille des préservatifs ! Ils s'y trouvaient toujours...

La panique n'allait pas tarder à l'envahir. La peur affreuse qu'une nouvelle grossesse vienne se dresser entre eux...

Mais non. Au lieu de cela, un extraordinaire sentiment de paix le gagna. S'il devait y avoir un bébé, eh bien, qu'il en soit ainsi. Aujourd'hui, il était question de seconde chance. Et quelle plus belle chance y aurait-il de prouver à Molly qu'il était prêt à assumer une famille, qu'il n'appréhendait plus l'épreuve du mariage, de la paternité, du moment que c'était à ses côtés ?

Il était encore dans son corps et il plongea le regard dans le sien.

— Epouse-moi, dit-il. Sois à moi pour toujours.

Molly s'alarma. Il put ressentir jusqu'au fond de lui qu'elle reprenait vivement ses distances et se fermait.

— Je croyais que tu avais compris que je n'étais pas prête pour ça, pas prête pour aller au-delà de ce que nous venons de vivre.

— Je l'ai compris.

— Alors, pourquoi m'as-tu demandé cela ?

— Il faut que tu n'oublies pas que je te l'ai demandé, que je suis sincère.

— Je ne comprends pas.

— Si…

Il prit une profonde inspiration puis s'obligea à continuer.

— Si jamais il y avait un bébé, je veux que tu saches, là, maintenant, que ce sera différent. Je serai là pour toi.

Elle hésita, ses yeux s'emplirent de larmes.

— Il n'y aura pas de bébé, Daniel.

Pour un instant, le cœur de Daniel cessa de battre. Patrick lui avait-il caché quelque chose à propos de la fausse couche ? Ou bien Molly ne lui avait pas dit… Si à cause de lui elle ne pouvait plus avoir d'enfants, il ne se le pardonnerait jamais !

— Définitivement ? murmura-t-il, la voix cassée par l'émotion.

Molly commença à entrevoir ce qu'il voulait dire.

Elle lui caressa la joue.

— C'est juste que je prends la pilule.

— Dieu merci ! s'écria-t-il avec un soupir de soulagement évident.

Elle se détacha de lui, franchement en colère, cette fois.

— De jolies paroles, Daniel ? Sans aucun fondement ?

Elle voulut s'enfuir mais il la retint, la serra fort, la força à le regarder droit dans les yeux.

— Ecoute-moi bien, Molly. Je suis soulagé, non pas parce qu'il n'y aura pas de bébé, mais parce qu'il ne pourra pas y avoir de malentendu entre nous. Je ne me le serais pas pardonné.

Elle le fouilla du regard. Elle voulait tant le croire ! Toutefois, un long moment s'écoula avant qu'il la sente se détendre dans ses bras.

— Je t'aime, répéta-t-il. Et je veux t'épouser dès que tu seras prête, bébé ou pas.

Des pleurs convulsifs la secouèrent soudain et elle se blottit, s'agrippa à lui. La tempête fit rage si longtemps qu'il se demanda si les larmes tariraient jamais. Mais peu à peu les sanglots se calmèrent et le visage de Molly exprima le plus grand apaisement qu'il lui avait connu depuis des années.

— On est O.K. ? dit-il.

— On est O.K., confirma Molly.

On frappa à la porte. Molly se mit à rire.

— Et tout à fait prêts à déjeuner. J'ai plein d'idées extravagantes pour utiliser cette crème Chantilly.

Daniel enfila aussitôt un peignoir de bain épais, qu'il trouva accroché sur la porte de la salle de bains.

— C'est malin de dire des choses pareilles juste au moment où je dois aller ouvrir ! grommela-t-il en faisant semblant d'être mécontent.

Le serveur, impassible, poussa la table roulante du repas jusque devant la large fenêtre. Daniel lui remit un généreux pourboire et ferma la porte derrière lui avec soulagement. Il eut du mal à cacher sa jubilation en voyant le grand bol argenté rempli de chantilly toute fraîche.

— Quoi ? s'enquit Molly, le dévisageant.

Il prit le récipient et se dirigea vers elle.

— Tout ce qu'il y a de mieux, badina-t-il en prenant une grosse cuillerée qu'il répandit sur la poitrine de Molly.

Elle ouvrit de grands yeux tandis qu'il reposait le bol et lui léchait voluptueusement les seins. Les pointes roses se dressaient, dures comme de petites perles et Molly ondulait de plaisir.

— Encore ?

— Oh oui, continue ! murmura-t-elle d'une voix rauque.

— Notre déjeuner va refroidir.

— J'adore le steak froid.

— Et le champagne tiède ?

Elle jeta un coup d'œil sur le plateau.

— Il est dans un seau à glace.

Daniel se mit à rire.

— Bon, alors c'est parfait !

Elle se laissa aller sur les oreillers et lui désigna le bol.

— Continue…

Cette fois-ci, il lui versa un filet de chantilly entre les deux seins, et plus bas. Puis il se mit à la lécher, jusqu'à ce qu'il n'en reste rien.

— Dieu que c'est bon, gémit-il.

— Moi ou la crème ?

— Toi, bien sûr. Toujours toi.

Molly s'empara de la coupe.

— A mon tour.

Elle en préleva une grosse cuillerée puis se mit à étudier Daniel attentivement.

— Par où commencer ?

— Cela n'a pas vraiment d'importance, tu sais, dit Daniel en retenant un sourire devant l'expression sérieuse de Molly. Je suis sûr que ce sera excitant, quoi que tu en fasses.

— Alors…

Elle en déposa un peu sur les lèvres de Daniel, qu'elle parcourut de sa langue gourmande.

— Tu as raison, c'est délicieux.

— Absolument délicieux, confirma-t-il.

Elle laissa alors déborder son imagination : un peu ici, un peu ailleurs…, sa langue audacieuse le rendait complètement fou.

— Viens ici, la supplia-t-il, tandis qu'elle le contemplait, se demandant quelle autre partie de son corps elle pourrait bien tourmenter.

— Je n'ai pas fini.

— Si, tu as fini !

Il lui prit le bol des mains et la bascula sur le dos dans un effet de surprise totale.

— Tu vas payer, ma chérie…

— Tu crois ça ? lança-t-elle en riant.

— J'en suis sûr.

Et il plaqua la bouche sur la sienne et la dégusta jusqu'à ce que la jeune femme se torde de plaisir sous lui.

— Tu vois, pas besoin de crème Chantilly : nature, tu es parfaitement délicieuse.

— Heureusement, parce qu'il n'en reste plus. Et ce n'est pas moi qui irai en commander d'autre à la réception !

— Des gens timorés pourraient s'imaginer qu'elle a servi à autre chose qu'à accompagner une mousse au chocolat.

— Colleen avait très bien compris ce que nous voulions en faire, dit Molly. Je crois qu'elle m'enviait… Et notre amie dans l'ascenseur éprouvait la même chose, j'en suis sûre.

— Elle doit bien avoir quatre-vingts ans !

— Cela ne l'empêche pas de rêver d'amour, ou d'avoir des souvenirs torrides d'extase avec un très bel homme. Quant à nous deux, je pense que nous ferons toujours l'amour à quatre-vingts ans. Pas toi ?

Molly était en train d'admettre qu'ils pouvaient avoir un avenir ensemble ? Daniel plongea son regard dans le sien.

— C'est ce que je désire le plus au monde, dit-il. Etre encore avec toi quand nous aurons quatre-vingts ans.

Molly soupira.

— Je vais trop vite en besogne ? demanda-t-il, bien que ce soit elle qui ait parlé de leurs lendemains.

— Non. C'est ce que je veux aussi mais j'ai peur.

Daniel repoussa doucement du visage de Molly une mèche folle et regarda la jeune femme droit dans les yeux.

— Ne crois-tu pas que j'ai peur, moi aussi ? Et si tout cassait encore, à cause de moi ? Je le redoute tellement. Je ne veux pas gâcher cette seconde chance, je n'en aurai pas d'autre. Nous devons jurer de nous parler, Molly. D'avancer main dans la main, de nous confier l'un à l'autre.

— Mieux que tu ne l'as fait autrefois ? questionna-t-elle en soutenant son regard.

— Oui, admit-il volontiers. Mieux que je ne l'ai fait autrefois. Plus courageusement.

— Alors, nous avons peut-être une vraie chance de ne pas sombrer une deuxième fois, Daniel, dit-elle en effleurant sa joue. Buvons à notre bonheur ! conclut-elle, radieuse.

— Excellente idée ! répondit Daniel en souriant.

Il s'empara de la bouteille de champagne, fit sauter le bouchon d'une main experte et remplit à chacun une coupe.

— A notre avenir ! annonça-t-il en trinquant avec elle.

Le choc du cristal rendit un son limpide. Un peu du liquide se renversa. Molly suivit le trajet d'une goutte sur le torse de Daniel puis sourit.

— De la crème Chantilly, du champagne, quelle différence après tout ? dit-elle en posant sa coupe.

Un long gémissement s'échappa des lèvres de Daniel tandis qu'elle le goûtait. Elle allait finir par le tuer, cet après-midi. Peut-être, mais quelle mort exquise !

Quand il fut hors d'haleine et à bout de forces, elle le poussa légèrement de son genou.

— Quoi ?

— Nous devons rentrer.

— Je ne peux plus bouger…

— Mais si. Mange un peu, dit-elle en lui proposant une assiette.

— Tu ne peux pas jeter comme ça un os à un homme que tu viens pratiquement d'achever, et t'attendre qu'il revienne à la vie ! protesta Daniel.

— Il me semble que tu avais plus d'endurance autrefois, Devaney, se moqua-t-elle.

— Non, tu étais moins dévergondée.

— Jamais, s'esclaffa-t-elle ! Ça devait être une autre femme.

Il fit semblant de réfléchir.

— Attends. Oui, ce doit être ça. Il va falloir que j'épluche cette longue liste de conquêtes pour me rappeler laquelle c'était.

— Plus jamais d'autres femmes. Jamais ! s'écria-t-elle en le frappant à coups d'oreiller.

— Plus jamais, je le jure !

Il n'avait à aucun moment désiré une autre femme aussi intensément qu'il désirait Molly.

Molly lui attrapa la main et le regarda.

— Je suis sérieuse. Cette fois-ci, c'est pour la vie, d'accord ? On fera tout pour que ça marche.

A cet instant précis, Daniel n'avait pas le moindre doute. Il aurait préféré mourir plutôt que de décevoir Molly une deuxième fois.

— Absolument, dit-il avec conviction.

12.

Daniel raccompagna Molly chez Jess. Ils s'embrassèrent dans le parking avant de se quitter. Lorsqu'elle pénétra dans la salle, elle se trouva confrontée à un quatuor anxieux, juché sur les tabourets du bar. Retta avait l'air fâché, mais ce n'était rien à côté de Patrick. Quant à Kendra et Alice, elles semblaient plus détachées.

— Qu'est-ce que mon frère a fait maintenant ? lança Patrick, augurant le pire en voyant Molly revenir seule.

— Veux-tu que je rentre dans les détails ? répondit Molly, réprimant un sourire avec difficulté.

— Non, sans façon, pas ce *genre* de détails, répliqua aussitôt Patrick l'air encore plus renfrogné.

— Dieu merci ! Je ne crois pas que je me sentirais très à l'aise de les partager avec vous, surtout avec une adolescente dans la pièce !

— Où est-il ? Vous vous êtes battus ?

— Non, répondit Molly d'une voix égale. Est-ce que je peux vous offrir quelque chose à boire ?

— Je prendrais bien un autre café, dit Alice, essayant d'aider Molly à détendre l'atmosphère. Mais du déca, sinon le bébé va se mettre à faire la java.

Elle se tapota le ventre, détournant ainsi quelques secondes l'attention de Patrick, juste assez pour pouvoir lui lancer un doux sourire.

Molly remplit la tasse d'Alice, puis se tourna vers Kendra.

— Veux-tu un autre soda ?

Celle-ci acquiesça avec enthousiasme, visiblement surprise qu'on lui propose un soda alors que la journée était déjà si avancée.

— Du thé ? suggéra Molly en regardant Retta.

— Ça va très bien comme ça, répondit la cuisinière sèchement.

— Et toi, Patrick ? Tu prendras bien une autre bière ?

— J'aimerais mieux avoir des réponses. Est-ce que tu vas me dire où est passé mon frère, oui ou non ?

— Il rentre chez lui.

— Si vous ne vous êtes pas battus tous les deux, pourquoi n'est-il pas venu ici avec toi ? Pour quelle raison le protèges-tu ? demanda-t-il, inquiet.

— Est-ce que j'ai l'air d'avoir passé l'après-midi à me bagarrer ?

Alice pouffa.

— Tu veux que je te dise ? Je trouve que tu as l'air d'avoir passé l'après-midi à… Tu as l'air heureuse ! se rattrapa-t-elle après avoir aperçu Kendra qui écarquillait de grands yeux.

— Je suis heureuse, répondit Molly en dévisageant Retta, qui hocha lentement la tête, puis se détendit visiblement.

— Pourquoi n'est-il pas entré ici avec toi ? s'enquit Patrick qui ne se laissait pas convaincre si aisément.

— Parce qu'il avait du travail.

Kendra pâlit.

— A cause de moi ?

— Oui, il va téléphoner à Joe, dit Molly en lui prenant la main pour la rassurer. Il a dit de ne pas s'inquiéter, qu'on trouvera une solution.

— Je parie que c'est parce qu'il ne veut pas que vous soyez fâchée contre lui si ça tournait mal, dit Kendra d'un air entendu.

Molly s'esclaffa.

— Là, tu n'as peut-être pas tort.

— Et voilà, je vous avais bien dit qu'il en pinçait pour vous !

— Kendra ! protesta Molly.

— Quoi ? C'est pas comme si c'était un secret d'Etat. Vous avez disparu tous les deux en plein milieu de l'après-midi pour aller dans une superauberge. Personne ici ne pense que vous êtes partis pendant des heures, juste pour déjeuner. Dites-moi si je me trompe ? dit-elle en promenant son regard sur l'assemblée.

Retta roula de gros yeux.

— La vérité sort de la bouche… Allez, viens Kendra, maintenant que Molly est rentrée saine et sauve, toi et moi on a du travail.

— Il est tard. Je devrais pas plutôt aller me coucher ?

— Tu étais bien assez réveillée il y a cinq minutes pour aller fourrer ton nez dans les affaires des autres. Tu peux bien rester debout le temps de me donner un coup de main pour ranger la vaisselle, comme ça tout sera prêt pour demain matin.

204

— Exploiteuse ! l'accusa Kendra tout en arborant un large sourire, tandis qu'elle suivait Retta dans la cuisine.

— Alors, c'est officiel ? s'enquit Alice, dès que Retta et Kendra furent sorties de la pièce. Daniel et toi, vous vous êtes remis ensemble ? Ça veut dire qu'on pourrait être belles-sœurs ?

— Holà ! Pas si vite, s'écria Patrick. Qui a dit que Daniel et Molly allaient se marier ?

Alice lui enfonça son doigt dans les côtes.

— Tu t'es bien marié avec moi, non ? Ton frère jumeau est sûrement aussi intelligent que toi. Molly représente ce qui lui est arrivé de mieux dans la vie, il ne va pas la laisser s'échapper une deuxième fois !

Patrick fit volte-face, et regarda Molly dans le blanc des yeux.

— Alors ? Ma femme a-t-elle raison ?

— Il est un peu trop tôt pour prédire la suite des événements, lui dit Molly avec honnêteté. Mais je crois que les choses vont dans le bon sens. Est-ce que tu seras d'accord si nous décidons de rester ensemble ?

Patrick sembla hésiter une fraction de seconde.

— Molly, tu sais ce que je pense de toi, dit-il enfin. Je ne peux envisager quelqu'un de mieux pour mon frère. Je voudrais simplement être aussi convaincu qu'il est l'homme qu'il te faut.

— Il l'est, je pense, répondit Molly lentement. Même si je me suis senti trahie, même s'il m'a déçue, je sais que je n'ai jamais cessé de l'aimer.

— Et voilà ! s'exclama Alice d'un air triomphant. Ecoute, Patrick, arrête d'être défaitiste, moi je prédis qu'un jour prochain nous formerons une grande famille.

— Tu parles d'une famille ! marmonna Patrick.

— Eh bien, moi, elle me convient très bien, répliqua Alice en lui envoyant un regard fâché. Même si en ce moment, tu m'énerves au plus haut point.

Il lui adressa son fameux sourire charmeur, celui qu'il partageait avec son frère. Alice était tout aussi incapable de résister au sourire de Patrick que Molly à celui de Daniel.

— Tu veux rentrer à la maison ? demanda-t-il à sa femme. Je peux te proposer quelque chose qui ne t'énervera pas.

— C'est bien possible, dit Alice. Mais il va falloir que tu t'appliques sérieusement, ajouta-t-elle en faisant un clin d'œil à Molly.

— Ce sera avec le plus grand plaisir ! dit-il, saisissant la jeune femme et la jetant par-dessus son épaule.

— Laisse-moi descendre, idiot ! s'écria-t-elle, riant aux éclats et lui martelant le dos à coups de poing.

— Je ne te laisserai descendre que sur notre matelas de plumes tout douillet. Surtout que, à la vitesse à laquelle ce bébé grandit, je ne vais bientôt plus pouvoir faire ça !

— Je suis vraiment très flattée. Si tu trouves que j'ai déjà l'air d'une baleine alors que je suis enceinte de quatre mois, je vais peut-être annuler notre petit programme de réjouissances.

— Ai-je dit cela ? demanda Patrick à Molly. M'as-tu jamais entendu dire la moindre chose suggérant que je ne trouve pas ma femme éblouissante et désirable ?

— Eh bien…, dit Molly d'un air taquin.

— Tant pis, répliqua Patrick irrité. Je suppose que je vais devoir m'appliquer encore plus pour lui prouver combien je la trouve belle.

— Je préfère ça ! dit Alice

— Tu vois pourquoi j'aime cette femme, Molly ? dit Patrick en riant. On arrive à la persuader facilement, et elle n'a aucune patience.

— Et c'est une bonne chose ? s'enquit Molly, sceptique.

— Dans le cas présent, oui.

Plaquant d'un bras ferme les jambes de sa femme contre son dos, il se pencha par-dessus le bar et embrassa Molly.

— Je veux que tu sois heureuse, tu le sais, n'est-ce pas ?

— Je le sais.

Molly contempla Patrick qui emmenait Alice, toujours gesticulant et se débattant. Elle leur enviait la certitude de cet amour qui les unissait. Bien sûr, elle croyait en Daniel, elle croyait qu'un avenir avec lui était possible. Mais c'était surtout parce qu'elle le voulait tellement ! Il y avait en elle une voix qu'elle essayait de faire taire, qui lui susurrait qu'il n'allait pas être si facile que cela de croire fermement à un amour durable entre eux.

Daniel passa presque une heure au téléphone avec Joe Sutton à discuter de l'action à entreprendre par rapport à Kendra. Sa visite aux parents de celle-ci s'était plutôt mal passée. S'il y avait des problèmes entre eux et leur fille, il suffisait qu'elle rentre et tout pourrait se régler, avaient-ils insisté.

— Je leur ai dit que j'avais besoin de connaître les problèmes en question, mais ils se sont montrés très évasifs, dit Joe, frustré. Ils n'arrêtent pas de répéter que c'est une affaire personnelle.

— Tu leur as dit que ça risquait de devenir une affaire de justice ?

— J'ai bien essayé, soupira Joe. Ça m'embête de te dire ça, mais ça ne s'arrange pas. Ils ont bien compris que si j'étais si intéressé, c'est parce que je devais savoir où elle se trouvait. Ils s'obstinent à dire que, si leur fille ne rentre pas immédiatement, ils vont m'assigner en justice, moi et tous ceux qui entravent son retour.

Daniel lança un juron qu'il utilisait rarement.

— Je suis d'accord avec toi, déclara Joe, mais si on ne fait pas ce qu'ils demandent, ça risque de prendre une sale tournure. J'en ai parlé à mon supérieur, qui fait les pieds au mur ! Il dit que la gamine aurait déjà dû leur être ramenée !

— Accorde-moi vingt-quatre heures supplémentaires, supplia Daniel. J'arriverai peut-être à convaincre Kendra de tout nous dire, ce qui nous donnerait des arguments face au juge. Il faut qu'on sache où ses parents ont l'intention de l'envoyer. Si c'est une pension chic où elle aura une éducation de première classe, il risque de ne pas être trop impressionné.

— Et si elle n'apporte aucun argument ? Si c'est juste une gamine capricieuse ? On s'en tire avec un blâme et le département passe en justice.

— Bien sûr, il y a toujours cette possibilité. Mais franchement, tu y crois, toi ? Tu as rencontré Kendra. Tu penses vraiment que c'est une gosse qui cherche à créer des problèmes ?

208

— Non, reconnut Joe. Seulement, on n'a plus le temps. Qu'est-ce qu'on fait, si elle décide de ne rien dire ?

— Dans ce cas-là, je pourrai essayer de la convaincre de rentrer chez elle afin d'être confrontée à ses parents, et j'agirai comme médiateur.

Daniel se doutait bien que Molly n'approuverait pas une confrontation sans être présente elle-même pour s'assurer que Kendra était entre de bonnes mains. Comment aurait-il pu lui en vouloir ?

Il savait aussi que, d'une façon détournée, Molly mettait le sort de Kendra dans le même panier que celui de leur bébé disparu. S'il la décevait une fois de plus, sa réaction serait imprévisible.

— Ne quitte pas, dit Joe enfin, je vais en parler au patron.

Daniel attendit impatiemment.

— Alors ? lança-t-il lorsqu'il entendit la ligne se reconnecter.

— Devaney, inspecteur Williams à l'appareil. Pourquoi faites-vous traîner cette affaire ainsi, bon sang ?

— Réaction instinctive, dit Daniel aussitôt. Je sais que c'est peu, mais nous sommes confrontés à un vrai problème, chef. Je suis prêt à risquer mon job là-dessus.

— Vous *risquez* votre job ! Et celui de Sutton, et le mien qui plus est. Vous avez intérêt à ce que votre instinct soit fichtrement bon !

— J'en suis sûr, monsieur.

— Alors vous prenez vos vingt-quatre heures et pas une seconde de plus ! Demain, à cette heure-ci, je veux que cette gamine soit bordée dans son lit chez elle ou vous me fournissez une sacrément bonne raison pour qu'elle n'y soit pas !

— Oui, chef, dit Daniel, merci !

— Je vous repasse Joe, pour que vous organisiez les détails avec lui.

Daniel attendit en soupirant.

— Quoi, maintenant ? demanda Joe.

— Tu en as fait assez. Laisse-moi m'occuper de ça.

— Oh ! Que non. Tant que cette histoire n'est pas résolue, toi et moi, nous sommes comme deux frères siamois.

Daniel repensa à l'après-midi passé avec Molly et fut soulagé que Joe n'ait pas décidé d'espionner ses moindres gestes quelques heures plus tôt ! Molly, cependant, n'allait pas être tellement enchantée de la tournure des événements.

— Je t'appelle demain matin à la première heure, dès que je serai prêt à aller chez Jess.

— Tu n'y vas pas tout de suite, directement ?

— Pour quoi faire ? Réveiller Kendra d'un profond sommeil ?

— Elle serait peut-être plus bavarde en étant à moitié endormie, remarqua Joe.

— Je ne pense pas, surtout avec Molly qui va nous traiter de tous les noms pour les avoir sorties du lit en plein milieu de la nuit, dit Daniel.

— C'est un argument certain, admit Joe. Mais si je n'ai pas de nouvelles à l'aube, je viens te chercher.

— Je n'en doute pas un seul instant, dit Daniel en raccrochant.

A peine avait-il reposé le combiné que le téléphone sonnait de nouveau.

Daniel n'avait guère envie d'écouter les doléances de qui que ce soit, mais, tenaillé par un sentiment de culpabilité, il décrocha néanmoins, aboyant un salut fort peu aimable auquel un silence total fit écho.

— Allô ! Qui est là, bon sang ? lança-t-il.

Une voix masculine, calme et posée lui répondit.

— Ce n'est pas un bon jour ?

— J'en ai eu de meilleurs, dit Daniel, se demandant bien pourquoi cette voix lui était si familière.

— C'est Ryan à l'appareil.

— Ah ! s'exclama Daniel.

Il réalisa alors que Ryan avait conservé quelques traces de l'accent irlandais de leur père, bien qu'il ait été élevé à Boston. Peut-être valait-il mieux ne pas lui rappeler qu'il avait gardé des caractères de l'homme qu'il détestait cordialement.

— Excuse-moi de ma brusquerie.

— Tu veux parler de ce qui te tracasse ?

Curieusement, il aurait bien aimé se confier à son grand frère et écouter ses conseils. Hélas, il n'avait pas la liberté de partager avec lui des informations confidentielles.

— Ce n'est pas l'envie qui m'en manque.

— Ça concerne le boulot ? devina Ryan.

— Oui.

— C'est à propos de la petite fugueuse qui se trouve chez Molly ?

— Tu es au courant ? s'étonna Daniel.

— Patrick m'en a parlé.

— Ah bon ?

— Juste dans les grandes lignes. Il n'est pas entré dans les détails de ta vie personnelle ni professionnelle. Par contre, j'ai cru comprendre qu'il y avait des problèmes anciens, non réglés, entre toi et Molly.

— Nous nous en occupons, dit Daniel.

— Bon. Je l'ai bien aimée la première fois que je l'ai vue. Je ne savais pas vraiment à ce moment-là si c'était elle que Patrick convoitait, ou Alice.

Daniel ne sut que dire. Cela lui faisait tout drôle de se rendre compte que Ryan connaissait des détails de la vie de Patrick, et qu'ils avaient commencé à créer un lien, alors qu'il n'en existait aucun entre lui et son grand frère. Il était même possible — qui sait ? — que Ryan en sache plus sur Patrick dorénavant que Daniel, étant donné les tensions existant entre lui et son frère jumeau.

Cette pensée le mit de mauvaise humeur et ce fut d'une voix plutôt sèche qu'il rétorqua :

— Je suis sûr que tu ne me téléphones pas pour me parler de ma vie.

— A vrai dire, j'aimerais bien en savoir plus sur ta vie, dit Ryan. Sean et Michael aussi. Ce sont les parents qu'on n'a pas tellement envie de voir.

— Ouais ! On ne peut pas dire que cela se soit passé très bien la dernière fois, dit Daniel.

Si Ryan se vexait, c'était son problème !

— Un vrai désastre ! reconnut Ryan. Toutefois, Patrick a bon espoir. Il pense que tu peux rallier les parents et les convaincre de nous parler.

— Je lui ai dit que j'allais essayer. Mais pour être franc avec toi, je n'ai vraiment pas eu le temps de m'en occuper. Tu as l'intention de revenir bientôt ?

— Ecoute, voilà la situation : si cela ne tenait qu'à moi, je pourrais attendre. Seulement, ma fille, qui est plutôt précoce, veut faire la connaissance de ses grands-parents. Elle me tanne sans arrêt depuis qu'elle a réalisé que je sais où ils sont. Le fils de Sean est, lui aussi, assez curieux. Tu ne peux pas savoir, toi qui es célibataire, à quel point c'est motivant d'avoir un gamin qui s'est fixé une mission.

Serait-ce bien raisonnable de lâcher deux enfants en plein milieu d'une telle tension ? se demanda Daniel. D'un autre côté, des petits-enfants pouvaient apporter précisément ce que la situation demandait : jeter un pont entre les deux parties, puisqu'ils n'avaient pas, eux, de comptes à régler avec Connor et Kathleen Devaney.

— Daniel ? Tu es toujours là ?

— Je suis là.

— Qu'est-ce que tu en penses ? On vient ?

— Vous pensiez venir quand ?

— Ça fait déjà trop longtemps que ça traîne, il faut régler cette affaire une fois pour toutes, dit Ryan sans détour. Demain, par exemple ?

Pour la deuxième fois en l'espace d'une heure, Daniel laissa échapper ce juron qu'il n'utilisait que rarement.

— Ça ne va pas ? demanda Ryan aussitôt.

— Le problème, c'est que je suis confronté à une situation qui doit être résolue demain à cette heure-ci. Impossible de la reporter.

« Pas question de reporter ça, non plus », se dit-il à lui-même.

— Ne t'inquiète pas, je trouverai une solution, reprit-il. Je vais réserver des chambres d'hôtel pour vous tous. Je m'arrangerai pour régler mon problème le plus tôt possible demain, et j'essaierai d'organiser une réunion entre vous et les parents demain soir. Sinon, on fera ça dimanche matin. Ça marche comme ça ? Vous pouvez être un peu flexibles ?

— On va faire tout pour que ça marche, dit Ryan.

— Tu as mentionné Sean et les enfants. Et Michael, il viendra, lui aussi ? dit Daniel, ayant à la mémoire l'amertume du plus jeune des trois frères.

— Nous serons tous là, dit Ryan, même si je dois employer la méthode forte. Nos femmes aussi seront là.

A ces mots, le cœur de Daniel se mit à battre un peu plus fort. Cette réunion, il l'attendait depuis le jour où il avait appris l'existence de ses frères ! Pendant longtemps, même après qu'il les eut rencontrés lui-même — hélas, bien trop brièvement ! —, Daniel avait estimé qu'il n'y avait aucune chance pour que tous les Devaney se retrouvent en paix dans la même pièce. Et voilà que maintenant, à sa grande surprise, cette chose impossible allait se produire ! Il ferait en sorte que rien n'aille de travers.

— Quand vous arriverez, retrouvez-moi chez Molly. Tu sais où c'est ? Sur les quais ?

— Oui, oui, je sais.

— J'y serai dans la journée. Je te dirai ce que j'aurai réussi à organiser. Et si on se retrouvait tous là-bas ? Mieux vaut être en terrain neutre.

— C'est bien mon avis. C'était horriblement gênant quand on a tous débarqué chez eux la dernière fois, dit Ryan. Autre chose, Daniel, j'ai vraiment hâte de te connaître mieux, quoi qu'il arrive avec les parents.

— C'est vrai ? s'écria-t-il, tombant des nues, car il s'attendait à ce que Ryan lui en veuille autant que Patrick pour avoir soutenu leurs parents.

214

— On dirait que ça t'étonne que je pense ça, dit Ryan.

— C'est parce que Patrick, depuis ces dernières années, me considère comme celui qui bloque tout, comme le grand défenseur des parents. On se parle à peine, il est tellement furieux contre moi. Tu ne peux pas savoir combien je le regrette. Je n'ai jamais voulu me trouver dans cette position, seulement, je ne pouvais pas leur tourner le dos. Malgré ce qu'ils vous ont fait, quelle qu'en soit la raison, ils ont été de bons parents pour Patrick et moi.

— Je ne veux pas te retirer ça, pas du tout, dit Ryan en poussant un profond soupir. Nous avons chacun notre façon de considérer ce gâchis ; Sean en a une perception différente de la mienne, et Michael aussi. Nous avons tous été affectés différemment, à cause de l'âge ou de ce qui s'est passé après l'abandon.

— Patrick et moi en avons eu la même perception. Pourtant, il n'a aucun problème pour faire porter la responsabilité tout entière sur les parents, sans même posséder tous les éléments. Lui, il voit le fait qu'ils nous ont menti durant toutes ces années où ils nous ont fait croire que nous étions leurs seuls enfants. Je sais bien, au fond de moi, qu'ils ne l'auraient pas fait s'ils avaient pu trouver une autre façon de s'y prendre. Je crois qu'ils ont eu peur qu'on les méprise, et c'est exactement ce qui est en train de se passer avec Patrick.

— Je vais te dire quelque chose, Daniel. J'ai un très bon ami, un prêtre, qui dit que la foi est une chose curieuse. Il prétend qu'il y a des gens qui sont nés avec. Ils croient en Dieu, ils croient en l'être humain, et rien ne pourra ébranler leur foi. Et puis, il y a les sceptiques, ceux qui ont besoin de preuves. Ceux qui sont nés avec la foi ont de la chance ; tu es de ceux-là. Nous autres avons besoin de preuves, d'explications. Ça ne veut pas dire que certains ont tort et d'autres raison.

Daniel se sentit envahi par un sentiment de paix profonde.

— Comment as-tu fait pour devenir si sage ?

— J'aimerais pouvoir te dire que c'est arrivé tout naturellement, dit Ryan en riant, mais je dois beaucoup au fait que j'ai laissé tomber ma colère, et que j'ai écouté des gens beaucoup plus avisés que moi.

— Comme ce prêtre, par exemple.

— Oui, et ma femme. Maggie a une façon d'appréhender le monde et l'humanité qui me redonne espoir jour après jour. Tu t'entendras bien avec elle, vous avez beaucoup en commun.

— J'ai hâte de la rencontrer, dit Daniel.

— A demain ! J'espère que tu vas parvenir à résoudre cet autre problème.

Daniel se mit à penser aux difficultés qui l'attendaient pour convaincre Molly et Kendra d'accepter la façon dont les événements devaient se dérouler.

— Moi aussi, je l'espère. Sinon, tu risques de me trouver sanglant et couvert d'ecchymoses en arrivant.

Il lui vint à l'esprit que, même s'il parvenait à gagner la partie avec Kendra et Molly, il lui restait encore à persuader ses parents de rencontrer ses frères.

— J'espère que vous n'avez pas épuisé votre réserve de miracles, dit-il en levant les yeux vers le ciel.

— Pardon ? Qu'est-ce que tu viens de dire, demanda Ryan.

Daniel se sentit tout bête que Ryan l'ait entendu dire ça à haute voix.

— Rien, rien. Juste une petite prière.

— J'en fais pas mal moi aussi, ces derniers temps, admit Ryan.

— Et tu trouves que ça aide ?

— Je te dirai ça après la réunion de demain.

Daniel soupira.

— Ainsi soit-il.

13.

Molly trouva que Daniel était d'humeur étonnamment joyeuse quand il pénétra dans le bar, tôt le samedi matin. Il la prit fougueusement dans ses bras et l'embrassa passionnément, au vu et au su de tout un chacun. Retta et son coutelas ne semblaient plus lui causer la moindre inquiétude.

Lorsqu'il la reposa enfin, elle s'écarta pour pouvoir mieux l'observer. Derrière cette apparente exubérance, elle détecta dans ses yeux une certaine inquiétude. Elle le connaissait assez pour savoir qu'il s'agissait d'ennuis en perspective.

— Viens avec moi, lui dit-elle aussitôt.

— Où ?

— En haut.

— Tu as hâte de te retrouver seule avec moi ? répondit-il en souriant. Ce baiser a décidément fait plus d'effet que je n'anticipais.

— Le baiser était parfait, dit-elle, amusée. C'est tout ce qui se passe à côté dans ta tête qui m'inquiète. Allez, viens, mon coco ! En haut !

Il traîna les pieds comme un enfant refusant d'aller en classe.

— J'ai même pas eu mon café.

— Le café attendra.

— Où est Kendra ?

— Elle apprend à faire des omelettes dans la cuisine, avec Retta. Arrête de tergiverser maintenant et viens !

— Jure-moi que Kendra est bien là-bas, dit-il en jetant un regard méfiant vers la cuisine.

— Oh ! Pour l'amour du ciel ! explosa Molly à bout de patience. Va voir toi-même.

Dépitée, elle le regarda se diriger effectivement vers la cuisine et y jeter un coup d'œil. Lorsqu'il se retourna vers elle, il ne pouvait dissimuler son soulagement.

— Bon, maintenant ça suffit ! lança-t-elle. Si tu ne viens pas immédiatement, il va y avoir une bagarre sans précédent ici même, en plein milieu du restaurant ! Ton frère sera mis au courant et, cette fois-ci, ce n'est pas moi qui l'empêcherai de te tabasser !

Il leva les mains en signe de reddition, tout en lui jetant un regard soupçonneux.

— D'accord, d'accord ! dit-il en se dirigeant vers l'escalier menant à l'appartement de Molly.

Une fois arrivés en haut, Molly se campa devant lui, les mains sur les hanches.

— Est-ce que tu pourrais m'expliquer ce qui se passe ?

— Je viens de vérifier où était Kendra. C'est pour ça que tu es en colère ? demanda-t-il, affectant de ne pas comprendre.

— En partie, concéda-t-elle. Tu te conduis bizarrement, pas du tout comme le Daniel que je connais.

— Là, tu vas devoir m'expliquer.

— Quand tu es arrivé et que tu m'as planté ce baiser, j'ai cru que tout allait bien pour toi. C'était juste une apparence, n'est-ce pas ? Tu me caches quelque chose.

Il fronça les sourcils. Elle eut l'impression fugace qu'il allait lui dire qu'elle était folle, qu'elle s'était complètement fourvoyée ; il poussa au contraire un profond soupir et cette théorie s'effondra.

— Dis-moi, insista-t-elle.

— Tu ferais bien de t'asseoir.

— Je n'ai pas envie de m'asseoir, répliqua-t-elle. Dis-moi !

Elle se mit à marcher de long en large dans la petite salle de séjour, attendant la mauvaise nouvelle qu'il s'ingéniait tant bien que mal à ne pas lui annoncer.

— Bon, alors voilà. Je sais que ça ne va pas te plaire.

— Arrête de tourner autour du pot !

— Il ne me reste plus qu'une journée pour apporter la preuve que Kendra ne doit pas rentrer chez elle, faute de quoi je dois la rendre à ses parents, dit-il d'un air misérable. Je suis navré, Molly, on ne peut plus temporiser. Ses parents ont bien compris que Joe sait où elle se trouve, et ils menacent d'assigner tout le monde en justice. Ça peut d'ailleurs te concerner puisque, depuis le début, tu sais que c'est une fugueuse recherchée par sa famille. Sans être juriste, je vois bien que c'est un cas flagrant d'obstruction à la justice, pour le moins.

Elle le dévisagea, sans saisir tout à fait la portée de ses paroles.

— Donc, tu vas la ramener chez elle, point final ?

— Oui. Je n'ai pas d'autre choix.

— Tu renverrais cette gamine chez elle alors que nous savons pertinemment, toi et moi, qu'il y a un problème grave ? Juste pour sauver ta peau ?

— Mais non, bon sang ! Pour sauver la tienne !

Molly hésita.

— Non, je ne te laisserai pas faire une chose pareille. Surtout pas pour me protéger !

— Tu n'auras pas le choix. Personne n'a le choix.

— Vraiment ? railla-t-elle. C'est ce que nous allons voir.

— Ecoute, Molly. Sois raisonnable. Tu te doutais bien que ce moment risquait de venir.

— Ne me parle pas sur ce ton condescendant, coupa-t-elle. Je ne te laisserai pas emmener de force Kendra quand il est évident qu'elle est complètement paniquée.

— Et si je l'emmène de toute façon ? dit-il calmement. Est-ce que cela viendra se glisser entre nous ?

— Oui, répondit-elle sans hésitation.

Il la regarda dans le blanc des yeux.

— Tu penseras que je t'ai trahie de nouveau ?

— Oui, dit-elle d'une voix à peine audible.

Elle savait que ce n'était pas raisonnable, que ce n'était pas comme la première fois. Cependant, c'était ainsi qu'elle le ressentait. Que c'était douloureux qu'il ne soit pas de son côté ! Qu'il ne soit pas décidé à protéger cet autre enfant, qui comptait tant pour elle.

— Ma chérie, je fais mon boulot et je ne le prends pas à la légère. Je ferai tout ce qui est en mon pouvoir pour protéger Kendra, si elle en a besoin. Mais il n'y a aucune preuve que ce soit le cas. C'est tout le contraire, en fait. Tous les éléments que nous avons en main nous font penser qu'elle vient d'une bonne famille. Ses parents l'adorent et ils sont fous d'inquiétude. Essaye de te mettre un peu à leur place.

Pourquoi Molly penserait-elle aux Morrow ? C'était Kendra qui comptait pour elle.

— Alors, pourquoi Kendra ne veut-elle pas rentrer chez elle ? implora Molly d'une voix tourmentée. Ecoute, Daniel, regarde la situation en face : ils vont l'envoyer loin de son foyer. Crois-tu qu'ils l'aiment vraiment s'ils font une chose pareille, sachant qu'elle ne veut pas partir ?

— Dans ce cas, aide-moi à découvrir où ils ont l'intention de l'envoyer. Descends avec moi et mets-lui les points sur les i, même au risque qu'elle s'éloigne de toi : soit elle nous dit tout maintenant, soit elle retourne chez ses parents. Il n'y a pas d'alternative, Molly.

Molly frissonna en entendant le ton de sa voix qui ne laissait place à aucun doute. Il ne céderait pas. Sur le plan professionnel, il se trouvait au pied du mur. Elle ne pouvait pas faire autrement que de comprendre sa position, même si elle détestait le reconnaître. Kendra ne lui avait fourni aucun élément utile à transmettre à la police ou au tribunal, pour justifier qu'on ne la renvoie pas chez ses parents.

— Que veux-tu d'elle ? demanda-t-elle enfin.

— La vérité, dit-il simplement.

— Et si tu ne vois pas la vérité du même œil qu'elle ?

— Nous trouverons une solution. Tous les trois.

Molly savait qu'elle n'obtiendrait rien de plus.

— Accorde-moi quelques instants avec elle, d'accord ?

Elle remarqua, l'éclat d'un instant, que le regard de Daniel reflétait la méfiance. Elle pouvait le comprendre mais en souffrit néanmoins.

— Tu veux que je te fasse confiance, Daniel, que je te croie quand tu m'assures avoir l'intérêt de Kendra à cœur. Toi aussi, tu dois me faire confiance quand je te dis que je ne vais pas prendre la fuite avec elle.

Il hocha la tête.

— Je te fais confiance. Tu as un quart d'heure, Molly, pas plus.

C'était moins que ce qu'elle avait espéré, plus cependant que ce qu'elle méritait dans les circonstances. Si Joe devait arriver d'une minute à l'autre, il n'accepterait aucune concession.

Elle acquiesça sans le moindre sourire.

— Je vais faire de mon mieux.

Laissant Daniel debout dans sa salle de séjour, elle redescendit, se creusant la tête pour trouver comment elle allait faire comprendre à Kendra qu'elle devait leur fournir des réponses valables.

Elle trouva la fillette dans la cuisine, observant attentivement les moindres gestes de Retta, tandis que celle-ci préparait des omelettes pour la poignée de clients qui attendaient d'être servis dans la salle.

Kendra lui jeta un coup d'œil.

— C'est super ! Je crois que je vais devenir une grande cuisinière et avoir mon propre restaurant, quand je serai grande.

Molly sourit. Il y avait un grand pas à franchir entre le menu de chez Jess et la cuisine gastronomique.

— Bonne idée.

— Où étais-tu passée ? demanda Retta. Je croyais avoir vu Daniel ici, il y a une minute.

— Il est ici. Kendra, viens avec moi quelques instants.

— Pourquoi ? s'enquit celle-ci, les yeux soudain emplis de panique.

Retta aussitôt entoura les épaules de Kendra d'un bras protecteur.

— Qu'est-ce qui se passe ? demanda-t-elle à Molly.

— Il faut que je parle à Kendra.

— Maintenant ? interrogea Retta d'une voix marquée par l'inquiétude.

— Tout de suite.

Retta scruta Molly, puis hocha la tête.

— Vas-y, mon petit chou. Va parler à Molly, d'accord ? N'oublie pas qu'elle est de ton côté, et fais ce qu'elle te demande, tu me promets ?

Kendra acquiesça, docile, et suivit Molly dans le bar, jetant partout des regards inquiets.

— Il est où ?

— Qui ?

— Daniel.

— Il doit être toujours là-haut.

« Ou bien dehors, à essayer de retenir Joe Sutton », seulement Kendra n'avait pas besoin de le savoir.

Quand elles furent installées au fond, dans un box relativement à l'écart, Molly prit la main de Kendra dans la sienne.

— Tu sais que je ne veux que ton bien, Kendra, n'est-ce pas ?

La petite hocha la tête.

224

Molly pesa ce qu'elle allait lui dire, puis opta pour la vérité. A quoi bon édulcorer les faits ? Elle était assez intelligente pour comprendre que l'on ne pouvait plus rester dans cette impasse.

— Daniel et Joe sont obligés de te ramener chez toi, dit enfin Molly. Tes parents ont deviné que Joe sait où tu te trouves, et ils menacent de le citer en justice, ainsi que Daniel et moi aussi peut-être, si tu ne rentres pas.

Kendra blêmit.

— Ils ont le droit de faire ça ?

— J'en ai bien peur.

— C'est pas juste ! Vous essayez simplement de m'aider !

— Seulement, eux, ils voient les choses différemment. Ils pensent que nous t'empêchons de les rejoindre. Je ne suis pas inquiète pour moi, mais j'ai peur que Daniel et Joe perdent leurs jobs, et cela ne serait pas juste non plus !

— Sans doute, marmonna Kendra, le regard fixé sur la table.

— Ma chérie, tu sais que c'est vrai !

Le visage de Kendra s'éclaira.

— Je pourrais appeler mes parents d'un endroit qu'ils ne pourraient pas retrouver, leur expliquer que je vais bien, et leur demander qu'ils vous fichent la paix ?

— Ecoute, je crois qu'il est trop tard pour ça. S'il y a une raison pour laquelle tu ne veux pas aller là où ils veulent t'envoyer, tu dois nous la dire. Daniel veut bien se battre pour toi, mais tu dois parler. On n'a plus le temps.

Molly mit son doigt sous le menton de Kendra, et l'obligea à la regarder droit dans les yeux.

— Est-ce qu'il y a une raison ? A part le plan de te faire partir ?

Les yeux gonflés de larmes, Kendra ne disait mot.

— Est-ce qu'ils t'ont fait du mal ? demanda Molly encore une fois.

— Non, répondit celle-ci doucement, jamais.

— Est-ce que vous vous êtes disputés ?

— Non.

— Est-ce qu'ils t'ont punie pour quelque chose ?

Kendra fit non de la tête.

Molly la contempla, désespérée.

— Kendra, tu es quelqu'un de bien. Tu ne t'es pas enfuie comme ça sans raison, n'est-ce pas ?

La fillette secoua la tête, mais resta muette.

— Alors, nous n'avons pas le choix, soupira Molly. Daniel va devoir te ramener chez toi.

Kendra fut secouée de sanglots ; elle se mit à pleurer à chaudes larmes.

— Je ne veux pas rentrer, balbutia-t-elle en hoquetant.

Molly sentit son cœur se briser. Elle aurait donné n'importe quoi pour pouvoir prendre Kendra dans ses bras, et s'enfuir avec elle, loin de tout. Mais c'était impossible, elle avait donné sa parole à Daniel et devait s'y tenir.

— C'est l'heure, Kendra. Joe dit qu'il est certain que tes parents t'aiment, est-ce que tu penses qu'il se trompe ?

— Non, pas vraiment, répondit-elle sans hésiter.

Molly fut quelque peu apaisée de voir que Kendra reconnaissait au moins l'amour que ses parents lui portaient.

— Alors, ça ne sera pas si terrible que cela de rentrer. Vous allez pouvoir discuter des problèmes, et essayer de les résoudre.

— Vous viendrez avec moi ? plaida Kendra en lui lançant un regard plein d'espoir.

— Si Daniel est d'accord, bien sûr que je viendrai, répondit Molly aussitôt.

Elles n'étaient, ni l'une ni l'autre, prêtes à se séparer. En outre, Molly voulait connaître ces gens qui allaient envoyer Kendra au loin. Peut-être allaient-ils, eux, apporter les réponses que Kendra gardait pour elle.

— D'accord, alors j'irai, dit enfin Kendra avec un gros soupir.

Molly leva les yeux, et vit Daniel qui s'avançait vers elles, seul, Dieu merci !

— Kendra dit qu'elle va rentrer chez elle. Elle aimerait que je vienne.

Le soulagement de Daniel était flagrant.

— Je n'ai pas de problème avec ça. Je sais que ce n'est pas facile pour toi, là maintenant, dit-il en pressant l'épaule de Kendra tendrement, mais tu vas voir, tout va s'arranger.

Kendra lui lança un regard empreint de désespoir.

— Je ne pense pas.

— Mais si, tu verras, la rassura Molly. Daniel ne t'abandonnera pas.

Elle mettait toute sa confiance en lui.

— Est-ce que vous pourrez venir me voir ?

— On va essayer d'organiser quelque chose avec tes parents, promit Molly. N'est-ce pas, Daniel ?

— Tout à fait !

— Alors, je suppose qu'il faut qu'on y aille ? dit Kendra, parvenant à offrir un petit sourire triste, malgré ses larmes. Est-ce que je peux dire au revoir à Retta ?

— Bien sûr, acquiesça Daniel. Je dois lui parler, d'ailleurs. J'attends des visiteurs dans un moment, je veux qu'ils sachent où je suis.

Au ton de sa voix, Molly devina instantanément qui il attendait.

— Tu es sûr que tu peux faire ça maintenant ? Joe pourrait nous emmener.

Il jeta un regard sur Kendra, puis secoua la tête.

— Absolument pas. Ils savent que j'ai des problèmes à régler aujourd'hui et ils m'attendront jusqu'à ce que je revienne.

Les paroles de Daniel en disaient long sur son engagement vis-à-vis de Kendra… et de Molly. A ce moment précis, s'il était resté quelques doutes à Molly, ils disparurent comme neige au soleil. Elle savait combien il avait attendu cette réunion ; et il était prêt à attendre encore, pour pouvoir tenir sa promesse faite à Kendra ! Ce n'était pas l'homme qui l'avait abandonnée autrefois. Et leur amour était plus fort que jamais.

— J'ai peur, ils vont être furieux contre moi, s'inquiéta Kendra.

Ils venaient de s'arrêter devant une grande maison bourgeoise du siècle dernier, au vaste porche décoré d'une profusion de fleurs en jardinières cascadant de la balustrade.

— Je les ai appelés, annonça Daniel. Ils sont pleins de gratitude que tu aies décidé de rentrer, et que tu sois saine et sauve. Ils ont tellement hâte de te voir.

— J'ai raté des semaines et des semaines de collège, murmura-t-elle. Je vais sûrement être obligée de redoubler.

« Bizarre, songea Daniel, que cela n'ait pas l'air de la troubler davantage. »

— Ce sera difficile mais tu y arriveras, dit-il pour la rassurer. Peut-être pourrais-tu passer des examens dans certaines matières. On en parlera au proviseur.

— *Non !*

La réaction de Kendra fut si vive que Daniel et Molly furent pris au dépourvu.

— Ma chérie, pourquoi ne veux-tu pas passer des examens de rattrapage ? demanda Molly. J'ai bien vu que tu avais étudié quand tu étais chez moi, je suis sûre que tu les réussirais.

— Justement, c'est ça, s'écria Kendra en fondant en larmes. Je ne veux pas réussir !

Daniel et Molly échangèrent un regard perplexe.

— Mais pourquoi ? demanda-t-il. Je pourrais comprendre que tu aies peur de les rater, mais de les réussir, ça me dépasse…

Kendra s'enferma dans un mutisme obstiné pendant ce qui leur parut une éternité. Lorsque enfin elle se décida à parler, ce fut d'une voix à peine audible.

— Je ne veux pas aller de l'avant.

— Tu veux échouer ? demanda Daniel, incrédule.

— Je veux qu'on me mette avec des élèves de mon âge, dit Kendra en hochant la tête. Tous les élèves de ma classe sont beaucoup plus vieux que moi, ils me traitent comme un bébé. J'ai l'impression d'être un animal de foire.

Daniel soupira, comprenant enfin. Comment Joe et lui-même n'avaient-ils pas deviné qu'on devait pousser cette gamine surdouée au-delà de ce qu'elle pouvait supporter à son âge ? Ils n'avaient rien vu, sinon l'admiration que les parents de Kendra manifestaient pour les talents de leur fille. Kendra avait d'excellents résultats, tellement exceptionnels que les Morrow avaient perdu de vue sa maturité émotionnelle. Elle n'avait que treize ans. Le bac bientôt en poche mais encore fragile et juste adolescente. D'ici à un an, petite jeune fille de quatorze ans absolument terrifiée, elle serait envoyée à l'université, loin de ses repères, et confrontée à des situations bien trop difficiles. Suffisamment intelligente pour comprendre qu'elle n'était pas prête pour une telle aventure, elle refusait de se plier à la volonté de ses parents et ne cessait de répéter qu'ils voulaient l'envoyer loin... C'était vrai : ils voulaient l'envoyer loin de ce qui était bon pour elle !

— Alors, c'est pour ça que tu t'es enfuie, n'est-ce pas ? dit Daniel lentement, voulant s'assurer qu'il avait bien saisi. Comme ça, tu manquerais la classe, et tu serais obligée de rester au collège ?

Kendra hocha la tête.

— Et quand tu nous disais qu'ils voulaient te faire partir, c'est parce qu'ils veulent que tu ailles à l'université, c'est cela ?

Kendra acquiesça de nouveau.

— Ils m'ont déjà fait visiter d'autres établissements. Ils me disent que je me priverai d'une chance formidable si je reste à la maison, à étudier ici, dans une université sans prestige. Ils veulent absolument m'envoyer dans une université privée, une des huit plus grandes dans le nord-est. Je ne veux pas aller à la fac maintenant !

— Oh, Kendra ! dit Molly en la serrant contre elle. Si seulement tu nous avais dit tout cela dès le début.

— Je pouvais pas. Mes parents vont me détester. Ils sont tellement fiers de ma réussite. Je ne voulais pas les décevoir, mais c'est trop dur. Tout le monde se moque de moi, et ça sera encore pire là-bas. Tout ce qui intéresse les filles de ma classe, c'est de danser et de sortir avec des garçons. Personne ne m'invite jamais parce que je suis trop jeune et que je n'ai pas de petit copain. Je n'ai aucune amie dans ma classe, je n'ai aucune affinité avec personne, rien en commun avec les autres. Elles disent que je suis un bébé, et elles ont raison. Comparée à elles, ajouta-t-elle d'une voix entrecoupée, je suis intelligente mais je n'suis qu'un bébé.

Molly la serra contre elle avec fougue.

— Tu es exactement comme tu dois être et tu n'as pas besoin de grandir trop vite. Tes parents vont comprendre. Nous allons leur faire comprendre, n'est-ce pas, Daniel ?

Daniel hocha la tête, profondément soulagé que ce problème puisse se résoudre si aisément, qu'on soit loin de tout ce qu'il avait craint pour Kendra.

— Nous allons trouver une solution, je te promets.

D'un revers de main brusque, Kendra essuya les larmes qui dégoulinaient le long de ses joues, puis elle le regarda, les yeux pleins d'espoir.

— Vous pensez que vous pourrez ? Vraiment ?

Il vit l'attente dans le regard de Molly, et sut qu'il mettrait toutes les chances de son côté, qu'il ferait tout ce qu'il pourrait pour que cette histoire ait une fin heureuse.

— Viens, allons à l'intérieur. Je sais qu'il y a deux personnes qui ont très, très envie de te voir.

Tandis qu'ils avançaient vers la maison, Kendra s'empara de la main de Molly et la serra fort. Toutefois, lorsque la porte s'ouvrit et que ses parents apparurent sur le seuil, elle prit une profonde respiration, lâcha son étreinte et courut vers eux.

Son père ne cachait pas ses sanglots, pendant que sa mère la serrait contre elle.

— Merci, dit enfin la maman. Merci d'avoir ramené ma petite fille à la maison.

Elle concentra son attention sur Molly.

— Merci de l'avoir protégée.

— Ce fut un plaisir, elle est merveilleuse. Je suis sûre que vous êtes très fiers d'elle.

— Nous le sommes, dit le père de Kendra.

— Pouvons-nous nous entretenir quelques instants ? demanda Daniel. Il serait sans doute utile que vous compreniez pourquoi Kendra a fugué. Pas vrai, Kendra ? ajouta-t-il en la regardant.

Elle acquiesça.

— Maman, s'il te plaît. Vous voulez bien écouter, toi et papa ?

Les Morrow s'interrogèrent du regard. Puis David Morrow s'écarta et leur fit signe à tous d'entrer.

— Désirez-vous un thé ou un café ? s'enquit la mère de Molly.

— Non merci, dit Molly. Nous ne resterons pas longtemps, nous ne voulons pas vous gêner le jour du retour de Kendra.

— C'est exact, renchérit Daniel. Toutefois, il est important que vous compreniez ce qui s'est passé.

Il se tourna de façon délibérée vers Kendra.

— Peux-tu raconter à tes parents ce que tu viens de nous dire dans la voiture, il y a un instant ?

D'une voix entrecoupée, Kendra leur expliqua ce qu'elle ressentait à être la plus jeune de sa classe, combien elle était effrayée à l'idée de se retrouver à l'université, à quel point elle voulait être entourée d'enfants de son âge. Puis, elle se redressa sur son siège.

— Mais, je ne veux pas vous décevoir, dit-elle courageusement. Si vous voulez que je passe mes examens en avance et que j'aille à la fac, je le ferai.

— Mon bébé, murmura Mme Morrow, consternée. Pourquoi n'as-tu rien dit ? Je ne savais pas que tu étais si malheureuse. Tu as toujours eu de si bons résultats et tu avais l'air si équilibrée !

— C'est parce qu'elle ne voulait pas vous décevoir, expliqua Daniel. Elle savait qu'en s'enfuyant, elle attirerait votre attention. Elle s'est dit que, si elle manquait les cours et qu'elle ratait ses épreuves, elle serait obligée de redoubler sa terminale. Je suis sûr qu'il doit y avoir un moyen de trouver un compromis pour qu'elle puisse continuer à recevoir une éducation qui la stimule tout en lui permettant de rester avec des enfants de son âge. Il faudrait en parler avec son proviseur. Par exemple, elle pourrait suivre des cours de mise à niveau supérieur, ou même des cours universitaires, un ou deux jours par semaine.

— Je suis persuadée que nous pourrons organiser cela. Nous avons reçu beaucoup de soutien au collège, ils sont tous si fiers de Kendra. Je suppose que nous n'avons pas vu que notre fierté entravait son bonheur, dit sa maman.

Elle serra la main de sa fille.

— Jamais plus. Nous allons en parler et trouver une solution, tous ensemble.

— Et mon vote comptera pour de bon ? demanda Kendra.

— Ce sera le vote le plus important, l'assura son père.

— Merci, papa ! s'écria Kendra en se jetant dans ses bras et enfouissant son visage contre son épaule.

Daniel remarqua que David Morrow ne pouvait, une fois encore, retenir ses larmes. Il se tourna vers Molly.

— On y va ?

Elle lança un regard empreint de nostalgie vers Kendra, puis hocha la tête.

— Je suis prête.

Et puis ce fut un débordement de remerciements et de promesses de se revoir. Ils étaient presque arrivés à la voiture, lorsque Kendra sortit en courant et se jeta dans les bras de Molly.

— Je vous aime !

— Moi aussi, je t'aime, Kendra, tu es super. Tu peux venir travailler quand tu veux.

— Je pourrais peut-être venir cet été, dit Kendra avec espoir.

— Si tes parents sont d'accord. Tu sais, Retta commence à compter sur toi.

— Je vous appellerai, promit Kendra. Tous les jours. Et surtout, dites à Retta que je vais m'entraîner à faire des omelettes.

— Ça lui fera très plaisir, répondit Molly en luttant contre les larmes.

Kendra se tourna vers Daniel.

— Je suppose que vous aviez raison. Vous aviez dit que tout irait bien, et c'est vrai.

— Tu sais comment me joindre si jamais ça changeait. Mais je pense que tes parents vont t'écouter, dorénavant.

— Ouais, ouais.

Elle s'empara de sa main et le tira à l'écart, puis lui fit signe de se pencher.

— Quand vous demanderez à Molly de vous épouser, murmura-t-elle à son oreille, vous m'inviterez au mariage ?

— Tu es un peu trop jeune pour jouer à l'entremetteuse ! s'esclaffa Daniel.

— Et vous, vous êtes trop vieux pour perdre du temps, répondit-elle tout de go.

Il lança un coup d'œil vers Molly. Il savait qu'elle représentait tout ce qu'il avait toujours désiré.

— Puisque tu es si intelligente, je suppose qu'il faut que je t'écoute.

— Alors, vous allez faire votre demande ?

— Probablement.

— Quand ?

— Bientôt.

— Vous avez intérêt ! Je crois qu'un mariage ferait un *happy end* idéal.

« Effectivement », pensa Daniel.

Cependant, il avait une réunion à mener à bien. Si tout se passait comme il l'espérait, il était prêt à risquer son cœur et à tenter la grande aventure du mariage.

14.

Daniel démarra et s'éloigna de chez les Morrow tandis que Molly essuyait encore ses larmes. Il sortit un mouchoir de sa poche et le lui tendit. Elle ne put réprimer un sourire à la vue du carré de tissu bien plié et repassé.

— Il n'y a que toi, Daniel.

— Comment ça, il n'y a que moi ? demanda-t-il, intrigué.

— Il n'y a que toi pour porter un jean et une chemise de coton, avec un mouchoir impeccable dans la poche !

— Patrick aussi en a sûrement toujours un sur lui. C'est ce que notre mère nous a appris.

— Patrick a dépassé ce stade, crois-moi. J'avais de la chance qu'il me propose une poignée de mouchoirs de papier tout en boule, quand je pleurais toutes les larmes de mon corps à cause de toi !

— Que dire ? Je suis plus gentleman que mon frère. Est-ce un crime ?

— Non, c'est mignon. Et je l'apprécie.

Il se tourna vers elle, le regard inquiet.

— Est-ce que ça va, nous ?

— Tu veux dire à cause de Kendra ?

Daniel hocha la tête.

— Tu t'y es très bien pris, Daniel. Je trouve que tu es très bon dans ton travail.

— Si j'étais aussi bon que cela, j'aurais trouvé le moyen de faire parler Kendra la première fois que je l'ai rencontrée. On aurait pu éviter toutes ces semaines de stress pour tout le monde, surtout pour ses parents.

— Tu sais, quand un adolescent a décidé de se taire, c'est difficile de le faire sortir de son mutisme, dit Molly. Kendra me faisait confiance et pourtant elle n'a pas été plus loquace avec moi. Elle savait exactement ce qu'elle faisait : elle voulait gagner du temps, pour rater son année scolaire et redoubler.

— Je suppose, soupira-t-il.

— Tu sais bien que c'est vrai.

— Bon, d'accord. Mais tu n'as pas vraiment répondu à ma question.

— Laquelle ?

— Est-ce que ça va aller entre toi et moi ?

Molly hocha lentement la tête.

— Je sais que tu as fait tout ce qui était en ton pouvoir pour ne pas me décevoir. Si jamais nous avons des problèmes, ce ne sera pas à cause de Kendra. Dis donc, au fait, qu'est-ce que vous étiez en train de comploter tous les deux ?

— Elle avait deux ou trois questions de dernière minute, répondit-il évasivement.

— A propos de quoi ?

— C'est confidentiel.

Molly n'allait pas abandonner la partie aussi vite.

— Tu rougis ! Je suis sûre que c'était à notre sujet. Est-ce qu'elle jouait l'entremetteuse ?

— Je te l'ai déjà dit, répondit Daniel en haussant les épaules, notre conversation était confidentielle.

Il parla d'un ton sans réplique, et Molly préféra abandonner. S'il ne voulait pas divulguer le secret de Kendra, c'était son droit.

— Vas-tu au moins me dire ce qui se passe chez Jess ? D'après ce que tu disais, je suppose que tu attends tes frères ?

A ces mots, la figure de Daniel s'éclaira.

— Ryan a appelé hier soir pour me dire qu'ils veulent *essayer* une fois de plus d'arranger les choses avec les parents. Ils viennent tous aujourd'hui, y compris leurs femmes et leurs enfants !

— Oh, Daniel ! C'est merveilleux, tu dois être tout excité !

— Je le serais sans doute davantage si les parents étaient d'accord pour venir, ironisa-t-il. Je ne leur ai même pas encore parlé.

— A cause de Kendra, évidemment, dit Molly, réalisant une fois de plus combien cela avait dû coûter à Daniel de faire passer les problèmes de Kendra avant les siens propres. Maintenant qu'elle est en sécurité chez elle, tu vas pouvoir passer chez tes parents, ajouta-t-elle.

— Je vais d'abord te déposer chez Jess. J'en profiterai pour parler à mes frères qui doivent déjà y être, puis j'irai voir mes parents. Je trouverai bien une solution.

A l'évidence, Daniel appréhendait cette rencontre. Il craignait sans doute que ses parents lui fassent faux bond. Pourtant il les avait soutenus sans faillir. Molly irait leur parler s'il le fallait. Elle leur dirait qu'ils ne

238

pouvaient pas le décevoir. Ils lui devaient cela autant qu'ils devaient une réponse à ses frères.

— Tu veux que je vienne avec toi ? Ta maman m'aime bien, peut-être pourrais-je t'aider à les convaincre ?

Il fit non de la tête.

— Elle serait surtout gênée que tu saches ce qu'elle a fait. Quant à mon père, il serait encore plus horrifié que je mêle un tiers à nos histoires de famille.

En entendant ces mots, Molly se raidit.

— Un tiers ? C'est comme ça que tu me vois, Daniel ?

— Bien sûr que non, Molly ! s'écria Daniel aussitôt. Mais c'est ce que ferait mon père, lui. Il considère que même Patrick et moi n'avons rien à voir là-dedans, bon sang ! Il s'est engagé à fond dans l'Eglise, ici, et il met toute sa fierté à ce que les gens le respectent. Il a peur que tout cela s'écroule, c'est évident, si l'on venait à découvrir ce qu'il a fait jadis.

— Tu as raison, dit Molly, aussi vite apaisée qu'elle s'était enflammée. Je comprends qu'il veuille rester discret. Seulement, ici, c'est Widow's Cove, et tout se sait un jour ou l'autre.

— Comme si je ne m'en doutais pas ! Même en ne disant rien, il n'y aurait qu'à voir ces trois gaillards qui sont le portrait craché de papa pour comprendre qu'il y a anguille sous roche dans la vie des Devaney.

— Tu as tout à fait raison, les racontars vont aller bon train bien assez tôt. Je n'ai pas du tout envie de compliquer la situation pour tes parents, dit-elle. Qu'est-ce que je peux faire ?

— Reste chez Jess. Penses-tu pouvoir réserver la salle pour une soirée privée ? Je sais que c'est samedi, mais...

— Bien sûr, l'interrompit Molly. C'est une excellente idée. Tes parents seront beaucoup plus à l'aise, sachant que leurs voisins n'auront pas les oreilles qui traînent.

— Merci. Ça serait bien si tu pouvais passer un peu de temps avec mes frères et leurs familles, cet après-midi. Essaye de les convaincre que mes parents ne sont pas des ogres. Evidemment, il y a un danger, ajouta-t-il en lui lançant un regard inquiet. Une fois que tu auras appris à connaître les Devaney, tu risques de te poser des questions à mon sujet !

— Eh ! Pas si vite ! J'ai toujours rêvé d'avoir une grande famille, dit-elle en riant. Et puis, j'ai déjà rencontré tes frères, même brièvement. Je suis certaine qu'ils ressemblent beaucoup à Patrick, et lui, *je l'aime !*

Daniel fronça les sourcils, pourtant il savait pertinemment qu'elle le taquinait.

— C'est bien ma chance.

— Mais oui ! insista-t-elle. J'aime ton frère comme un frère. Ce que je ressens pour toi n'a absolument rien à voir.

— Ouf ! s'exclama-t-il, visiblement soulagé. Nous avons peut-être le temps de faire un petit détour par cette fameuse auberge ?

A n'importe quel autre moment, sa proposition aurait ravi Molly. Toutefois, elle ne fut pas dupe : il n'essayait que de repousser la visite chez ses parents.

— Je ne pense pas que ce soit une bonne idée. Pas question de retarder cette rencontre avec tes parents, c'est bien trop important !

Daniel poussa un gros soupir.

— Et si jamais ils demeuraient intraitables ?

— Dans ce cas-là, tu le diras à tes frères. Au moins ils feront partie de ta vie. Et puis, tu sais très bien qu'on ne peut pas construire un pont en une journée. Il faut d'abord enfoncer les piliers. Ensuite, on s'occupe de monter les travées.

— Très jolie comparaison, dit Daniel en riant.

— C'est bien ce que je pensais.

Quand il arriva au parking devant chez Jess, trois 4x4 étaient garés près de la camionnette de Patrick. Molly remarqua que Daniel serrait les dents, et elle réalisa combien cet homme, qui savait si bien résoudre les problèmes des autres, était terrifié à l'idée d'échouer face aux siens.

— Tu verras, tu vas réussir à surmonter cette crise, dit-elle en lui pressant la main.

— Merci, répondit Daniel en lui souriant faiblement. Je ne parierais pas cher là-dessus, si j'étais toi.

— Oh si ! Allez, on va voir tes frères.

Daniel déposa Molly chez Jess, non sans avoir assuré Ryan et les autres qu'il ferait tout ce qui était en son pouvoir pour convaincre leurs parents de venir les rejoindre. Il savait qu'il pouvait compter sur Molly pour peindre à ses frères Connor et Kathleen Devaney sous un jour différent.

Patrick, l'air inquiet, le rattrapa au moment où il arrivait au parking.

— Je sais combien tu tiens à ce que tout se passe bien aujourd'hui, Daniel, mais attends-toi à être déçu.

241

— Je ne le serai pas, assura Daniel d'une voix plus ferme que ne l'était sa conviction.

— J'aimerais bien en être aussi sûr que toi ; ils ne méritent pas un tel fils.

— Ouais ! De toute façon, ils n'ont pas le choix.

Patrick fronça les sourcils à la réplique de Daniel. Pendant un long moment, il sembla débattre avec lui-même.

— Ecoute, dit-il enfin en enfonçant nerveusement les mains dans ses poches, si tu penses que ça peut aider, je peux venir avec toi ?

Il soupira, puis ajouta :

— Ça serait un peu comme si j'apportais le rameau d'olivier.

— Tu ferais ça ? demanda Daniel, abasourdi.

— Je voudrais que tout cela finisse. Crois-moi si tu veux, mais j'en ai assez de vivre avec cette tension. Tu sais, chaque fois qu'on parle de familles, Alice me lance un de ces regards ? Comme si je la décevais. Je n'en peux plus ! Et puis maintenant que nous allons avoir un bébé, c'est encore pire. Je ne veux pas que mon enfant grandisse sans voir ses grands-parents, surtout s'ils habitent tout près.

— Ouais ! répliqua Daniel en souriant. Je connais le regard en question, j'y ai droit aussi de la part de Molly. Allez, d'accord. Si tu es sûr, monte. On va essayer de les prendre par surprise, et de les ramener ici avant qu'ils aient pu dire ouf !

— Toi, monsieur le bon citoyen, tu vas les traîner jusqu'ici sans leur dire qui les attend ?

— Je leur dirai le strict nécessaire pour éviter que papa en tombe malade, dit Daniel fermement.

Patrick lui enfonça un doigt dans les côtes.

— Bien visé, frangin !

— Garde tes compliments pour plus tard. Tu vas devoir utiliser tout ton charme pour faire sortir papa et maman de la maison.

Ils avaient, sans le vouloir, choisi le meilleur moment. Leurs parents étaient prêts à partir à la messe de 5 heures, habillés pour l'occasion.

— Est-ce qu'il y a un problème ? demanda Kathleen en voyant Daniel sortir de la voiture. Tu ne viens jamais à cette heure-là le samedi, tu sais bien que nous allons à la messe…

Patrick apparut soudain.

— Oh ! s'écria-t-elle.

Elle fit un pas vers lui, puis hésita.

Patrick, d'abord sur la réserve, finit par se détendre.

— Salut, maman ! lança-t-il comme s'ils s'étaient quittés quelques jours auparavant dans la plus grande sérénité. Daniel et moi, nous avons eu envie d'aller à la messe avec papa et toi.

— Vraiment ? s'écria-t-elle, ravie.

Daniel comprit alors que son rusé de frère avait organisé son propre plan de bataille pour les faire venir chez Jess. On commencerait par un petit tour à l'église, quelques prières, et puis viendrait la proposition pour aller dîner. Quand Patrick allait-il annoncer la suite du programme ? Probablement pas avant d'arriver à la porte de chez Jess. « Ça risque d'être un peu juste, pensa Daniel. Le mieux serait dans la voiture, lorsque

243

nous roulerons à quatre-vingt-dix kilomètres à l'heure. Même papa ne tenterait pas de sauter d'un véhicule à cette vitesse ! Et ils ne pourront pas dire qu'on ne les avait pas prévenus. »

Daniel leva le pouce pour dire à Patrick que l'idée était excellente. Jusque-là, tout allait bien.

Son père sortit alors, salua Daniel, puis aperçut Patrick.

— Qu'est-ce que tu fais là ? demanda-t-il, inquiet, tout en coulant un regard vers sa femme pour s'assurer qu'elle n'était pas anxieuse.

— Je viens faire la paix, dit Patrick.

— Ouais ! C'est ça. Qu'est-ce qu'il y a vraiment ? Tu as besoin d'argent ?

— Connor ! le réprimanda Kathleen. Notre fils est revenu. Daniel et lui veulent venir à l'église avec nous. Nous avons tant prié pour ce moment, tu devrais être reconnaissant.

Daniel remarqua l'effort que faisait son père pour ravaler une autre remarque désagréable, puis ce dernier prit la main de sa femme et la serra.

— Bon, allons-y, dit-il, l'air renfrogné. Ce n'est pas la peine de rester plantés là, le prêtre ne va pas nous attendre.

— Je conduis, annonça Daniel. Papa, assieds-toi devant avec moi.

Une fois tout le monde installé, il prit le chemin de la petite église qu'il connaissait si bien. Quelques instants plus tard, il se gara devant, et observa sa mère qui descendait du véhicule, aidée par Patrick. Elle rayonnait. C'était la première fois qu'il la voyait si heureuse depuis le jour où Patrick était parti en claquant la porte.

— J'sais pas pourquoi ce gamin a choisi de revenir aujourd'hui, bougonna Connor à l'intention de Daniel, mais ça m'fait plaisir pour ta mère. Il lui a manqué.

— Et pas à toi ? demanda Daniel doucement.

Connor haussa les épaules.

— C'est un bon pêcheur. C'est pas facile sans lui.

— Arrête, papa ! Tu as été aussi malheureux que maman, et tu le sais bien. Qu'est-ce que tu attends pour réparer cela ?

— Réparer ? Réparer comment ? Ce n'est pas moi qui ai commencé. Tout ça, c'est la faute de ton fichu frère, c'est lui qui a tout remué.

— A vrai dire, si tu te souviens bien, c'est moi qui ai tout remué. Une fois que j'avais trouvé les photos, il était inutile de continuer à vivre dans le secret.

— Je ne parle pas de ces photos, ni de ce qui est arrivé jadis. Le passé est bien là où il est, cela ne sert à rien de le déranger. Si c'est pour ça que vous êtes venus, vous perdez votre temps.

Daniel le regarda droit dans les yeux.

— Peut-être devrais-tu consacrer quelques prières à ce passé, papa. Ce n'est pas en balayant les épisodes douloureux de sa vie qu'on les fait disparaître. On se fait plus de mal que de bien.

Il n'insista pas. Il ne fallait pas que son père soit si furieux qu'il ne puisse lui faire entendre raison.

Pendant tout le service religieux, Daniel remarqua que sa mère ne cessait de jeter des regards furtifs vers Patrick, comme si elle n'arrivait pas à se rassasier de lui. Quant à Patrick, curieusement, il paraissait enfin en paix. Parfois, le premier pas sur le chemin du pardon était le plus difficile à faire.

Une fois de retour dans la voiture, ce fut Patrick qui prit l'initiative.

— Et si on allait dîner ensemble chez Jess ? Alice sera là et je sais qu'elle aimerait vous connaître.

— Je me souviens d'elle quand elle était petite, dit Kathleen, arborant un grand sourire. Je serais tellement contente de la voir. Elle te rend heureux, c'est évident ! Tu veux bien qu'on y aille, n'est-ce pas, Connor ?

Il lui répondit par un de ces sourires indulgents si familiers à Daniel, qui avait toujours pensé que son père ne reculerait devant rien pour le bonheur de sa femme. Peut-être voulait-il se faire pardonner le mal qu'il lui avait fait en la privant de son vrai bonheur.

— Si c'est ce que tu veux, Kathleen, je ne dirais pas non à une bonne soupe aux palourdes de chez Molly. Tu n'y vois pas d'inconvénient, Daniel ?

— Bien sûr que non.

— Il n'y a pas si longtemps, Molly et toi, vous n'étiez pas en très bons termes, ajouta-t-il, incrédule.

— C'est du passé, le rassura Daniel. Nous nous sommes raccommodés, pour de bon cette fois-ci, je crois.

Les yeux de sa mère s'embuèrent aussitôt de larmes.

— Ha ! Quelque chose encore à fêter !

Daniel interrogea Patrick du regard, pour savoir quand serait le meilleur moment de leur annoncer la suite. Celui-ci se contenta de hausser les épaules, préférant lui laisser la responsabilité de cette décision ardue.

Quelques minutes à peine avant d'arriver chez Jess, Daniel se tourna vers son père.

— Il y a une chose que vous devriez savoir tous les deux, avant que nous arrivions.

Connor fronça les sourcils.

— Qu'est-ce qu'il y a ?

— Ce n'est pas une soirée juste avec Molly, Alice et nous, dit Daniel doucement. Ryan, Sean et Michael seront là aussi, avec leurs familles.

Les joues de son père s'empourprèrent.

— Qu'est-ce que c'est que cette histoire ?

— Tout le monde est là, papa.

— Mais bon sang ! C'est un coup monté ? s'exclama-t-il hors de lui. Comment as-tu pu me faire cela, Daniel ? Tu sais très bien que je ne veux pas ! C'est le passé !

— Ce n'est pas un coup monté, insista Daniel. C'est une chance à saisir, papa, une chance inespérée de mettre de l'ordre et de faire revenir tes fils dans ta vie. Ils sont prêts à accomplir la moitié du chemin. Tu peux bien faire ça ?

Dans le rétroviseur, il regarda sa mère dont l'air catastrophé en disait long, et ajouta :

— S'il te plaît, papa, fais-le pour maman.

— Oui, Connor, s'il te plaît, demanda celle-ci d'une voix faible, je veux revoir mes fils, je veux que nous formions de nouveau une famille.

Son mari la contempla, atterré.

— Mais pourquoi, Kathleen ? Ils nous haïssent forcément.

Il lança un regard furibond à Patrick.

— C'est toi qui as tout manigancé ? Tu veux nous humilier devant tes frères et devant toute notre communauté, c'est ça ?

— Molly a fermé le bar pour la soirée, le rassura Daniel. Il n'y aura personne d'autre que nous.

— Je ne suis pas d'accord, de toute façon. Je n'ai aucune envie de passer la soirée à écouter leurs récriminations. Tu sais très bien que ça va te rendre malade, Kathleen.

— Je tiendrai le coup. Tu sais, Connor, je crois qu'il est temps qu'ils disent ce qu'ils ont sur le cœur.

— Je reconnais que tout cela est assez bouleversant, papa, dit Daniel. Cependant, je pense que, s'ils sont venus jusqu'ici, tu pourrais au moins essayer de les aider à comprendre pourquoi maman et toi les avez laissés, et répondre aux questions qui les travaillent.

Sa mère se pencha en avant et pressa l'épaule de son mari.

— Nous devons le faire, Connor, affirma-t-elle. C'est notre chance d'établir la vérité, une chance que nous ne méritons sans doute pas. Nous les avons délaissés, ne pouvons-nous pas leur donner la seule chose qu'ils nous aient jamais demandée ?

— Papa, tout ira bien, dit Daniel à son père dont le visage exprimait beaucoup d'angoisse. Ce sont des types bien, vraiment. Tu seras fier d'eux.

— Je n'ai aucun droit de retirer la moindre fierté de ce qu'ils sont devenus, répondit son père, a battu. Ce qu'ils ont accompli dans la vie, ils l'ont fait malgré moi.

Patrick prit alors la parole, à la surprise de Daniel.

— C'est possible, papa. Toutefois, s'ils ont réussi à surmonter le passé, c'est bien grâce au sang Devaney qui coule dans leurs veines.

Leur père se laissa aller en arrière contre le siège et ferma les yeux. Il se tourna ensuite vers sa femme et la contempla.

— Tu es sûre que c'est bien ce que tu veux, Kathleen ?

— C'est ce que j'ai toujours voulu, dit-elle, les yeux baignés de larmes. Une chance, une seule, de revoir mes garçons.

— Alors, on y va, dit Connor. Cependant, je n'ai pas tellement apprécié votre méthode à tous les deux, ajouta-t-il en fronçant les sourcils à l'intention de Patrick et Daniel. Je vous préviens qu'on en reparlera plus tard !

— Je n'en attendais pas moins de toi, dit Patrick en souriant. L'homme qui nous a élevés, Daniel et moi, a toujours eu un sens aigu du bien et du mal.

— J'essayais de compenser la terrible injustice que j'ai fait subir à mes autres fils, soupira leur père. Je ne voulais surtout pas que vous soyez aussi faible que moi.

— Tu n'es pas faible, Connor Devaney ! s'exclama sa femme avec conviction. Il t'a fallu prendre une décision impossible et tu l'as fait par amour. Je ne permettrai à personne de dire le contraire. Tu as vécu toute ta vie avec le poids de cette décision sur le cœur. Beaucoup auraient craqué, sombré : pas toi ! Tu as été un bon père pour les deux garçons qu'il nous restait.

Elle toisa Patrick et Daniel, comme pour les mettre au défi de la contredire.

— Maman a raison, dit Daniel. Je ne comprends vraiment pas le choix que tu as fait ou même comment tu as pu y être amené, mais tu as été un bon père pour nous…

— Et je prie le ciel pour qu'aucun de mes fils n'aie jamais à faire le même choix que moi ! Maintenant, je vais affronter les conséquences, dit-il, de la peur plein les yeux.

— Tout va bien se passer, papa, le rassura Daniel. Nous avons tous fait beaucoup de chemin. Une réconciliation n'aurait sans doute pas été possible avant, mais aujourd'hui, oui. Je le crois de tout mon cœur.

— Moi aussi, dit Patrick.

— Que Dieu vous entende, murmura leur père.

15.

Ils offraient, **en e**ntrant chez Jess, un spectacle saisissant : Kathleen manifestait un empressement si évident qu'elle en devenait attendrissante, Patrick, au contraire, était visiblement sur ses gardes, et Connor, enfin, ne pouvait cacher sa peur d'être pris à parti par trois frères Devaney indignés.

Daniel chercha aussitôt Molly du regard. Elle le rassura d'un sourire puis vint à sa rencontre. Après l'avoir embrassé sur la joue, elle serra Kathleen affectueusement dans ses bras.

— Je suis si heureuse que vous soyez là, dit-elle, s'adressant également à Connor. Il y a ici une famille vraiment impatiente de vous voir.

— Ils ont surtout envie de nous lyncher, commenta Connor à mi-voix.

— Papa ! protesta Patrick.

— D'accord, d'accord, je vais jouer le jeu. J'ai dit que je le ferai, n'est-ce pas ?

Soudain, une petite voix se fit entendre.

— C'est mon papy ?

— Chut, chérie, dit Ryan en essayant de retenir sa fille.

Tout comme il l'avait dit à Daniel au téléphone, Caitlyn n'avait pas du tout l'intention d'attendre une seconde de plus. La petite, âgée d'à peine trois ans, s'arracha à la main de son père et se précipita à travers la pièce, se jetant littéralement sur Connor. Celui-ci, pris au dépourvu, réagit instinctivement et la souleva dans ses bras, puis la contempla, sidéré, comme s'il ne comprenait pas d'où elle était sortie.

— C'est toi, mon papy ? demanda la petite en le regardant avec intensité.

Connor inspira profondément. Il cligna des yeux pour essayer de refouler les larmes qui montaient.

— Oui, je crois bien que c'est moi, mon petit ange. Et toi, qui es-tu donc ?

— Caitlyn, dit-elle sans hésitation. Et ça c'est mon papa, et ça c'est ma maman.

Daniel vit Connor fixer Ryan qui se tenait debout, l'air sinistre, le bras passé sous celui de Maggie, comme s'il cherchait sa protection. Celle-ci, par contre, les yeux humides, ne pouvait cacher combien ses sentiments allaient de concert avec ceux de sa fillette, si spontanée.

Daniel, bouleversé, continuait d'observer la scène lorsqu'un petit garçon s'éloigna de Sean et se dirigea vers eux en fronçant les sourcils à l'intention de Caitlyn.

— Il est pas juste ton papy à toi ! C'est le mien aussi.

Il adressa un large sourire à son nouveau grand-père.

— Moi, je suis Kevin. Moi et maman, on est mariés avec Sean.

— Je vois, dit Connor, essuyant impatiemment les larmes qui coulaient le long de son visage marqué de rides profondes.

Il se tourna alors vers son troisième fils qui semblait vouloir se fondre dans le décor.

— Tu dois être Michael, dit-il doucement, sans plus chercher à dissimuler ses pleurs.

— Ça m'étonne que tu te souviennes de mon nom, dit Michael, ce qui lui valut un regard courroucé de sa femme.

— Touché, répondit Connor sans le quitter des yeux. Je l'ai bien mérité.

Il regarda ses fils, l'un après l'autre.

— Je mérite tout ce que vous pensez de moi, tout ce que vous voulez me dire en face. Cependant, je vous préviens, je ne tolérerai pas que vous vous en preniez à votre mère !

Daniel vit ses frères échanger des regards. Il sut que la remontrance avait atteint son but. Il n'était pas question qu'ils réitèrent leur conduite de l'autre jour, lors de leur récente visite. C'était un peu comme un écho des temps anciens, lorsque la parole de Connor Devaney faisait loi, lorsqu'il avait gagné leur respect.

— J'espère que c'est clair ? insista ce dernier.

— Oui, dit Ryan, tendu.

— Si on s'asseyait ? suggéra Daniel, soulagé de constater que, jusque-là, le pire avait été l'amertume non déguisée de Michael.

Il se tourna vers Molly.

— Molly, pourrais-tu nous apporter quelque chose à boire ?

— Tout de suite.

Il entoura sa mère d'un bras affectueux et la guida vers une table.

— Ça va ? lui demanda-t-il d'un air inquiet.

Elle acquiesça en hochant la tête.

— Quand ils sont partis aussi brusquement la dernière fois, j'ai cru que ce jour ne viendrait jamais, murmura-t-elle. Merci d'avoir fait en sorte qu'il ait pu se réaliser.

— Je crois que tu devrais remercier Caitlyn et Kevin, répondit Daniel en souriant. D'après Ryan, ils tenaient absolument à rencontrer leurs grands-parents.

Elle regarda la fillette, toujours accrochée à la main de Connor.

— J'aurais tellement aimé avoir une fille, dit-elle tristement.

— Eh bien, tu devras te contenter d'une petite-fille, maman, il y a juste une différence de génération.

— Bien sûr ! s'écria-t-elle, les yeux brillants. Elle est tellement adorable ! Elle ressemble à sa mère, tu ne trouves pas ?

Le regard de Daniel alla de Caitlyn à Maggie. Impossible de nier la ressemblance qui, pour lui, ne s'arrêtait pas là.

— Elle a aussi hérité de sa mère un grand cœur et une volonté de fer. C'est peut-être ce qui nous guide.

Lorsque tout le monde fut assis et les boissons servies, un silence gêné s'installa. Jusqu'à Caitlyn qui ne babillait plus avec son exubérance habituelle. Le silence fut brisé par Ryan.

— Puisque je suis l'aîné, dit-il enfin en regardant son père, je serai le porte-parole. Pourquoi ? Pourquoi nous avez-vous abandonnés ? Après toutes ces années, pendant lesquelles nous n'avons cessé de nous tourmenter, il me semble que vous nous devez une explication. Est-ce que nous étions trop difficiles ? Est-ce que c'est ma faute ? Ou celle de Sean et Michael ?

— Mon Dieu ! s'écria Kathleen, choquée. N'allez jamais penser une chose pareille ! Vous étiez mes petits anges, tous les trois. Dès que tu es né, Ryan, je savais que tu ferais quelque chose de ta vie. Tu étais si indépendant ! Evidemment, de temps en temps, cela t'a attiré des ennuis, mais tu as toujours été un bon garçon. Ne viens pas me dire le contraire.

— Alors, pourquoi ? insista-t-il. Nous avons tous dû vivre, pendant des années, en sachant que ceux-là même qui devaient nous aimer sans condition nous avaient abandonnés. C'est un miracle que nous ayons pu nous marier. Et si notre cœur a guéri, c'est uniquement grâce à nos femmes, qui ont cru en nous.

Après les paroles de Ryan, emplies d'amertume, un long silence s'ensuivit, interrompu enfin par Kathleen.

— Je vous suis donc reconnaissante, dit-elle en regardant Maggie, Deanna puis Kelly.

Le visage ruisselant de larmes, elle prit la main de son mari.

— Je peux leur dire.

Connor avait l'air bouleversé. Il leva la main de sa femme jusqu'à ses lèvres, et l'embrassa délicatement.

— Non, c'était ma décision. Tu en as suffisamment partagé la responsabilité ; à présent, c'est à moi d'y faire face.

Il ne quitta pas des yeux Ryan, puis regarda l'enfant plein de confiance qu'il tenait contre lui.

— Tu es toi-même père, maintenant. Peut-être pourras-tu comprendre.

— Dieu sait combien je le veux, dit Ryan. Combien nous le voulons tous.

Connor s'éclaircit la gorge.

— Je prendrais bien une autre bière, dit-il à l'intention de Molly.

— Bien sûr, s'écria-t-elle en sautant sur ses pieds.

Il attendit qu'elle soit revenue, but une longue gorgée, prit enfin la parole.

— Lorsque nous nous sommes mariés, votre mère et moi, nous étions très jeunes. Trop jeunes, sans doute, mais je suis tombé amoureux d'elle dès que je l'ai vue. Ce fut pareil pour elle. Je travaillais, je gagnais bien ma vie. Un an plus tard, Ryan, tu venais au monde. Quel bonheur ! Quand je t'ai tenu dans mes bras pour la première fois, je me souviens avoir pensé : « Je donnerais ma vie pour protéger ce garçon. »

— Tu parles de mon papa, hein ? lui dit Caitlyn en tapotant la joue de son grand-père.

— Pour ça, oui, mon petit ange, répondit Connor avec un sourire triste. C'était pas n'importe qui, un vrai tourbillon !

— J'en connais une autre, sourit Maggie en contemplant sa fille.

Connor semblait se détendre maintenant qu'il avait enfin commencé à parler. Il avait toujours eu un don de conteur d'histoires. Daniel savait qu'il parviendrait à dépeindre ce moment tragique de leur vie avec autant de réalisme que s'il s'était déroulé la veille. De deux choses l'une : soit la colère et les reproches en seraient accrus, soit cela ouvrirait la voie de la compréhension et de la réconciliation.

Connor se tourna vers leur deuxième fils, qui portait un T-shirt aux couleurs des pompiers de Boston.

— Puis Sean naquit. Tu ne connaissais pas la peur, dit-il en le regardant. Dès que Ryan faisait quelque chose, tu voulais le suivre. Aucun arbre n'était trop haut, rien n'était trop risqué pour toi.

— Il a jamais peur ! annonça Kevin fièrement. Il se bat contre le feu ! C'est comme ça que, maman et moi, on l'a rencontré.

Connor hocha la tête.

— Ça ne m'étonne pas le moins du monde que tu prennes des risques, si c'est pour sauver des vies. Tu te souviens du jour où il est monté sur le toit des voisins ? ajouta-t-il en regardant sa femme.

— Comment pourrais-je l'oublier ?

— Qu'est-ce que j'étais allé faire là-haut ? s'enquit Sean, complètement ébahi.

— Sauver le chat. La pauvre petite bête miaulait désespérément. Toi, tu n'as fait ni une ni deux, tu as trouvé une échelle et tu es monté le chercher.

Kevin eut l'air particulièrement intéressé, mais Sean fronça les sourcils.

— Ne va pas te mettre des idées dans la tête !

— Amen, conclut Deanna en lançant à son fils un regard menaçant tandis que les autres riaient en voyant la déception du gamin.

— Nous avions deux fils parfaits, continua Connor en souriant à sa femme. Seulement ma Kathleen voulait tellement avoir une fille ! Ce fut toi, fils, ajouta-t-il en contemplant Michael.

Tout le monde se tourna vers Michael en riant de plus belle. Il n'avait en effet rien de féminin. Il était particulièrement bien bâti après ses années chez les marines et sa longue bataille pour surmonter les séquelles d'une blessure causée par un tireur isolé.

— Ryan était fort, Sean sans peur... mais toi, tu les passais en tout. Tu les suivais partout. S'ils prenaient un risque, tu en prenais un plus grand. Ils étaient tes héros et il était clair que tu chercherais un jour à être héroïque à ton tour.

Daniel se sentit soudain traversé d'un doute.

— Michael faisait partie des marines, des commandos. Tu le savais ?

Connor hocha la tête lentement tout en maintenant le regard fixé sur Michael.

— Je le savais. Je vous suivais avec attention. Je m'inquiétais pour votre bonheur et j'étais malade de penser au danger auquel certains d'entre vous n'hésitaient pas à s'exposer. Si vous pensiez que vos vies valaient si peu, c'était bien par ma faute et je m'en voulais terriblement.

— Tu savais où ils étaient ? s'écria Kathleen, scandalisée. Tu savais ce qu'ils faisaient ! Tu savais tout cela et tu ne m'as rien dit !

— J'étais... perdu. Et égoïste, je le reconnais aujourd'hui, dit-il d'un air penaud. Pourtant, je croyais te protéger, je croyais qu'il te serait plus facile d'être séparée d'eux si on ne les mentionnait jamais. Je suppose que, si j'avais appris que l'un d'eux était dans le pétrin, je t'en aurais parlé. Pour que nous décidions ensemble de la conduite à tenir.

— Nous avions besoin de vous, s'emporta Ryan, tellement besoin ! Même sans être dans le pétrin !

— J'ai failli te contacter, lui dit Connor. J'ai appris que tu avais eu des ennuis à un moment donné, des histoires insignifiantes de vol à l'étalage. J'étais à deux doigt de me manifester… mais le père Francis s'en est occupé. Il t'a apporté ce dont tu avais besoin.

Ryan, sans se départir toutefois de son air courroucé, acquiesça en hochant la tête.

— Il m'a sauvé, cela ne fait aucun doute.

A l'étonnement de Daniel, son père ne parut pas blessé par le ton de son fils.

— Vous vous souvenez que votre mère voulait une petite fille. Elle est de nouveau tombée enceinte. On était fous de joie… Le drame commence ici, au moment où j'ai aussi perdu mon travail. Impossible de décrocher un autre boulot stable. Pas de salaire. Juste des petits jobs à gauche et à droite. Et déjà trois gosses à nourrir. On était désespérés…

— Et nous sommes arrivés, dit Patrick, bouleversé. Des jumeaux, alors que même un seul bébé allait vous jeter à la rue ?

— Oui. Notre cœur a fondu en vous voyant comme il avait fondu en voyant vos frères. Mais la situation ne changeait pas. Nous avons essayé de nous persuader que les choses allaient s'arranger, que j'allais trouver du travail et que nous retomberions sur nos pieds… Hélas, rien ne venait. Et entre le loyer, les visites chez le pédiatre, la nourriture…, nous courions droit dans le mur.

Il balaya la salle du regard.

— Je ne pense pas qu'aucun de vous se soit jamais retrouvé au chômage et dans un tel désarroi. Je ne savais plus comment nous sortir de là. Par-dessus le marché, Patrick et Daniel — que Dieu les bénisse — n'étaient pas des bébés faciles. Ils avaient des poumons vigoureux et un tempérament turbulent.

— Cela n'a pas beaucoup changé, commenta Alice en pressant la main de Patrick.

— Je me souviens, prononça soudain Ryan à mi-voix, quand vous avez commencé à vous disputer, toi et maman.

— C'est exact, confirma Connor. L'ambiance devenait intenable. Non seulement nous n'avions pas un sou mais notre mariage était en train de sombrer. C'est alors que j'ai compris que quelque chose devait changer, faute de quoi j'allais perdre l'amour de ma femme. Nous devions quitter Boston, recommencer de zéro.

Sean le fixa intensément.

— Vous avez divisé la famille et vous en avez jeté la moitié pour sauver le reste ! explosa-t-il. Quelle sorte de choix était-ce là ?

— Un choix désespéré, dit Connor. Les jumeaux n'étaient que des bébés et ils avaient de nous un besoin vital. Vous trois, vous étiez forts et déjà tirés d'affaire. Même petits, vous étiez indépendants. Nous savions que vous pourriez vous débrouiller, que vous vous adapteriez — au moins pour quelque temps. Car j'espérais pouvoir revenir vous chercher. Et puis, le temps passait. Les jours meilleurs ne s'annonçaient pas franchement. A côté de cela, je savais que des foyers pouvaient vous accueillir, que vous y vivriez dans de meilleures conditions matérielles qu'avec nous. Il valait mieux vous laisser poursuivre votre route, me suis-je dit... Je ne prétends pas que c'était une bonne décision, mais c'est celle qui m'a paru la plus acceptable, à l'époque... Il ne s'est pas passé un jour sans que je prie Dieu de vous protéger. Il ne s'est pas passé un jour sans que j'aie des remords. Mais que Dieu me soit témoin, je ne savais pas quoi faire d'autre !

Kathleen prit la main de son mari et la serra de toutes ses forces.

— *Nous* ne savions pas quoi faire d'autre, dit-elle doucement. Je ne sais pas si vous pourrez jamais nous pardonner. Je ne sais pas si nous pourrons jamais nous pardonner à nous-mêmes mais nous avons fait la seule chose qui nous paraissait adaptée aux circonstances. Nous vous avons donné à tous les trois — Ryan, Sean et Michael — une meilleure chance de vous en sortir que celle que nous aurions pu vous offrir.

La voix de Michael s'éleva, implacable.

— Vous nous avez *abandonnés*. D'accord, j'ai eu de la chance. Je suis tombé dans une famille qui m'a apporté tout le soutien affectif dont un petit garçon terrifié pouvait avoir besoin, mais pas Ryan et Sean.

— Même si nous vous avions gardés, de toute façon la famille aurait explosé. L'atmosphère était irrespirable, électrique, Kathleen et moi nous disputions tout le temps, les jumeaux hurlaient, vous hurliez tous et je ne savais jamais si j'aurais de quoi vous faire manger le lendemain. Notre vie partait en lambeaux.

— Nous serions restés *ensemble* ! Nous aurions su ce qu'était une famille, même une famille en difficulté. Au pire, vous auriez pu accepter de nous faire adopter.

La voix de Kathleen se brisa.

— Alors, là, c'était la fin de tout.

Daniel regarda les yeux emplis de chagrin de sa mère. Trop empêtré toutefois dans sa culpabilité, il ne put ressentir aucune sympathie pour elle. Patrick et lui n'avaient pas eu le choix ; on ne leur avait pas demandé leur avis, quand on les avait élus pour rester auprès des parents.

Il jeta un regard furtif vers son jumeau et constata qu'il se débattait avec les mêmes émotions. Parce qu'ils étaient alors des bébés vulnérables, ils avaient été privilégiés.

— Si Patrick et moi n'étions pas nés…

— Ne dis pas d'âneries ! l'interrompit Kathleen. Patrick et toi, vous nous avez apporté tellement de joie !

— Plus que Ryan, Sean et Michael ?

— Tu ne peux pas échanger la joie d'un enfant contre celle d'un autre.

— Mais c'est exactement ce que vous avez fait !

Il sentit que Molly lui pressait la main, ce qui ne fit rien pour le réconforter. Il regarda ses frères aînés.

— Je suis si désolé.

— Tu n'as pas à être désolé, le reprit Ryan, ne sois pas idiot ! Patrick et toi aviez à peine deux ans. Je peux comprendre pourquoi papa et maman ont choisi de s'occuper de vous.

— Tu peux ? s'écria sa mère, pleine d'espoir.

Ryan acquiesça en hochant lentement la tête.

— Je n'ai qu'à regarder Caitlyn et je sais que je ne pourrais jamais l'abandonner si jeune. Quand j'y pense, j'étais solide à neuf ans. Il faut dire ce qui est, je m'en suis sorti — non sans avoir fait de nombreuses erreurs, mais je m'en suis sorti.

— Nous comptions là-dessus, dit son père. Sur l'éducation que nous vous avions déjà donnée.

— Attention, là ! dit Ryan en levant une main. Je ne dis pas que je suis d'accord avec votre décision ni que je vous pardonne, mais au moins, dorénavant, je comprends un petit peu mieux.

Son regard balaya la pièce.

— Je crois que nous sommes tous épuisés, maintenant. Nous ferions mieux de nous arrêter là et d'aller nous coucher. La nuit porte conseil. Nous pourrions peut-être nous retrouver demain matin ?

— Qu'est-ce qu'il reste à dire ? demanda Connor. Je vous ai raconté ce qui est arrivé et j'ai expliqué pourquoi. Je ne vais pas passer le reste de ma vie à essayer de me justifier.

— Ce n'est pas ce que nous te demandons, dit Ryan.

— Nous devons continuer le dialogue, ajouta Daniel. Je ne veux pas rater cette chance de connaître mes frères et je ne pense pas que tu veuilles rater cette chance de connaître aussi tes fils, ainsi que leurs femmes et leurs enfants… Tes petits-enfants. S'il te plaît, accepte de revenir demain.

— Nous serons là, dit sa mère, lançant un regard de défi à son mari.

— Si c'est ce que veut votre mère, soupira-t-il, nous serons là. Je suppose que tu n'as plus la recette des gaufres de ton grand-père ? demanda-t-il à Molly. Tu sais, les gaufres à l'ancienne ?

— Bien sûr que si, répondit-elle en souriant. J'en ferai un lot.

Caitlyn, qui dormait à moitié dans les bras de son grand-père depuis un moment déjà, se réveilla soudain. Elle se mit à battre des mains.

— Chic ! J'adore les gaufres !

— Moi aussi, enchaîna Kevin. Je peux en manger trois.

— Moi, j'peux en manger encore plus, dit Caitlyn.

— Qu'est-ce qu'il y a, maman ? demanda Daniel en voyant les yeux de sa mère s'embuer de larmes.

— On dirait exactement Ryan, Sean et Michael. Ils voulaient aussi toujours faire mieux les uns que les autres. Le passé revit.

Elle regarda Molly en souriant.

— Quelque chose me dit que tu as intérêt à te préparer à faire beaucoup de gaufres, demain matin. Et ne t'inquiète pas si tu finis par devoir en jeter quelques-unes.

— Pas de problème, répondit Molly en lui pressant la main.

— Du moment que j'ai la première, dit Daniel.

— Il faut vraiment que tu apprennes à partager, le gronda Molly en roulant de gros yeux.

— Ouais ! Daniel, ça fait des années que je te répète la même chose, renchérit Patrick.

Et soudain, la pièce fut pleine de rires et de plaisanteries. Toutes les femmes étaient d'accord, les Devaney avaient du mal à partager.

Daniel se laissa aller en arrière et écouta, heureux. C'était plein de bruit et de chaos, mais il avait Molly près de lui et toute sa famille dans la même pièce. Ce n'était pas parfait, mais c'était réel. C'était bien ça, une vraie famille.

Avec l'aide de Dieu, c'était comme cela que serait sa famille dorénavant.

16.

Molly avait passé la matinée tout entière à confectionner des gaufres. Malgré ses années d'expérience dans le domaine de la restauration, elle n'avait jamais eu affaire à tant d'hommes dotés à la fois d'un appétit pantagruélique et d'une propension à la compétition qui les poussait à essayer de se surpasser les uns les autres.

Néanmoins, en dépit de sa fatigue, elle était heureuse d'avoir été un peu à l'origine de cette réunion qui comptait tellement pour Daniel. Depuis le bar d'où elle l'observait, elle constata qu'il restait toujours un tantinet sur ses gardes, sans doute à cause de ce sentiment de culpabilité sans fondement qu'il s'imposait à lui-même et que, heureusement, Ryan, Sean et Michael s'évertuaient à éroder progressivement.

« Ce sont des gens bien, pensa-t-elle. Avec le temps, ils pardonneront, même s'ils n'oublient jamais ce que Connor et Kathleen Devaney leur ont fait. »

Elle était en train de ranger les derniers verres, lorsque Daniel se glissa derrière elle et l'entoura de ses bras.

— Tu ne dis pas grand-chose, ce matin, tout va bien ?

— J'aime te regarder quand tu es avec ta famille, répondit-elle en souriant. J'ai toujours aimé être avec tes parents, mais jusque-là il manquait quelque chose.

— C'est vrai, murmura-t-il.

— Je trouve qu'ils ont fait un grand pas ce week-end, pas toi ?

— Oui. Michael n'a même plus ce ton de reproche dans sa voix. Et puis Caitlyn et Kevin sont tellement ravis de leurs nouveaux grands-parents, qui les gâtent vraiment beaucoup, que Sean et Ryan n'ont aucune chance de rester à l'écart.

— Tu dois être heureux, lui dit-elle en se tournant vers lui.

Daniel acquiesça, sans parvenir toutefois à dissimuler son hésitation.

— Cesse de te condamner, c'est aberrant !

— Je sais. Ma tête me dit que je suis ridicule ; j'avais deux ans, nom d'une pipe ! Mais là, ajouta-t-il en se frappant la poitrine, je me sens tellement responsable de ce qu'ils ont eu à payer.

— Arrête ! Ils ont aussi appris beaucoup. Et puis, dorénavant, vous avez tous la possibilité de retrouver ce que vous auriez dû avoir dès le départ, une vraie famille.

— Tu es intelligente, toi !

— Je sais.

— Et sexy.

— Ça aussi, je le sais.

— Tu crois que quelqu'un le remarquerait, si je t'embrassais ?

— Est-ce que cela te gêne vraiment beaucoup ?

Il lui caressa la joue, son regard s'intensifia.

— Non, si j'y réfléchis bien, pas du tout.

Il posa sa bouche sur celle de Molly et l'entraîna dans un baiser si intense que le sang de la jeune femme se mit à bouillonner et son cœur à battre la chamade. Elle était tout étourdie lorsqu'elle perçut les premiers applaudissements et les cris d'encouragement.

Daniel relâcha son étreinte et sourit.

— Oh ! Et puis zut ! lança-t-il en reprenant là où il s'était arrêté.

Lorsque, enfin, ils refirent surface, Connor se tenait près d'eux. Il fronçait les sourcils, mais ses yeux pétillaient.

— Mon fils, si tu te permets d'embrasser de la sorte une femme en public, tu te dois de lui faire une déclaration en bonne et due forme.

— Probablement, répondit Daniel en soutenant le regard de son père.

Le visage de Connor s'éclaira d'un large sourire.

— C'est pas trop tôt ! A Molly et Daniel, lança-t-il en levant son verre.

— Papa ! protesta Daniel, attends.

— Quoi ?

— Elle n'a pas encore dit oui.

Connor se tourna vers Molly, qui rougit sous l'intensité de son regard, aussi bleu que celui de son fils.

— Alors, lui demanda-t-il ?

— Je n'ai pas entendu la question, dit-elle avec douceur, histoire de ne pas se laisser bousculer ainsi.

— Il semblerait que ce baiser n'ait pas eu l'effet escompté, dit Connor avec un sourire.

— Le baiser était tout à fait bien, dit Daniel en fronçant les sourcils.

— C'est vrai, acquiesça Molly. Toutefois, je crois que des mots seraient plus adaptés à cette occasion. Toi, un Irlandais à la langue bien pendue, tu dois bien savoir comment me faire la cour ?

— Allez, Daniel ! clama Patrick. On veut un beau discours. D'ailleurs, j'aimerais bien te voir te jeter à ses pieds.

— Allez, Daniel ! renchérirent ses frères en chœur.

Molly eut pitié de lui.

— Ne les laisse pas t'obliger à faire quelque chose que tu ne veux pas faire.

— Je le veux, dit-il avec une détermination farouche, mais je ne m'attendais pas à le faire en public. En même temps, c'est assez approprié que je fasse ma demande ici, devant la famille que j'ai si longtemps voulu réunir, preuve que les rêves peuvent se réaliser et les difficultés se surmonter.

Caitlyn choisit ce moment précis pour se joindre à eux.

— Maman dit que tu vas demander Molly en mariage, dit-elle en contemplant son oncle de ses grands yeux innocents. C'est vrai ? ajouta-t-elle, déclenchant l'hilarité générale.

— Il paraît, dit Daniel doucement.

— O.K., dit Caitlyn. T'as une bague ?

— En fait, oui, j'en ai une, répondit Daniel à la grande surprise de Molly.

— Tu m'la montres ? demanda Caitlyn.

Daniel tira en soupirant un écrin de sa poche. Toutefois il ne laissa pas la petite s'en emparer.

— Molly devrait être la première à la voir, tu ne crois pas ?

— Mais pourquoi ?

— Parce que c'est elle que je vais épouser, expliqua Daniel, son regard cherchant celui de Molly.

L'explication parut satisfaire Caitlyn qui, elle aussi, fixa Molly avec espoir.

— Alors ? insista Daniel.

Molly, peu encline à se laisser apitoyer, se tourna vers l'assemblée.

— Vous avez entendu une question ? Moi pas.

— Moi non plus, dit Maggie.

— Non, je n'ai rien remarqué, renchérit Deanna.

— Allez, fils, encouragea Connor, ma bière se réchauffe pendant que tu tergiverses.

— Comme si je n'étais pas assez stressé comme ça, grommela Daniel en roulant de gros yeux.

Il prit une profonde respiration, et regarda Molly d'un air sérieux.

— Molly Creighton, il semblerait que je n'aie choisi ni le moment, ni l'endroit, pour te dire quelque chose que je porte cependant en moi depuis longtemps déjà : je t'aime.

Le cœur de Molly se gonfla de bonheur.

— Nous nous complétons, continua-t-il. Nous sommes devenus plus forts grâce aux épreuves que nous avons endurées. Du moment que nous sommes ensemble et que nous avons foi en notre amour, nous pourrons faire face à tout. Surtout ne sois pas découragée face à cette invasion de Devaney ! Quelque chose me dit qu'ils apporteront beaucoup de bonheur dans nos vies ; un de ces jours en tout cas, ajouta-t-il en jetant un coup d'œil par-dessus son épaule.

— Si cela peut aider, nous pouvons signer des attestations ! lança Maggie.

Daniel la remercia d'un geste de la main, se retenant de sourire.

— Merci, Maggie. Je vais y arriver. Comme a dit Patrick, il faut encore que je fasse quelques courbettes.

— Quand, exactement ? demanda Molly en essayant de ne pas sourire.

— Maintenant, nom d'une pipe ! Arrête de me bousculer !

— Oh ! Pardon ! s'exclama-t-elle en levant la main en signe d'excuse.

Il prit une fois encore une profonde respiration et la regarda droit dans les yeux.

— Je ne veux pas que tu doutes un seul instant de mon amour pour toi. Je t'ai toujours aimée, même si je me suis conduit comme un idiot et que je me suis égaré. Je prie de tout mon cœur pour que tu fasses table rase du passé ; pour que tu m'aimes assez pour être ma femme et partager cette famille, et que nous fondions tous les deux notre propre famille. Je sais que cela a été long à venir : Molly, veux-tu m'épouser ?

Molly eut toutes les peines du monde à empêcher les larmes qui affluaient de l'aveugler complètement. Elle cligna des yeux et avala sa salive.

— Oui, parvint-elle tout juste à murmurer, une grosse boule dans la gorge.

— J'peux voir la bague maintenant ? s'impatienta Caithlyn.

Molly se mit à rire. Cela n'allait pas être facile de faire partie de cette gigantesque famille encore à la recherche de ses repères, mais, tant que Daniel serait près d'elle, chaque instant serait une fête.

— Bien sûr, ma chérie. Allez Daniel, montre-nous la bague, dit-elle en faisant un clin d'œil à Caithlyn.

C'était un diamant taille émeraude, étincelant sur une monture de platine parée de baguettes. Magnifique, beaucoup trop belle… Elle hésita avant d'avancer sa main gauche. Daniel glissa la bague à son doigt, qu'il effleura d'un baiser, comme pour rassurer Molly.

— J'ai un autre cadeau, mais il est pour Retta et toi.

— Oh ?

— Un lave-vaisselle.

— Qui a dit que tu n'étais pas romantique ? s'esclaffa Molly.

— Où en étions-nous ? demanda Connor en donnant à Daniel une tape affectueuse dans le dos. A Molly et Daniel, beaucoup de bonheur !

Molly s'empara de son verre resté sur le comptoir et le leva.

— Aux Devaney ! s'écria-t-elle en retenant ses larmes. A ce long voyage de retrouvailles qui ne fait que commencer. Peu importe les souffrances passées ; au bout du compte, vous formez une famille. J'espère que vous saurez y puiser de la fierté et de la joie.

— Bravo, lui répondit la mère de Daniel avec un grand sourire, avant de se tourner vers chacun de ses fils.

— Oui, bravo, dit Ryan.

L'un après l'autre, ils lui firent écho, puis regardèrent Connor.

— Aux Devaney, dit-il, la voix étranglée par l'émotion. De nouveau réunis.

Épilogue

Molly tenait dans ses bras un bébé dont les cris étaient assez puissants pour faire vibrer les poutres de la vieille église. A côté d'elle, Daniel souriait.

— Si nous étions comme cela Patrick et moi, c'est un miracle que papa et maman ne nous aient pas laissés à Boston.

Son regard se posa sur le ventre arrondi de Molly.

— Crois-tu que notre premier-né fera autant de bruit ?

— Oh, je pense que nous pouvons compter là-dessus, lui dit Molly alors qu'Alice faisait irruption dans l'église pour reprendre son fils.

— Je suis désolée, s'excusa-t-elle mais Kathleen était en train de s'affoler.

— Où est notre filleule ? s'enquit Molly.

— Avec Patrick, il a un effet apaisant sur elle.

— J'espère qu'on en a fini avec les jumeaux pour notre génération, dit Daniel en contemplant d'un air inquiet le bébé, maintenant calmé.

— Pas moi, répliqua Molly en caressant son ventre.

Kathleen, ayant entendu les paroles de Molly, s'approcha.

— Les jumeaux sont le plus beau cadeau du ciel, annonça-t-elle en regardant le petit Connor d'un air attendri, du moment que vous survivez aux, disons, dix-huit premières années.

Alice laissa échapper un gémissement.

— J'espérais que les choses s'arrangeraient bien avant.

— Cela dépend du nombre de gènes qu'ils ont hérités de toi et de leur papa, répondit Kathleen.

Patrick apparut alors, tenant la petite fille endormie dans ses bras.

— Ce sont de vrais Devaney, les cheveux noirs, les yeux bleus, un appétit féroce et un caractère de cochon.

— Au moins, ça s'arrange quand ils sont adultes, dit Molly en regardant Daniel. Au fait, où est passé tout le monde ? Je croyais que ce baptême devait commencer il y a un quart d'heure.

— On attend Ryan et Maggie qui sont en route. Ryan a appelé pour dire qu'ils doivent s'arrêter toutes les cinq minutes à cause de Maggie.

Les trois femmes échangèrent un regard complice.

— Elle est enceinte, n'est-ce pas ? demanda Molly en souriant.

— Elle doit l'être, dit Alice.

— Je n'ai jamais eu de nausées matinales, dit Kathleen, le regard soudain empreint de nostalgie, avec aucun de mes garçons.

— Tu as oublié, objecta Molly.

— Non, je vous le jure, pas une seule fois.

— Ce n'est pas juste, je te déteste ! dit Alice, l'œil mauvais.

— Moi aussi, renchérit Molly. Ce n'est pas quelque chose que nous voulons partager avec Maggie.

— Qu'est-ce que vous ne voulez pas partager avec moi ? demanda Maggie, essoufflée, en prenant place au premier rang en tant que deuxième marraine de la petite Kathleen.

— Rien, répondirent en chœur Molly, Alice et Kathleen.

Puis Ryan et le reste de la famille s'installèrent sur les bancs, tandis que le prêtre les rejoignait et prenait la parole.

— C'est toujours une grande joie pour moi d'accueillir une nouvelle vie au sein de notre église ; aujourd'hui, ma joie est d'autant plus grande que le Seigneur a accordé à cette famille ici présente le bonheur d'avoir deux enfants.

Daniel, qui se tenait derrière Molly, posa les mains sur la taille de sa femme, en se laissant bercer par cette cérémonie éternelle. Molly, elle, tenait dans ses bras le petit Connor endormi, qui sentait bon le talc. Elle le contempla et songea à un autre bébé qui, lui, n'avait pas eu la chance de vivre. La pensée de Dieu étant insondable, cela était peut-être mieux ainsi. Il avait sans doute fallu tout ce temps pour que Daniel et elle puissent atteindre cet instant, pour que leurs cœurs soient comblés et qu'ils soient entourés d'une famille lorsque leur bébé recevrait l'accueil qu'il méritait.

Dans quelques mois, ils seraient de retour avec leur enfant, se recommandant à la bénédiction de Dieu. Son cœur se gonfla à cette pensée. Elle ne pourrait jamais oublier ce qu'elle avait perdu autrefois. Cet instant qu'elle et Daniel étaient en train de vivre, tous les instants qu'ils partageaient en étaient d'autant plus précieux.

Elle se retourna pour le regarder et vit dans ses yeux l'amour et l'espérance. Elle sut alors qu'ils éprouvaient les mêmes émotions. Ils avaient mis longtemps mais s'étaient enfin rejoints.

Au moment voulu, elle tendit le bébé vers le prêtre pour qu'il le bénisse, et sourit lorsque le petit se réveilla et se mit à hurler au moment où il recevait le signe de la croix sur le front.

« La vie était peut-être ainsi faite, au bout du compte, un mélange de bénédictions et de protestations, de luttes et de joies. »

Le petit Connor s'endormit de nouveau et Molly parcourut l'assemblée du regard. Elle vit les sourires que s'échangeaient Ryan et Maggie, Sean et Deanna, Michael et Kelly. Elle vit le clin d'œil de Patrick à Alice. Elle vit comment Kathleen et Connor se souriaient aussi, émus aux larmes. Puis ce fut le regard de Daniel qui croisa le sien et elle y lut tout son amour. Dans les yeux de Daniel, elle trouva enfin le dénouement heureux qu'elle avait tant espéré.

— Je t'aime, murmura-t-elle.

Il se pencha vers elle et lui susurra à l'oreille :

— Moi aussi, je t'aime, mais pour l'amour du ciel, essaye de ne pas réveiller les bébés...

Comme s'ils attendaient leur réplique, les petits jumeaux Connor et Kathleen se mirent à hurler en chœur.

— Ce n'est pas grave, dit sa mère, ton père et moi allons nous occuper d'eux.

Connor se pencha pour attraper son petit-fils, qui se calma instantanément sous le regard ébahi de Molly.

— Je te réserve comme baby-sitter pour les six prochaines années au moins, dit-elle à son beau-père.

— Oh non ! dit Alice, c'est moi qui réserve !

— Je veux qu'il vienne à Boston, renchérit Maggie, pour la grande joie de Connor.

— Je crois que nous avons retrouvé notre famille, dit-il à sa femme.

Elle hocha la tête, les larmes aux yeux.

— Cela a été long, mais c'est arrivé, enfin.

Chère lectrice,

Vous nous êtes fidèle depuis longtemps?
Vous venez de faire notre connaissance?

C'est pour votre plaisir que nous avons
imaginé un rendez-vous chaque mois
avec vos auteurs préférés, vos
AUTEURS VEDETTE dans les
collections Azur et Horizon.

Les AUTEURS VEDETTE vous
donneront rendez-vous pour de
nouveaux livres vedette.

Pour les reconnaître, cherchez
l'étoile... Elle vous guidera!

Éditions Harlequin

HARLEQUIN

LE FORUM DES LECTEURS ET LECTRICES

CHERS(ES) LECTEURS ET LECTRICES,

VOUS NOUS ETES FIDÈLES DEPUIS LONGTEMPS?

VOUS VENEZ DE FAIRE NOTRE CONNAISSANCE?

SI VOUS AVEZ DES COMMENTAIRES, DES CRITIQUES À FORMULER, DES SUGGESTIONS À OFFRIR, N'HÉSITEZ PAS… ÉCRIVEZ-NOUS À:

> LES ENTERPRISES HARLEQUIN LTÉE.
> 498 RUE ODILE
> FABREVILLE, LAVAL, QUÉBEC.
> H7R 5X1

C'EST AVEC VOS PRÉCIEUX COMMENTAIRES QUE NOUS ALLONS POUVOIR MIEUX VOUS SERVIR.

DE PLUS, SI VOUS DÉSIREZ RECEVOIR UNE OU PLUSIEURS DE VOS SÉRIES HARLEQUIN PRÉFÉRÉE(S) À VOTRE DOMICILE, NE TARDEZ PAS À CONTACTER LE SERVICE D'ABONNEMENT; EN APPELANT AU (514) 875-4444 (RÉGION DE MONTRÉAL) OU 1-800-667-4444 (EXTÉRIEUR DE MONTRÉAL) OU TÉLÉCOPIEUR (514) 523-4444 OU COURRIER ELECTRONIQUE: AQCOURRIER@ABONNEMENT.QC.CA OU EN ÉCRIVANT À:

> ABONNEMENT QUÉBEC
> 525 RUE LOUIS-PASTEUR
> BOUCHERVILLE, QUÉBEC
> J4B 8E7

MERCI, À L'AVANCE, DE VOTRE COOPÉRATION.

BONNE LECTURE.

HARLEQUIN.

VOTRE PASSEPORT POUR LE MONDE DE L'AMOUR.

La COLLECTION AZUR

Offre une lecture rapide et

☑ *stimulante*

☑ *poignante*

☑ *exotique*

☑ *contemporaine*

☑ *romantique*

☑ *passionnée*

☑ *sensationnelle!*

COLLECTION AZUR...des histoires
d'amour traditionnelles qui vous
mènent au bout monde!
Cinq nouveaux titres chaque mois.

GEN-RP-R

<u>COLLECTION HORIZON</u>

Des histoires d'amour romantiques qui vous mènent au bout du monde!

Découvrez la passion et les vives émotions qu'apportent à la Collection Horizon des auteurs de renommée internationale!

Captivantes, voire irrésistibles, ces histoires d'amour vous iront assurément droit au coeur.

Surveillez nos trois nouveaux titres chaque mois!

ROUGE PASSION

De fiévreuses histoires d'amour sensuelles!

De provocantes histoires d'amour passionnées et romantiques qu'on lit d'une seule traite. Aventureuses, parfois humoristiques, et sensuelles, elles mettent en vedette des hommes et des femmes d'aujourd'hui.

**ROUGE PASSION...
trois nouveaux titres
chaque mois.**

GEN-RP-R

69 L'ASTROLOGIE EN DIRECT
TOUT AU LONG
DE L'ANNÉE.

(France métropolitaine uniquement)
Par téléphone 08.92.68.41.01
0,34 € la minute (Serveur SCESI).

Composé et édité par les
*éditions*Harlequin
Achevé d'imprimer en avril 2005

BUSSIÈRE
GROUPE CPI

à Saint-Amand-Montrond (Cher)
Dépôt légal : mai 2005
N° d'imprimeur : 50652 — N° d'éditeur : 11246

Imprimé en France